[美] Angela Jane Weisl 著
[美] Anthony Joseph Cunder 著
易立新　郭林花　皋　峰　杨　柳　涂艳丽　译

中世纪文学基础

Medieval Literature: The Basics

Routledge
Taylor & Francis Group
WUHAN UNIVERSITY PRESS
武汉大学出版社

图书在版编目(CIP)数据

中世纪文学基础/(美)安吉拉·简·魏斯尔,(美)安东尼·约瑟夫·昆德著;易立新等译.—武汉:武汉大学出版社,2024.4
书名原文:Medieval Literature : The Basics
ISBN 978-7-307-24125-1

Ⅰ.中… Ⅱ.①安… ②安… ③易… Ⅲ. 中世纪文学—文学研究—西欧 Ⅳ.I560.063

中国国家版本馆 CIP 数据核字(2023)第 220372 号

责任编辑:邓 喆　　责任校对:李孟潇　　整体设计:韩闻锦

出版发行:**武汉大学出版社** (430072 武昌 珞珈山)
(电子邮箱:cbs22@ whu.edu.cn 网址:www.wdp.com.cn)
印刷:湖北金海印务有限公司
开本:720×1000 1/16 印张:17 字数:211 千字 插页:2
版次:2024 年 4 月第 1 版 2024 年 4 月第 1 次印刷
ISBN 978-7-307-24125-1 定价:69. 00 元

《中世纪文学基础》简介

《中世纪文学基础》是对中世纪引人入胜的文学体系的介绍。该书细分了中世纪文学作品库中使用的各种体裁，并让读者理解这些文本。本书展示了我们熟知的内容，并将这些内容与当代的、21 世纪的受众联系起来。

本书描述了从但丁(Dante)和乔叟(Geoffrey Chaucer)到克里斯蒂娜·德·皮桑(Christina de Pisan)的中世纪文学史，探讨了以下问题：

- 什么是中世纪文学？
- 中世纪文学的一些关键主题和流派是什么？
- 随着印刷术等技术的发展，中世纪文学是如何演变的？
- 中世纪文学与 21 世纪有何关联？

《中世纪文学基础》是首次接触该学科的学生的理想入门书，同时也是与中世纪文学进行更深入互动的跳板。

本书作者安吉拉·简·威斯尔(Angela Jane Weisl)是美国塞顿霍尔大学(Seton Hall University)的英语系教授和研究生部主任。她著有 *Conquering the Reign of Femeny*: *Gender and Genre in Chaucer's Romance*(1995), *The Persistence of Medievalism*: *Narrative Adventures in Contemporary Culture*(2012), *Medievalisms*: *Making the Past in the Present*(2012，与 Tison

Pugh 合著)，发表了许多中世纪主题的文章。

本书另外一位作者安东尼·约瑟夫·康德(Anthony Joseph Cunder)毕业于美国塞顿霍尔大学，获得英语专业硕士学位。他在电子和纸质期刊上发表了多部作品(包括小说和学术文章)，出版了一部关于Ⅰ型糖尿病患者成长和生活的回忆录。

译　者　序

中世纪文学指欧洲各国中世纪时期的文学。在史学上，一般认为中世纪是从公元 450 年左右罗马帝国衰亡到文艺复兴之间约 1000 年的时间。在这个漫长的历史时期中，欧洲文学经历了许多变化和发展，形成了多种不同的文学类型。

研究中世纪文学的基本类型，不仅可以更好地了解中世纪欧洲文学的历史背景和文化特点，也有助于我们更深入地理解中世纪欧洲社会的宗教、历史、道德、伦理、文化等方面的发展与演变，同时对当代文学的发展和创作也有一定的启示和影响。

中世纪是一个文学题材极其丰富和多样化的时期，其中包含了许多重要的文学类型和作品。骑士史诗、宗教文学和民间文学是其中三个最为重要和最具代表性的类型，它们都反映了当时社会、文化和人们的生活方式，对后世的文学创作和文化发展都产生了深远的影响。

尽管中世纪各阶段彼此有许多相异之处，但始终保有一个基本的共同点，即以神的存在来解释宇宙、世界和人，宗教始终是这一千年社会变迁中最重要的因素。尽管在很多时候世俗文化的发展受到宗教思想的钳制甚至扼杀，但也正是宗教在欧洲社会四分五裂、互相争斗的时候以空前强大的道德力量维持并传承了欧洲的信仰。

通过对中世纪文学的研究，我们可以更好地了解人类历史文化和文学的演变过程，也能够更深刻地认识和欣赏这个独特的文学时期的作品和精神。

《中世纪文学基础》是劳特利奇出版社(Routledge)出版的系列学术著作之一，该系列著作涵盖文学、语言学、艺术、历史等各个门类，包括几十种图书，是学术界影响力较大的系列著作。

《中世纪文学基础》全面介绍了中世纪文学作品使用的各种体裁，描述了从但丁、乔叟到克里斯蒂娜·德·皮桑等著名作家的重要作品，探讨了这样一些问题：什么是中世纪文学？中世纪文学包含哪些关键主题和流派？中世纪文学有哪些特点？

《中世纪文学基础》从那些耳熟能详的中世纪文学作品入手，以当代读者的视角解读中世纪精神，这样既能减少读者的陌生感，又能缩短审美距离。第一章《文本游戏：中世纪精神的魔力》探讨了当代文学作品中的中世纪元素。当代多数读者对中世纪文学的认知源于时下流行的电影、游戏和小说。这些不同体裁的作品从中世纪文学中获取灵感，将作品背景设定在中世纪，为现代观众和读者重新讲述古老的故事。第二章《中世纪的骑士是如何挥舞宝剑的？——战争与暴力文学》进一步探讨了中世纪以战争与冲突为主题的文学体裁，包括史诗、武功歌、冰岛传奇、骑士文学和圣战文学。第三章《骑士精神未死：爱与欲望的文学》论述了中世纪最大的世俗文学主体，即宫廷传奇故事、抒情诗和故事诗。第四章《触摸天堂：宗教文学》分析的是描写精神体验的文学体裁，如宗教抒情诗、圣徒传记、异象文学。第五章《遇见地图上的怪物：时间与空间里的中世纪文学》主要介绍了中世纪的游记、朝圣文学和编年史。第六章《最杰出的中世纪标志性作家》重点分析了一些重要作家，例如但丁、乔叟。每一章结束部分都提供了一些延伸阅读材料，并附上重要的相关文献。其中一部分是古典文献，但大部分是当代文献。

《中世纪文学基础》通过对中世纪文学的基本类型进行研究和分析，探究中世纪欧洲文学的发展历程，并对当代文学的创作和发展提供参考和借鉴。

《中世纪文学基础》一书的英文版涉及众多的中世纪英国、法国和德国的多位作家的诸多作品，翻译难度较大，所以翻译历时一年多。本书的翻译和出版得到多人的支持与帮助。龚书頔和靳先辉参与了本书初稿翻译工作，武汉大学出版社为本译著的出版付出了大量心血，在此一并致谢！

时间仓促，水平有限，译作难免有疏漏之处，恳请读者批评指正！

译者

2023 年 11 月

目　　录

引　言

中世纪文学探源

中世纪文学究竟是什么？这个问题似乎很简单，但实际仍然值得探究。中世纪从公元5世纪西罗马帝国被西哥特人灭亡时开始计算，在印刷术传入欧洲后，大约于公元15世纪结束。在这一千年的历史中，欧洲和周边的地区都处于基督教的控制之下，宗教成为这段历史的一部分。但是要说中世纪基督教在欧洲处于绝对的垄断地位就有点言过其实了。欧洲内外仍存在多种不容忽视的的宗教势力，诞生于中世纪早期的异教信仰仍然在持续其影响，伊斯兰教和犹太教团体发挥着重要作用，更不用说基督教内部的多种派别。这些宗教团体持续存在，他们的势力范围甚至覆盖到基督教朝圣地。这一切让基督教会感到不安，最终导致数次十字军东征。十字军东征从1095年开始，这一年基督教徒们决定从当时他们所称的撒拉逊人（也就是穆斯林）手中夺回他们的圣地。十字军东征产生了一系列领土纷争，给欧洲带来了大规模破坏，其中包括第四次十字军东征（1202—1204年）中十字军洗劫君士坦丁堡和阿尔比十字军战争（1202—1229年）对法国南部普罗旺斯地区阿尔比教派的围剿。

中世纪绝对是个巨变的时代，暴虐事件屡见不鲜，战争冲突改变了国家版图和土地所有权，社会结构发生变革（氏族社会广泛过渡到封建社会。认为封建社会是当时唯一的社会形态也是言过其实，中世纪的西欧地缘概念较现代更大，因此也呈现出更多样的社会政治形态）。当然，中世纪也有相当长的一段和平时期，让人们摆脱宗教机构的束缚，拥有更多的闲暇时光，创作了一批经典的文学作品，并形成资助艺术发展的体系。在“黑死病”鼠疫席卷欧洲之前（1346—1353年，鼠疫在欧亚肆虐)，科技的进步和农业的发展推动城市人口持续增长。从气象学的角度来看，虽然13世纪气候开始变冷，进而步入小冰期并一直持续到19世纪，但是在这之前的中世纪暖期使粮食增产，并为挪威人在格陵兰岛定居创造了条件。瘟疫、饥荒、百年战争(1334—1453年)以及其他冲突成为中世纪晚期的突出特点。

中世纪，尤其是在12世纪至14世纪，发生了许多重大的技术变革。水车和风车技术极大地促进了农业、矿业和制造业的发展。从罗马风格时期到哥特式风格时期，建筑技术实现了广泛创新，以尖拱、穹形屋顶、飞扶墙为典型风格的建筑设计在欧洲各地教堂中出现。轮作制使农业活动的产量得到大幅提高，与此同时火药的运用全面改变了战争的状态。机械钟表提高了计时的精度，还有一些其他技术的诞生，如眼镜和印刷机，对社会、政治、经济、文学各个方面产生了巨大的影响，这些发展是跨文化交流的产物。有些技术早期是由罗马人和拜占庭人发明的，然而是欧洲、中东、印度和中国之间的交流使这些繁杂技术的进步和改良成为可能。在航海领域，造船技术的提高使船只能进行更长距离的航行。与此同时，诸如星盘之类新航海工具的发明，使远距离的航行变得更加容易。“英国文学之父”杰弗里·乔叟(Geoffrey Chaucer)曾写过一篇有关天文星盘论的专题论文。这些变革，以及中国人发明的火药的广泛使用，被认为是推动扩张和殖民化的主要动力，并使之成为近代早期社会的主要特征。

“中世纪”在拉丁语中写作“medium aevum”。这个词最早由弗兰齐斯科·彼特拉克(Francesco Petrarca，1304—1374年)使用，他是中世纪后第一个重新拾起拉丁文的人，是意大利文艺复兴的引路人，深深耕织于那个被人们称为中世纪的时期。约一百年后，这个词被政治家、历史学家弗拉维奥·比翁多(Flavio Biondi，1392—1463年)和莱昂纳多·布鲁尼(Leonardo Bruno，约 1370—1444 年)使用。他们认为自己生活在文艺复兴时期，经历了古典文化和人文主义的再次兴起，为了以示区别，文艺复兴之前的时期被他们称为“中世纪”。当然在中世纪的欧洲，古典拉丁文著作从未缺席。奥维德(Ovid)、维吉尔(Virgil)、卢肯(Lucan)、斯塔提乌斯(Statius)和其他经典作家的作品为中世纪欧洲神学著作、道德作品、浪漫文学和奇幻故事提供了灵感源泉。在 12 世纪，通过基督教世界和伊斯兰教世界的交流，亚里士多德(Aristote)等古希腊科学家的经典著作被传播开来，成为广大学者研究的对象。西班牙南部和西西里地区曾经处于伊斯兰教的控制之下，在那里还有众多犹太教徒和基督教徒；数次十字军东征促进了欧洲与拜占庭以及中东国家的接触；以马可·波罗为代表的探险家和商人游走于欧亚；这一切使文化思想的交流变得日益频繁。随着中世纪大学的兴起，收藏、翻译、研究这些经典著作的机构终于形成。造型艺术和建筑也呈现出多种风格，如罗马式、哥特式以及伊斯兰风格、莫扎勒布风格、拜占庭风格和科普特风格，它们都是这个时期的典型特征并且互相影响。修建于 810 年至 1442 年的威尼斯总督府就受到了多种建筑风格的强烈影响，同时表现出罗马式、哥特式和阿拉伯式建筑风格的特征。

一千多年的历史中，多种语言、国家、文化思潮层出不穷。置于这样一个多元化的维度中，本书的主题“中世纪文学”毫无疑问也会呈现出斑斓的色彩。在这段时期里诞生了数千份手稿，如果加上那些篆刻的碑文，文学作品数目会更加惊人。手稿内容涉及宗教或世俗主题，或者兼而有之。有的作品再现经典，有的作品全面突破创新。作品以诗歌、散文的形式呈现，用不同的语言和文字书写，或长或短，或以孤本存世或衍生出多个版本。有的故事广泛传播，存在于许多不同的文学体裁和版本之中。另外一些故事则难以追溯其渊源，也找不到其他版本的存在。

当时受教育的人口数量非常小，会读书写字的人备受尊敬并享有更多的权利。在口口相传和公共演出的过程中，人们接触到各种故事，从而使抒情诗和叙事故事在大众中传播开来。绝大部分手稿诞生在宗教机构里，特别是欧洲的修道院。在这一时期，同样有大量的世俗作品问世。在阅读中世纪作品时，当代读者常常觉得很难在宗教主题和世俗主题之间实现平衡。其实在那个时候，宗教是中世纪作家们理解和解释周遭世界的主要方式之一。

在历史长河中跌宕千年的中世纪文学已残缺不全，这同样给当代读者的阅读构成挑战。许多存世作品的手稿或抄本并不完整，有的甚至支离破碎。文稿准确度的不确定、文稿抄誊中不可避免的错误、对个体作品历史背景知识的匮乏导致作品难以理解，构成了当代读者阅读中世纪文学的障碍。很多作品没有署名，部分作品有署名，但是因为时间久远，作者已无从考证。有些作者名垂千史，比如玛丽·德·法兰西（Marie de France）和戈特弗里德·冯·斯特拉斯堡（Gottfried von Strassburg），但对于他们的生平后人却知之甚少。阅读传记并了解作者的生平是当代读者的阅读习惯。当作者信息缺失时，阅读中世纪文学对于当代读者来说有时会是一种糟糕的体验。

中世纪文学提出了许多问题，探索了较广泛的主题。虽然有些问题或主题和当时的宗教、社会传统密切相关，有一定的时代局限性，今天已经失去了现实意义，但是大多数内容和当代文学所探讨的问题有共通性。中世纪文学作品中存在大量对荣誉、英勇、责任、名声、信仰、救赎、意义、身份和地位这些问题的探讨。对于现代读者，他们的探索方式显得古老而陌生。许多中世纪文学的趣味正是源于审美距离带来的新鲜感：光怪陆离的怪兽世界和奇幻世界，繁杂的部落社会结构，对骑士精神的热爱或对其他行为准则的执着，文学探索中对形而上意义的追寻，各种碎片化、断裂式叙述的本质。另一方面，当代读者对中世纪文学中相当一部分故事主题非常熟悉，例如对爱和归属感的渴望、情色类型的故事(部分和《五十度灰》的情节一样火辣)、对旅行和游历的爱好、对精神世界的追求，等等。

或许把中世纪文学之于中世纪比作中世纪的主教座堂之于教堂会更形象。我们现在会看到，经历岁月洗礼的教堂显出白色外墙，枯燥的单色调掩盖了它们多彩的历史。(如果想了解大教堂曾经的多彩，可以查看一下在法国亚眠大教堂上演的灯光色彩秀。修复师在清洗教堂外墙时发现原始的墙面曾经是彩色的，人们试图通过色彩秀再现中世纪的辉煌景象。)欧洲中世纪不是一座白色堡垒，而是一个多种族、多语言、多宗教、多人种的大融合时期。商品和文化在世界范围内流通。当一位中世纪农民在一座乡间小教堂祷告时，他面前的那幅油画所用的颜料就来自遥远的阿富汗和印度。从中国到爱尔兰，香料、金属、纺织品、食物、珠宝、玻璃等商品在丝绸之路上流通着。由于很少会有商人从起点一直走到终点，所以沿途的商品交换促成了不同民族间的连环交流。无论是从事贸易的商人还是参与十字军东征的士兵，这些人群的交融会不可避免地发生摩擦。相当一部分文学作品涉及了在这些摩擦中所表现的文化差异和双方对彼此文化的恐惧。然而，旅行文学中讲述的通常是积极的文化交流事例，呈现了来自不同世界的人们之间富有成效的文化交融。有众多的游记记录了不同地区的旅行者之间的交流，表明旅行者在旅行途中不仅携带了商品，同时还携带了书本。

佛陀释迦牟尼(Siddhartha Gautama)的故事就是文本旅行的典型例子。这个故事起源于印度，渐渐演变为《巴勒姆和约瑟法特》(*Barlaam and Josephat*)的故事，出现在阿拉伯语、希腊语、维吾尔语、吐鲁番语、希伯来语、德语、法语等版本中。每一个版本都融入了当地文化色彩，因此大约在1220年至1225年，在法国作家贵·德·康布雷(Gui de Cambrai)创作的版本中，它变成了一个基督教故事。其他文本传递的例子还包括《崔斯坦和伊索尔德》(*Tristan and Isolde*)、《弗洛里斯和布兰奇》(*Floris and Blanchefleur*)等故事。在欧洲，从斯堪的纳维亚半岛到西班牙，这些故事在不同的语言、不同的版本中出现。亚历山大帝国的传奇故事在伊斯兰教、基督教和犹太教中都有记载，有希腊语、波斯语、埃塞俄比亚语、保加利亚语、英语、法语和斯拉夫语各种版本流传。阿拉伯民间故事《莱拉和玛吉努》(*Layla and Majnun*)，最著名的要数内扎米(Nizami)于1188年创作的波斯语版本。从高加索到非洲内陆广大地区，这个故事广泛流传。从大西洋到印度洋出现的各种版本中，《莱拉和玛吉努》被人们用爱情故事、史诗、歌曲和诗歌这些文学形式呈现出来。人们认为故事和商品一样，会沿着商道被改变，被不断加入沿途各地的地方文化风味。所以虽然本书主要研究西欧文学，但是我们有必要认识到这些西欧文学文本和一个复杂的文本网络相关联，而这个文本网络具有巨大的时空跨度。

中世纪文学入门书籍的编撰方式有很多种，有的以时间为序，有的以国别为体。文化体系的相互关联性影响了这个时代，这是本书特别关注的主题。因此在本书的编撰过程中，我们没有以广义的文学体裁进行分类，而是以构成这些文学体裁的特定主题作为各个章节内容编撰的标准。由于本书的主要任务是为读者介绍中世纪文学的基本内容，所以本书将主要介绍西欧文学。这一时期的西欧文学主要表现为基督教文学，这就是大多数同学在课程中学习的内容，也是广大普通读者将会接触到的知识。然而，这些文学存在于一个更大的文学网络中，并在网络中彼此密切关联。我们尝试在本书中介绍一些其他的文学及文化传统，正是它们构成了这个文学网络。

中世纪文学总是显得遥远，甚至枯燥无味，对当代读者的阅读构成了挑战。为了减少陌生感，缩短读者的审美距离，我们将从中世纪精神的当代解读，以及那些耳熟能详的中世纪文学作品的版本入手，开始本书对中世纪文学的介绍。第一章《文本游戏：中世纪精神的魔力》探讨当代文学作品的中世纪元素。我们希望能减少时空差距，拉近遥远的中世纪文学与读者之间的距离。毕竟现在大多数读者对中世纪文学的认知源于当代流行的电影、游戏和小说。这些作品从中世纪文学中获取灵感，将作品背景设定在中世纪，为现代观众重新讲述古老的故事。在第二章《中世纪的骑士是如何挥舞宝剑的？——战争与暴力文学》中，我们将进一步研究中世纪以战争与冲突为主题的文学体裁，包括史诗、武功歌、冰岛传奇、骑士文学和圣战文学。或许是中世纪最大的世俗文学主体的宫廷传奇故事，还有早期的抒情诗和戏谑的故事诗，都将在第三章《骑士精神未死：爱与欲望的文学》中进行讨论。第四章《触摸天堂：宗教文学》探讨更加注重精神体验的文学体裁，如宗教抒情诗、精神自传、圣徒传记、异象文学。而第五章《遇见地图上的怪物：时间与空间里的中世纪文学》将涉及游记、撰史、朝圣文学和编年史。最后我们将在第六章《中世纪最杰出的标志性作家》中介绍一些重要的作家，例如但丁、乔叟这样的人物，他们的作品无法以体裁为标准进行划分，因此没有归入前面的任何一章。为了与这些作品幽默的风格保持一致，我们在最后一章介绍这些经典作品时将采用一种更加灵活的形式。究竟什么是构成中世纪重要或杰出作家的要素？我们希望读者能以同样轻松愉快的方式开始他们自己的中世纪文学体验，然后就像我们一样，对这个主题爱不释手，找到中世纪文学的乐趣所在。每一章结束部分都提供了一些延伸阅读材料，附上相关文献，其中一部分是古典文献，大部分是当代文献。

这些文学作品给我们带来了许多乐趣，其中之一就是足不出户就可以追溯历史，体验另一个时代的魔力。也许，由于有如此多当代奇幻故事把中世纪作为故事的背景，将魔法、巫术和龙展示给读者，因此我们相信中世纪就像一个游乐场，它将带领我们开启奇幻之旅。这个时期诞生的许多文学作品中都有无头骑士的魔法、贪婪的龙、强大的术士。这些内容的出现已经司空见惯，就像现在历史教科书中会提到盖伊·福克斯企图实施火药阴谋炸毁英国上议院、乔治·华盛顿乘船穿越特拉华突袭敌人的历史事件一样。生活在中世纪的人究竟是否相信这些魔法角色的存在并不重要，阅读作品的过程本身就充满了魔力，是一场神奇的旅行。这场旅行把我们带回到一个和现实时空截然不同的世界，这个世界为文艺复兴乃至21世纪文学的发展奠定了基础。我们在乔叟的作品中读到许多人物和角色，他们的说话和思维的方式显得和现代生活距离遥远，但是他们的人性——这种在当今社会中仍然存在，经历了挣扎、升华的共通的人性——在字里行间中给人们带来震撼。

中世纪文学可以把读者带到不可思议的时空中，那里充斥着粗俗的笑话，不正当的关系，充满激情的爱情，无畏的侠义精神，还可以透视到一个没有自来水和现代建筑的世界。一座座城堡拔地而起，塔楼高耸入云，没有机械设备的帮助，所有的工作都靠人力完成。虽然那时候能识字读书的人不多，但并没有妨碍虚构故事的流行和传播，故事在不同国家被改编成不同版本。文学作品中的人物身份不断被调整和改变，所有这些都发生在久远的过去，没有受到现代社会心理的影响。虽然有巨大的时空距离，但中世纪文学讲述的真理和故事却仍然能和现代生活产生共鸣。很多中世纪学者引用过《指环王》或类似的材料作为他们研究历史材料的切入点！虽然最初中世纪吸引我们的主要是它的奇幻色彩，但其实中世纪文学还可以满足读者对许多其他的主题的探究，这些主题包括宗教、性别与权利、性与欲望、种族的构建、使用和理解非人类的声音、残疾人言论、景观与环境研究、历史进程中的冲突和化解冲突以及持续至今的冲突的现状。

中世纪文学确实可以给大众带来乐趣，对于那些可以用批评理论和方法有效分析文本的学生和学者来说，他们感受到的乐趣甚至会更多。这样的分析不仅能消解文学的复杂性，还能丰富文学理论。阅读中世纪文学使人受益，研究中世纪文学会带来惊喜。中世纪文学一直以来都被如今的人们认为有一种与生俱来的遥远与陌生感，我们希望这本书能揭开中世纪文学的神秘面纱，希望通过突出中世纪文学带给相关研究者的价值和学术影响力来激励读者，点燃他们研究的激情，促使他们去研究中世纪作家的复杂性、微妙之处、深刻见解和影响力，从而使相关研究达到新的高度。和我们一起开启穿越时空的旅行吧，去探索中世纪文学的基本知识，去了解骑士和公主、国王和王后、佃农和农场主，他们在追求自我价值、身份、爱情和上帝的过程中，可能与我们并无二致。

延伸阅读

如果你想通过阅读一系列西方著作来探索中世纪文学，可以从[1]入手。想了解更多关于阅读中世纪文学的信息，可以参考[2]，这本书特别适合学生。还有一本不错的书是[3]。若想进一步了解中世纪文学的背景知识，[4]很有帮助。[4]和[5]涉及中世纪全盛时期和晚期。[5]的作者 Janet Coleman 研究中世纪有文化的人群，对于读书的民众和为人们提供文学娱乐的作者提出了新的观点，是对那个时代相关材料颇具价值的解读。如果考虑“在现代世界阅读中世纪文学，思考怎样通过中世纪文学进行古今对话”这一问题，那么我们推荐[6]，这本书可以为你在更广阔的视角中进行中世纪文学问题的研究提供一些方法。

[1] Rebecca Berg Manor. (2013) Ed. *Anthology of Medieval Literature*. London: Beautiful Feet Books.

[2] Andrew Galloway. (2007) *Medieval Literature: A Student Guide*. London: Bloomsbury.

[3] Theodore L. Steinberg. (2003) *Reading the Middle Ages*. Jefferson, NC: McFarland.

[4] Pamela King. (2011) *Medieval Literature* 1300-1500. Edinburgh: Edinburgh University Press.

[5] Janet Coleman. (1981) *Medieval Readers and Writers: Literature and Society* 1350-1400. New York: Columbia University Press.

[6] Celia Chazelle, Simon Doubleday, Felice Lifshitz, and Amy G. Remensnyder. Ed. (2012) *Why the Middle Ages Matter: Medieval Light on Modern Injustice*. London: Routledge.

第一章

文本游戏： 中世纪精神的魔力

如果你购买了一本名为《中世纪文学基础》的书，很可能因为你觉得自己对中世纪文学知之甚少，尽管这也意味着你渴望了解更多。你也许知道一些人名(乔叟、但丁、玛丽·德·弗朗斯)和一些主题(亚瑟王、英雄、宗教)，但很可能因为你想了解更多的背景知识而正在阅读本书。当然，通过阅读这本书，即便事实上你对中世纪文学的已有了解可能比你想象的要多，你也仍然会学到更多关于中世纪文学的知识。中世纪题材在当代文化中颇为盛行，比如系列电影《指环王》、电视剧《权力的游戏》等，有关中世纪的内容抑或对中世纪的想象，近年来几乎霸占了各种屏幕。中世纪题材的电影、小说、电子游戏和电视节目丰富多彩，比比皆是。中世纪题材也出现于戏剧、美术、建筑等其他诸多体裁中。这些后中世纪作品，借鉴了中世纪的一些元素，被称为"中世纪精神"，让许多人首次接触到中世纪。我们拟以当代人对中世纪的反应为检验标准作为起始点，确立一些核心思想、词汇及概念。因此，在本章及本书中，请加入我们，让我们一起穿越时空，回到过去。

汤姆·希佩(Tom Shippey)对中世纪精神的著名定义是：

> 中世纪精神是指中世纪意识产生以来各个时期对中世纪反应的研究。这些反应包括但不限于：学者、历史学家及语言学家重新发现中世纪材料的活动……以及基于找到的或认为是已经找到的中世纪的任何东西所进行的艺术创作，比如文学创作、视觉艺术创作、音乐艺术创作等。此外，中世纪在现代意识中仍然存在，既存在于学术研究，也存在于大众传媒，如电影、视频游戏、海报艺术、电视剧和连环画等。如果经常与较为传统的学术主题交织在一起的话，这些媒体也是一个不错的研究对象。

(中世纪文学研究网站：2017，www.medievalism.net/conferences)

思考那些通常被认为是遥远的、古老的以及不相关的事物是如何仍然生机勃勃、并且活跃于我们当今世界的，是中世纪文学研究的重要部分。

根据学生对美国塞顿霍尔大学“中世纪文学”课程的反馈，这似乎是一门他们自认为十分了解的课程。有些学生曾在“英国概况”课程中对乔叟有所接触，有些则在核心课程中对但丁有所了解。不过，即便这样，他们也觉得自己正在踏入一个未知领域。事实上，他们经常承认，他们不清楚自己正在进入什么领域，上这门课仅仅是因为本课的上课时间方便或能满足他们的某项需求。然而，一项快速调查显示，学生们实际上对中世纪文学的了解比他们想象的要多。他们即使没有读过《指环王》《哈利波特》或《权力的游戏》这些书，也看过这些电影或电视剧。也许他们喜欢过布莱恩·海格兰(Brian Helgeland)的《骑士风云录》(2001年)或雷德利·斯科特(Ridley Scott)的《天国》(2005年)，或者玩过《刺客信条》或《龙腾世纪》的早期版本。他们也许看过体育比赛，去过文艺复兴扮装园游会，参观过某处的名人堂，或许父母让他们看过电影《巨蟒与圣杯》(1975年)。所有这些，看起来像是当代的，而且有些表面上看是非文学的，但它们都在某种程度上(有意或无意地)从中世纪文学中汲取灵感。因此，如果本书其他部分要讨论的文本看似是遥远过去的文物，但实际上它们今天依然充满活力。

中世纪精神以多种形式存在，但均是对过去的一种幻想，是将过去压缩成某些特征。这可能很可怕：许多种族歧视组织，如美国民间排外团体三K党，其起源可以追溯到一个虚构的、统一的白人中世纪，但这样一个中世纪其实纯属子虚乌有；随着西方与极端组织“伊斯兰国”(ISIS)和“基地”组织等恐怖组织之间的冲突升级，双方的“圣战”言论均沉渣泛起。其他形式的中世纪精神也使中世纪看起来没那么复杂。比如，文艺复兴扮装园游会上呈现的异教徒幻想。这种园游会将中世纪及其后世压碎、模糊成一段由满是少女少妇、火鸡腿以及各种服装构成的过去时光，或是一段思想封闭、充满暴力的历史过往。另外，中世纪物品展示或表演中也可以发现中世纪精神，中世纪历史可能被修改并重新用于讲述各种不同的故事，中世纪格斗以中世纪格斗锦标赛及全接触马上枪术比赛的形式重现于世。当然，格斗锦标赛并非真正的战争，因为不会有人死亡，而马上枪术比赛本身即是目的，并非为真正的战斗而进行的骑士训练。对中世纪而言，这些幻想没有一个是真正准确的。这些幻想的核心要点虽然有趣，但往往脱离语境，并被夸大为别的意思。然而，有一点很明显：这种想象出来的中世纪满足了人们的多种渴望。鉴于本章特别关注中世纪文学关于中世纪自身的想象，我们将把注意力集中在那些专门取自中世纪文学的体裁，或使用叙事方式讲述中世纪故事的体裁上。对于那些希望进一步研究的人来说，反映中世纪精神的作品丰富多样，比比皆是。

史诗奇幻和中世纪

托尔金（J. R. R. Tolkien）在一篇关于何为"奇幻"的文章中说，"厌离的欲望，并非是要逃离生活，而是要远离我们所处的时代和自酿的苦难"①。他继续解释说，奇幻，或如他所言的"童话故事"，是一种逃避现实的体裁，让读者有机会"从内燃机的噪音、恶臭、无情和额外的奢

① 原文为："desire to escape, not indeed from life, but from our present time and self-made misery", Tolkien, 1983: 151.

侈中飞出”一段时间，“像鱼一样自由地游览深海”。① 奇幻体裁的核心在于它能够将读者带到另一个世界，一个规则与生物都不同于我们的世界。正如托尔金所说，我们无需离开舒适的家，就可参观中世纪城堡的奇迹，也可以观看龙背上的骑士格斗，还可以体验一下“更深层次的愿望：例如与其他生物交谈”②，比如与动物甚至野兽交谈。尽管出现了“奇幻”的各种子类型，例如魔幻现实主义、都市奇幻和蒸汽朋克(所有这些通常发生在当代语境下)，但经典奇幻或“史诗”奇幻通常以中世纪为背景，以方便命名。托尔金创作的重要作品《指环王》(*The Lord of the Rings*，1954—1955 年)的故事发生在中世纪，马(或鹰)是交通运载工具，内燃机的嗡嗡声无处可寻。克里斯托夫·鲍里尼(Christopher Paolini)的《龙骑士》系列小说(*Eragon*，2002—2011 年)是另一部流行的奇幻作品，讲述了一个男孩拾获一枚龙蛋并成为龙骑士的故事。该故事同样发生于中世纪，现代社会的种种创新发明不见踪影。乔治·R·R·马丁(George R. R. Martin)的奇幻小说《冰与火之歌》系列(*Song of Ice and Fire*，1996 年至今)的故事也发生在盛行魔法和剑术的中世纪，因美国 HBO 电视网将其改编为电视连续剧《权力的游戏》(*Game of Thrones*)而广为人知。

这样的作品不胜枚举，并由此产生一个疑问：为什么当代作家认为中世纪是他们讲述奇幻故事的如此绝佳背景？是因为托尔金以其奠基性的作品树立了榜样，设定了如何看待奇幻体裁吗？还是因为有一些更深层次的原因，即托尔金暗示的那样，童话故事本质上是逃避现实？也

---

① 原文为：“fly from the noise, strench, ruthlessness, and extravagance of the internal-combustion engine”“visit, free as a fish, the deep sea”, Tolkien, 1983: 151.

② 原文为：“profounder wishes: such as the desire to converse with other living things”, Tolkien, 1983: 152.

许，是两者兼而有之。

虽然在当代世界设置一个“逃避现实”的故事场景可能会分散读者对堆积在柜台上的未付账单或者对车道上需要更换机油的休旅车的注意力，但阅读一个发生在完全不同时空里的故事，某种意义上即意味着踏入了避难所。精灵施法者生活于林中，骑马旅行。阅读这样的故事时，人们能体验到一种微妙的魔力，比如在阅读骑士抗击食人部落、保卫城堡的故事时，就能体会到这种魔力。遁入浪漫的过去世界极具吸引力。这是我们这个世界的过去，我们不可忘记。这个世界的过去能让托尔金、鲍里尼和马丁这样的作家即刻激活中世纪的情感和光环，而不用像科幻小说作者那样，必须花费宝贵的篇章来构建一个全新的世界。我们已然熟知过去，但未来的确还是一个谜。虽然这些奇幻小说中的地理特征往往与中世纪的欧洲不同，但诸如封建主义、剑术、骑士精神、城堡等喻词都可以简要地描述出来。当然，当代读者对这些可能只是一知半解。

另外，奇幻小说往往不仅仅在故事背景方面模仿中世纪的同类作品，也借鉴世纪传奇或史诗的主题和模式，并成为一个重要内容，以至于若无其中某些内容，奇幻小说就不算完整。这些内容包括探险故事、英雄人物、战斗力提升和性征的成长、旅途感想和旅途中的学习，以及有关背叛的故事。所有这些在中世纪的文本中比比皆是，当然也可以在今天出版的任何奇幻小说中找到。这为过去和现在建立了一种联系，这种联系比有没有城堡背景及现代管道来得更加深刻。

然而，中世纪时期的作品与现代人描写中世纪的作品之间也存在差异。例如，与前现代时期的诗人相比，讲述故事的模式已经发生了根本性变化。虽然乔叟、但丁及其同胞创作了多种体裁的长篇作品，但其叙事主要是线性的，侧重于人物(通常将主角限制为单个角色)如何在时间上向前推进行动。今天的奇幻史诗(如马丁的作品)往往有很宽的时间维度，遵循多条故事线，在时间上前后跳跃，并将叙事延伸到三本、四本、五本甚至十二本书的跨度。

以中世纪世界为背景的当代小说在建构世界方面也与历史上的前辈们不同。要说服现代读者悬置怀疑之心，需要付出巨大的努力：正如托尔金所写的那样，“构建一个相信绿色太阳的第二世界，很可能需要心力，且一定需要一种特殊技能，一种精灵术”①。另一方面，中世纪的作家不需要构建其故事发生的世界，因为那本来就是他们自己所处的世界，这使他们能够更加专注于人物、情节和行动。这并不意味着中世纪的作品没有描写，但它们(显然)不需要解释中世纪。场景可以设定，历史背景也可以建立，但是我们认为中世纪文本中司空见惯的那种描述，只是为了详细说明某种非同寻常之事，例如《高文爵士和绿色骑士》(*Sir Gawain and the Green Knight*)中的绿色教堂。当魔法出现在中世纪的文本中时，几乎没有给出任何解释，读者定会简单地、想当然地认为魔法是中世纪作家所创世界的一部分。

此外，正如亚历克斯·罗斯(Alex Ross)在《指环与指环王：瓦格纳与托尔金对比》(*The Ring and the Rings*：*Wagner vs. Tolkien*)一书中所写的那样，以中世纪为背景的史诗奇幻小说，有一种将现代关切融入过去故事的方式。例如，罗斯(2003 年)写道：

> “权力指环”这一概念出现于十九世纪晚期，这并非偶然，当时大规模毁灭性技术正进入人们视野。前现代主义故事讲述者没有

---

① 原文为：“To make a Secondary World in which [a] green sun will be credible, will probably require labour and thought, and will certainly demand a special skill, a kind of elvish craft”, Tolkien, 1983：140.

此类参照……权力之人是生而有权，无权之人是生而无权。①

在为英国精心创作新的神话时，托尔金将他那个时代的焦虑与本国的日耳曼历史背景叠加在一起，“把神话作为呈现理想世界的窗口，那里既可以比我们自己的世界更明亮，也可以更黑暗”②。

“中世纪的”电影

电影是展示中世纪漫长历史的途径之一。彼得·杰克逊(Peter Jackson)把托尔金的作品改编成电影，托尔金现在因此名满天下，当然他的作品本身也闻名遐迩。中世纪题材于早期的无声电影中就已出现，并一直延续至今。但是什么会使一部电影成为“中世纪的”呢？它讲述发生在中世纪的故事或讲述一个“中世纪的”现代故事，如凯文·雷诺兹(Kevin Reynolds)的《王者之心》(*Tristan+Isolde*，2006 年)或奥托·普雷明格(Otto Preminger)的《圣女贞德》(*Saint Joan*，1957 年)等经典作品。不过，这些故事可能与中世纪的原著有一些差异。当然，这些作品也有一些明显的非中世纪元素：人物说着当代语言，有着漂亮的牙齿。此外，虽然背景通常显而易见是“中世纪的”，但它可能会也可能不会呼应原文写作时的特定点的特定元素。例如，安东尼·福奎阿（Antoine Fuqua)2004 年导演的《亚瑟王》(*King Arthur*)，故事背景发生在公元 487

---

① 原文为：It is surely no accident that the notion of a Ring of Power surfaced in the late nineteenth century, when technologies of mass destruction were appearing on the horizon. Pre-modern storytellers had no frame of reference for such things… those with power were born with power, and those without, without. Ross, 2003.

② 原文为：“myth [as] a window on an ideal world, both brighter and blacker than our own”, Ross, 2003.

年，这个日期更接近历史上的亚瑟王(Arthur)可能生活的时间，尽管它与中世纪亚瑟王传奇世界相去甚远，但它或多或少取材于这些传奇。通过让亚瑟成为罗马化的凯尔特人带领伊朗萨尔马特人的骑兵来"历史化"或"真实化"这部作品，这一尝试意味着这部电影与任何现存的故事版本，无论是编年史还是浪漫史，都大相径庭。类似的情况还可以在雷德利·斯科特(Ridley Scott)的电影《罗宾汉》(*Robin Hood*，2010 年)中看到。该电影由罗素·克劳(Russell Crowe)主演。影片中，罗宾汉是英国军队中的一名弓箭手，他读着他的石匠父亲(在 11 世纪很可能不识字)的信。法国军队到达的场景基本上是中世纪的奥马哈海滩，女仆玛丽恩替父作战(最后一个场景在中世纪传奇中有一些先例，但似乎更受到托尔金《双塔奇兵》(*Two Towers*)中伊温的启发)。这部作品试图提供的任何"历史感"或"真实感"本身就是一种幻想。这种时代错位的时间感在《巨蟒与圣杯》中有着针对性的夸张演绎，它以屏幕上显示的"公元 932 年"这一时间开始，但接下来呈现出明显被毁的城堡和其他中世纪景观元素，这些元素被包裹(有时是字面义)在一个界限不明的"过去"中，其中关于这个时期的任何特异性都是模糊不清的，创造了一个奇幻中世纪：其中，骏马非马，椰壳做马，实为无马而假扮骑马，并用椰子壳敲出哒哒马蹄声；后诺曼时代(1066 年)的法国人已经居住在城堡中并取笑英国人，现代历史学家(更不用说无政府工联主义公社)出现在电影场景中。

在罗伯特·泽米吉斯(Robert Zemeckis)导演的电影《贝奥武夫》(*Beowulf*，2007 年)中，有相当多的心理剧情推动着故事的发展，几乎像是通过弗洛伊德把中世纪过滤了一样，因为越来越怪异可怕的人物都是男性角色和安吉丽娜·朱莉(Angelina Jolie)饰演的格伦德尔的母亲结合的产物，将格伦德尔的母亲称为"怪物芭比"再合适不过。显然，此

《贝奥武夫》非彼《贝奥武夫》，非11世纪那首古英语诗歌。在《圣战骑士》中，一个出身平民的骑士侍从，一个屋顶工的儿子威廉·撒切尔，通过冒名顶替意外死亡的主人参加骑士竞赛，最终成为一名真正的骑士；骑士乌里奇(Ulrich von Lichtenstein)在马上比武中获胜，赢得了声誉，也赢得了一位女士的芳心，并最终获得了一个头衔。乌里奇似乎是以一位中世纪作家的名字命名的，那位中世纪作家乌里奇讲述了大量马上比武大会以及为赢得女士欢心而进行的马上长矛比武。乌里奇的随行人员一开始只有两个侍从，但很快女铁匠凯特就加入了他们的行列——她穿着耐克服饰。杰弗里·乔叟因为赌博一再输掉衣服，半部片子都是裸体出镜。这些人物并不完全是中世纪的；马上比武大会上反复播放的体育唱片 *Jock Jams*(尤其是皇后乐队演唱的 *We Will Rock You*)，以及各种各样的当代舞蹈阐释，也都不是中世纪的——抑或都是中世纪的？

在乔叟的《特洛伊罗斯与克丽西达》(*Troilus and Criseyde*)中，或者在克雷蒂安·德·特罗亚(Chrétien de Troyes)的《克里杰斯》(*Cliges*)中，过去的人物看起来非常像中世纪的骑士和女士、英雄和恶棍，与上述电影类似，都出现了时代错误。例如，甚至让古典人物阅读中世纪的书籍、听中世纪的音乐(例如，克里斯蒂德，一个特洛伊人，似乎在阅读12世纪法语诗人伯努瓦·德·圣莫雷（Benoît de Sainte Maure)的史诗《特洛伊浪漫史》(*Roman de Troie*))。这些人物和故事在当代改编的作品中可能是“中世纪”的，但他们仍然可以像现代人一样行事并解决当代问题。乔叟笔下的人物可能是特洛伊人或希腊人就属于这种情况。但“过去”成为乔叟解决他最关心的中世纪问题的地方，这些问题涉及浪漫和爱情如何运作，什么构成了适当的男性行为，战争如何影响爱情，以及未来(他的故事的读者)将如何解释作者呈现出来的“过去”。这种与“过去”的特殊文学关系，通过注入当代关注的问题和现代的表面细节，将中世纪带入现代，这种方式使其对当今的观众具有意义，这无疑可以在中世纪叙事中找到源头。因此，尽管“中世纪的”电影(以及其他形式，如小说、电视节目或视频游戏)看似在本质上有时代错误，但实际上，这正是它们最具有中世纪特色的地方。

“中世纪的”电子游戏

尽管从科技上看，我们这个时代与中世纪截然不同，但似乎现实始终无法摆脱对过去的迷恋。就像倾听中世纪的奇幻故事一样，电子游戏通常采用类似的方法，为玩家提供了另一种体验魔法、巨龙与剑术世界的方式。诸如《龙腾世纪：起源》(EA Games，2009 年)、《但丁的地狱》(EA Games，2010 年)和《火焰纹章觉醒》(任天堂，2013 年)等电子游戏，将玩家带到一个中世纪的世界，在那里他们可以挥舞宝剑、施展法术、与怪物作战，参与战略移动及射箭的战术，而舍弃了其他流行角色扮演游戏(RPG)中的“内燃机”和枪支。

如果想要在电子游戏《龙腾世纪》系列中取得成功，玩家必须熟悉武器和战争，一路上击败无数敌人，并在最后的战斗中杀死巨龙式的大恶魔。这与实际的中世纪文学作品的关注点非常相似——至少从表面上看是这样。在中世纪文本中，骑士的胜负是根据他们在战斗中的威力(杀死敌人并避免自己死亡)来判断的。不过，这些作品忽略了更深层次的象征性动机，这些动机在以下两类文学作品中均有体现：以文学为背景的作品，以及在当代创作、以前现代世界为背景和灵感的文学作品。在中世纪视频游戏行家钟爱的砍杀模式和精心编排的故事情节中，似乎很少隐含更具智慧的信息。不过，这绝不是抹黑游戏本身的价值。毕竟，它们在做自己应该做的事情(为玩家提供一个逃离现实的机会)，而且做得很好。尤其是中世纪奇幻类型的游戏有着一层额外的魅力，不仅将当代世界微缩在洛杉矶或纽约犯罪猖獗的街道，也将当代世界带到一个与魔法完美结合的世代。挥舞宝剑就是对力量的最大考验，这种中世纪经历本身对现代世界而言就是一种魅力。

中世纪小说

一部以中世纪为背景的当代小说能说是中世纪小说吗？这个问题并非不成立。虽然小说本身明显汲取了中世纪传奇的养分(见第三章)——中世纪传奇是其源头之一——但小说这种体裁在中世纪之后才出现。在现在已经有些过时的《小说的兴起》(*The Rise of the Novel*)一书中，伊恩·瓦特(Ian Watt)认可小说的传统与中世纪渊源，但认为最终区分二者的是现实主义和读者。在瓦特看来，前者让作者试图描绘一种更详细的、与特定条件相关的人类生存观，其中人物更加个性化，时间更具有历史特殊性，空间也变得越来越具体。他说，这会创造一种“air of complete authencity”(1957：27，即“完全真实感”)，作者通过“descriptive and denotative use of language”(1957：29，即“描述性及指称性语言)来实现。

在《英国小说的起源(1600—1740年)》(*The Rise of the English Novel 1600—1740*)一书中，作者迈克尔·麦基恩(Michael McKeon)提出了一种因印刷业兴起而产生的小说读者意识。他还说，大众的阅读技能往往比写作技能更强，在下层社会中尤其如此，而且“由于工业发达，下层社会的叙事阅读有明显增加”①。尽管他对有关18世纪读者的统计有些怀疑，但他确实提出，“我们认为作者和读者都深受认识论革命的影响，分支流派错综复杂且影响深远（他们选择性地进行记录）”②。在麦基恩看来，小说与传奇没有多少明显的割裂，它们更像是存在于一个连续体上，但无论如何它与中世纪的叙事不同。对这种变化的一个看法是，作品隐藏人物的内心世界。中世纪的叙事形式则不一样，常常充分展示人物的内心世界。在中世纪的叙事中，人物对自我身份的焦虑可能会被投射到他或她必须克服的障碍上，无论这些障碍是大众的嘲笑（经常出现在圣徒传记中）、龙或巨人（常见于传奇中），还是征服敌人（常见于史诗中）。小说中的人物可能会遭遇诸多困难障碍，但重要的是人物如何应对这些障碍，以及如何有助于塑造身份。那么，当小说以中世纪为背景，尤其是当主题取材于实实在在的中世纪叙事时，会发生什么呢？使用新形式讲述旧故事的愿望很早就有了。霍勒斯·沃波尔（Horace Walpole）的《奥特兰托城堡》（*Castle of Otronto*，1764年）通常被认为是第一部哥特式小说，因为它有中世纪的背景和玄幻的黑暗元素。沃波尔自己意识到了存在中世纪“旧”传奇与小说“新”传奇混合的可能性，并试图将两种形式合二为一。因此，他可谓是第一位“中世纪的”小说家，同时也肯定不是最后一位。中世纪——无论是真实的还是想象的——仍然是探索挖掘各种故事的热门背景。

虽然瓦特对读者群的观察肯定是这个系列工作的特点，涉及了不同

---

① 原文为：“necessary industrial mechanisms exist for a marked increase of reading of narrative by the lower orders”, McKeon, 1987: 52.

② 原文为：“Both authors and readers, we may assume, were profoundly affected by the epistemological revolution whose intricate and far-reaching ramifications [they choose to document]”, McKeon, 1987: 52.

年龄和类型的读者，但他对作品中现实主义的观察比级复杂。以幻想世界为背景的小说不能说是现实主义的，然而，作者描述这些世界的方式、创造的每一个生活细节，都是以现实主义的小说创作方法为模板的。小说试图营造一个更具有现实主义特征的中世纪，最终展示中世纪传奇中从未有过的历史细节与观察。人物的动机，无论他们是梅林这样的巫师，还是龙骑士、农民、十字军或女王，通常都可以用心理学术语来解释，这些故事使用了像“成长类小说”这样的小说形式。因此，上面提出的问题仍然存在：如果一部小说借鉴了后中世纪流派的所有发展成果，但又将自己设定在一个真实的或想象真实的世界，那么这部小说是中世纪小说吗？

如上文所述，自沃波尔以来，以过去为背景的深度现实主义小说和深度奇幻小说都变得日益流行。除了本章“史诗奇幻”部分讨论的例子外，主要的例子还有T·H·怀特(T. H. White)的《曾经和永恒之王》(*Once and Future King*，1958年)和安妮·麦卡菲(Anne McCaffery)的《龙骑士：波恩年史》系列(*Dragonriders of Pern*，1971—1976年)。还有一些面向中小学学生的故事，如劳埃德·亚历山大(Lloyd Alexander)的《布莱德恩编年史》(*Chronicles of Prydain*，1964—1968年)；E·M·科宁斯伯格(E. M. Koningsberg)的《为斯嘉丽和米尼弗的品位而感到自豪》(*A Proud Taste for Scarlet and Miniver*，1973年)，讲述了阿基坦的埃莉诺在天堂等待丈夫的故事；卡伦·库什曼(Karen Cushman)的纽伯瑞奖获奖作品《被称作鸟人的凯瑟琳》(*Catherine，Called Birdy*，1994年)，讲述了一个年轻的中世纪英国女孩对成长感到焦虑的故事。有许多供青少年阅读的中世纪小说，还有两个系列作品，讲述几乎相同的故事，显示奇幻和现实主义的对立，分别是迈克尔·斯普拉德林（Michael Spardlin)的《最年轻的圣殿骑士》(*Youngest Templar*，2008—2010年)，讲述了一个受雇于圣殿骑士团的年轻孤儿的故事，以及凯瑟琳·金克斯(Catherine Jinks)的《异教徒的十字军东征》(*Pegan's Crusade*，1993—2008年)，用难闻的气味和坏牙代替了斯普拉德林的圣杯。在成人领域，也有诸多系列，如肯·弗雷特(Ken Follett)的《圣殿春秋》(*Pillars of the Earth*，1989年)，讲述了在一个虚构的小镇上建造一座大教堂的故事；玛丽昂·齐默·布拉德利(Marion Zimmer Bradley)的《阿瓦隆的迷雾》(*Mists of Avalon*，1982年)，从女性的角度讲述了亚瑟王的故事。这些作品吸引了各类读者，再次在中世纪现实与中世纪幻想的奇幻概念之间保持着平衡。

中世纪小说以多种形式呈现，主要包括：借鉴中世纪风景和主题，如包含骑士、城堡和魔法的作品；重述或重新审视中世纪文学故事的小说，尤其是有关亚瑟王的故事；以中世纪历史为背景的小说，侧重于历史人物或事件；讲述虚构的中世纪故事的小说。在这些作品中，构成"中世纪"的东西似乎是双重的。一方面，奇幻的元素往往将文本构建为中世纪，无论是魔法戒指和药水的出现，还是像梅林或托尔金笔下的甘道夫这样的人物，他们代表着一个神奇的"迷失"(有时甚至迷失在故事中)的世界。另一方面，"中世纪"可能是一种深度现实主义，关注难闻的气味、糟糕的卫生条件、粪便、虱子、瘟疫和想象中的中世纪生活的其他残酷细节。这本身就是一种奇幻——并不是说中世纪生活中没有坏牙、难闻的气味和可怕的疾病，但鉴于这些存在于背景，不断地引起人们的关注因而也就是一种关于中世纪的现代幻想，因为中世纪文学极少关注中世纪生活的这些"现实"。简言之，如果每个人都有坏牙，就不太可能有人会注意并指出来。(安雅·西顿(Auya Seton)在《凯瑟琳》(*Katherine*，1954年)中，讲述了约翰·冈特的情妇凯瑟琳·斯温福德的故事。她创造了一个可能被视为中世纪现实主义的伟大时刻，即有人注意到凯瑟琳实际上有一口好牙，而且所有的牙都是好牙）。这两种叙事方式并不相互排斥。奇幻和现实主义也可以在这些故事中共存。确实有一些中世纪小说的例子，既关注了他们所认为的中世纪生活的现实，同时又加入了各种神奇或奇幻的元素。

当然，这些小说，以及越来越多的绘画小说，如 M·T·安德森（M. T. Anderson）版本的克雷蒂安的《伊万》（*Yvain*，2017 年）或西摩·切瓦斯特（Seymour Chwast）版本的但丁的《神曲》（*Divine Comedy*，2014 年），都在以各种方式从中世纪前辈那里汲取营养，且往往富有成效。前面提到的劳埃德·亚历山大的《布莱德恩编年史》即取材于凯尔特人的传统，尤其是《马比诺吉昂》（*Mabinogion*）故事集，将人物生动的威尔士传说与面对神奇境遇的当代人物结合了起来。主人公卡尔·达尔本的塔兰，一个负责照顾神谕猪亨恩·温的奔儿，渴望冒险和刺激，而不是在家做平淡无奇的工作。但在故事结束之前，经历了许多魔幻冒险之后，他渴望家和安静。当然，他不能再回归这样的生活，因为他是普里丹的大国王。作品的主人翁有一种渴望，而在克雷蒂安的《格拉尔之歌》（*Conte de Graal*）或沃尔夫勒姆·范·埃森巴赫（Wolfram van Essenbach）的《帕西法尔》（*Parsifal*）（二者均写于 13 世纪）中，帕西瓦尔（Perceval）也有一种驱使他行动的渴望，两种渴望当然相同。但我们不是以当代故事那样的方式进入帕西瓦尔的内心世界，我们从强调内在与心理的小说传统里汲取养分，这是中世纪前辈所没有的。当然，中世纪前辈的确创建了一种作家们仍然想讲述的故事，这一点是显而易见的。

中世纪的探索传奇为讲述英雄成长的故事提供了丰富的素材。传奇本身就是个人发展的体裁，这就是为什么这些故事能如此有效地转化为小说。在中世纪传奇中，英雄通常是一个年轻的骑士，但并非全都如此。这些英雄一般是为了寻找一个目标（例如，一位女士，或像圣杯这样的物品)，在真实、神奇的土地上旅行，经历冒险，最终达成目的。这种外在的追求代表着内在的发展。例如，在《高文爵士和绿衣骑士》中，绿衣骑士的游戏变成了高文的冒险，其目的是实现他的承诺，因此他必须穿越陌生的土地，与陌生的生物战斗，这一切都是为了发现关于自己的真相。这种发现之旅出现在大量的小说，特别是青少年小说中，借鉴了教育小说，或者说成长类故事——主人公从不确定到发展出更好的自我认识及更强烈的社会目的感的历程，结合了传奇和小说这两种叙事传统。通过将故事设定在过去，作者可以诉诸更多的奇幻元素(如龙、巨人、城堡、咒语和魔术师)与不一样的世界，为英雄行动与行为提供一个明确清晰的渠道。

现代人讲述中世纪的故事，不管是真实的还是想象的，之所以扣人心弦，是因为想象中的中世纪可以以多种形象出现，非常灵活。安妮·艾略特·克伦普顿(Anne Eliot Crompton)的《高文爵士和绿衣夫人》(2010年)，本质上是从绿骑士的角度重述了《高文爵士和绿衣骑士》的故事，绿衣夫人被想象成一位名叫格温妮丝的美丽女人，作品讲述了她的成长故事。《被称作鸟人的凯瑟琳》中的凯瑟琳，在粪便中玩耍，并与一个比她年长很多、有暴力倾向的男子订婚。《帕根的十字军东征》中的帕根，观察到他为之效力的圣殿骑士举止令人厌恶、浑身散发恶臭，而库什曼(Kushman)和金克斯(Jinks)试图使过去的世界变得生动起来——他们的观察及作为角色的吸引力来自他们看似很现代的欲望：帕根对家庭的渴望和凯瑟琳对自由的渴望。在这些作品中，中世纪是一个充满限制和约束的时代，尽管如此，这种约束和限制是可以逾越的。对于像布拉德利这样的作家来说，中世纪是一个神秘而又充满幻想的时代，人们可以审视亚瑟王故事中的女性角色和权力，这类故事似乎常常将女性置于边缘地位。事实上，许多体现中世纪精神的小说关注到了女性角色，并在小说中构建各种女性主义，既有充满异教色彩的女性主义，也有特殊的和传统的女性主义。

与电影一样，在“中世纪的”小说中可以找到极为典型的中世纪特征，同时又极其不像中世纪，这是一种年代误植，因为所有这些作品都是由现代作家为现代读者创作的，他们通过现在来引出过去，这二者的交集正是吸引读者的地方。读者也许并不特别喜欢中世纪的原汁原味；当然，也许他们喜欢。许多对“真正的”中世纪感兴趣的学者也被中世纪精神所吸引。对许多人来说，中世纪精神是他们通往中世纪的路径。这两种“中世纪”作品(中世纪的和当代的)的共同之处在于，为了满足当时读者的喜好，二者都沉迷于讲述“过去”的故事。毕竟，正如乔叟讲述巴斯妇的故事那样，把“在亚索尔王的旧日”①说成“好几百年以前”②。所以中世纪版本的亚瑟王、古典故事或历史故事与当代的一样，都受到年代误植的驱动。“中世纪的”小说的特别之处在于，它们喜欢用遥远的过去来审视当下的问题。

读者绝不会把T·H·怀特误认为克雷蒂安·德·特鲁瓦，但是像广受欢迎的谢默斯·希尼(Seamus Heaney)的译本《贝奥武夫》呢？学者们认为这是一个有点独出心裁的版本，翻译受希尼自己所关注问题的驱动，特别是他的爱尔兰背景。该译本因其可读性和易懂性而受到称赞，译本评论显示，这些特点似乎使其更具有当代的而非中世纪的特征。尽管如此，如果《贝奥武夫》自己的读者认为这首诗易读易懂(或是悦耳好听——希尼因其对该译本录制的朗读音频而受到称赞)，那么，拥有这些特征，即优先考虑这些特征而非再现古英语特色的翻译，是否最终会

---

① 原文为：“In th'olde dayes of the kyng Arthour”, Chaucer, 1987: CT Ⅲ, 857.

② 原文为：“manye hundred yeres ago”, Chaucer, 1987: CT Ⅲ, 863.

在其所创造的经历体验方面更加真实？仅凭我们自己的语言来解读，就能使这首诗更具当代而非中世纪特征吗？所有的翻译都是反映中世纪精神的行为吗？也许是吧。

结语

探讨中世纪在当下（或者更确切地说，在中世纪结束后的任何当下）的意义，本身就是一个研究领域。中世纪精神，以及由此派生出来的新中世纪精神（正如对流行文化中使用中世纪主题时经常称呼的那样），试图理解中世纪漫长而延绵不断的生命。中世纪精神的目标不是将现在的人工制品与其中世纪的祖先进行比较，并发现其不足，而是思考中世纪对现在仍然如此有价值到底意味着什么，因为现在与过去在表面看来是如此不同。为什么中世纪不断地涌入现代？在我们这个时代它有何意义和作用？中世纪是以什么样的方式被逐步使用起来的，又以什么样的方式被用来表达倒退和危险的目的？关于这个话题已经写了很多，无论是侧重于中世纪文学（例如对亚瑟王故事的考察），还是侧重于特定的国家、政治、电影或当代媒体，都著述颇丰。诸如《权力的游戏》和《维京传奇》等电视剧节目在当今的流行程度，及其在其他平台的相似表现表明，中世纪精神可能是一个多么富有成效的探索领域！

中世纪精神可能很危险。中世纪已被白人至上主义团体、新纳粹分子和三 K 党“声称”为一个想象中的白人孤立主义者的过去，由表面上看似积极、但却潜藏着破坏性且问题严重的价值观所统治。必须要注意的是，随着这些群体在欧洲和北美日益增长，使用中世纪的种种方式变得更加黑暗，远超本章前文所讨论的例证。中世纪这个符号曾被这些团体挪用来代表一种被排外和暴力所统治的压抑的过去（至少对任何不符合他们对“可接受的”所做的狭隘定义的人来说是压抑的，如妇女、非白人、非基督徒、LGBTQIA，等等）。“圣战”语言与中世纪文学的关联比与其他一些专用语言的联系更为紧密，它已经成为美国911恐怖袭击后出现的所谓反恐战争的特征，并在双方都有所升级，导致西方的伊斯兰恐惧症。经济状况有时被描述为导致一种新封建主义，这种版本的封建主义奴役其工人，但没有任何中世纪封建主义特征的共生意识。这些并不是中世纪精神的特别文学表达，但它们值得一提。这个领域里有些方面容易惹是生非，有人恰好对此感兴趣。对这些人而言，下面有一些进一步阅读的建议。

中世纪精神是多方面的，但其核心是回顾过去，无论是非常具体地回顾其前辈，还是通过一系列解释性的或想象的镜头来回顾。中世纪精神最可能的导向之一，就是把读者带回到它的源头，回到对真正的中世纪及其文本的研究。中世纪电影、小说和电子游戏可能会提供一种想象中的时光倒流，但接触中世纪文学本身会更接近于体验那个既有城堡又有骑士的时代。作为读者，我们永远无法去除我们自身历史与知识的过滤器，但看看中世纪的文本——无论是原文语言还是翻译文本——都能让读者对这一传统的起源获得更加丰富的体验。这些文本不仅提供了一面观察历史的镜子，以及一面观察读者心理与思想的镜子，还提供了一面观察从中世纪基础上发展而来的21世纪新世界的镜子。

延伸阅读

鉴于多数读者可能已对反映中世纪精神的作品有很好的了解，并在阅读、观看、玩游戏时接触过各种原始资料，我们没有为本节推荐任何原始文本。关于中世纪的优秀介绍性初级读物，读者可以首先考虑[1]

和[2]。

若想从理论上更深入地探讨中世纪精神，[3]和[4]很有价值，后者对这一时期做了非常有创见性的考察。如果托尔金为你走进中世纪铺平了道路，可参阅[5][6]，这两本书富有创见地探讨了他对中世纪精神的影响，当然也周详地考察了中世纪研究本身。对于那些对游戏感兴趣的人，有以下读物：[7]提供了一系列关于特定游戏及其对中世纪的使用的文章，[8]是中世纪电影作品的广泛参考书目之一。[9]可能是唯一一卷专题讨论电视上有关中世纪精神的论著。如对中世纪精神的政治方面感兴趣，可阅读[10][11]，作者对中世纪如何在当代舞台上找到新的生机提出不同的看法，其方式通常既令人恐惧又富有启发性。对于不是以中世纪为背景的中世纪精神研究，可能被称为无意识的中世纪精神，可以参考[12]。

若想了解中世纪精神发展及其历史概况，可参考[13]。[14]提供了一系列有关影响这一特殊研究的特定术语的文章，[15]为未来提供了一种不同的思考和借鉴中世纪的方式。这一系列有关中世纪精神的学术成果表明，思考“在现在使用过去”(the use of the past in the present)是如何发展成为一个学术领域的，该领域附属于但又独立于中世纪文学本身。

[1]Louise D'Arcens. Ed. (2016) *The Cambridge Companion to Medievalism*. Cambridge：Cambridge University Press.

[2]Tison Pugh，Angela Jane Weisl. (2012) *Medievalisms：Making the Past in the Present*. London：Routledge.

[3]Kathleen Biddick. (1998) *The Shock of Medievalism*. Durham，NC：Duke University Press.

[4] Carolyn Dinshaw. (2012) *How Soon is Now?: Medieval Texts, Amateur Readers, and the Queerness of Time.* Durham, NC: Duke University Press.

[5] Tom Shippey. (2003) *The Road to Middle Earth.* Boston: Houghton, Mifflin.

[6] Jane Chance and Alfred K. Siewers. Ed. (2008) *Tolkien's Modern Middle Ages.* New York: Palgrave Macmillan.

[7] Daniel T. Kline. Ed. (2003) *Digital Gaming Reimagines the Middle Ages.* London: Routledge.

[8] Martha Driver, Sid Ray. Ed. *The Medieval Hero on Screen: Representations from Beowulf to Buffy.* (2004) Jefferson, NC: McFarland.

[9] *The Middle Ages on Television: Critical Essays.* (2015) Ed. Meriem Pagè, Karolyn Kinane. Jefferson, NC: McFarland.

[10] Andrew B. R. Elliot. (2017) *Medievalism, Politics, and Mass Media.* Cambridge: D. S. Brewer.

[11] Bruce Holsinger's (2007) Neomedievalism, Neoconservatism, and the War on Terror. Chicago: Prickly Paradigm Press.

[12] Angela Jane Weisl. (2003) *The Persistence of Medievalism: Narrative Adventures in Contemporary Culture.* New York: Palgrave Macmillan.

[13] Matthews, David. (2015) *Medievalism: A Critical History.* Cambridge: D. S. Brewer.

[14] *Medievalism: Key Critical Terms.* (2014) Ed. Elizabeth Emery and Richard Utz. Cambridge: D. S. Brewer.

[15] Richard Utz. (2017) *Medievalism: A Manifesto.* Kalamazoo, MI: Arc Humanities.

第二章

中世纪的骑士是如何挥舞宝剑的?
——战争和暴力文学

也许你参加过名为“中世纪时代”的马术秀，这是美国的一种流行文化表演，游客有机会现场观看“中世纪”骑士表演，穿着彩色束腰外衣的骑士们手持利剑、狼牙棒或斧头作战，他们有时骑马，有时步行，目的是为了护卫公主或赢得她们的芳心。也许你看过一场全接触式的比武大赛或者“中世纪格斗世界锦标赛”，也可能看过关于中世纪的电影，骑士们代表他们的国王出征，在血腥的战场上用利剑和盾牌战斗，直至牺牲或者获胜才会休战。当前许多人想象中的中世纪就是暴力——通常是一种受规则制约，并受某些价值观引导的暴力（但仍然是暴力）。从这个意义上来说，现在对中世纪的描述和那时发生的事颇为接近，正如理查德·考珀（Richard Kaeuper）在谈到中世纪文学中关于战争和中世纪的骑士比武时指出的，“这些作品几乎无一例外地突出了破坏性暴力行为以及对其制约的问题”①。战争虽然能够为个人和团体带来荣耀和胜利，但无论有多么正义，或者胜利多么彻底，战争永远是破坏性的。早期的中世纪文学作品，如《贝奥武夫》或《尼伯龙根之歌》（*Niebelungenlied*）中描绘的部落社会，似乎不可避免地陷入了冲突和战争。同时，这些作品也对冲突给社会带来的破坏进行了反思。

史诗和武功歌（chansons de geste）颂扬军事实力，但永远无法避免冲突给社会带来的损失。相反，无论敌人犯了多大的“错”，即使完全失败，他们展示出的能力也值得些许钦佩和尊重。

人们迷恋骑士，这是一种当代现象，可能起源于恋旧心理。但对于骑士的产生机制，以及何为理想的骑士，中世纪的作家和诗人同样非常感兴趣。他们热衷于探讨骑士和战争这两个方面是如何交叉融合在一起

---

① “almost without fail these works give prominence to acts of disruptive violence and problems of control”, Kaeuper, 1999: 22.

的。在中世纪文学中，骑士充当冒险故事中勇士的角色。在骑士存在的世界中，其价值观受到质疑，但骑士是人们心目中理想的化身。骑士们试图努力定义这一理想，探索是否可以真正实现该理想，并质疑有关骑士的戒律(至少对贵族阶级而言，戒律是规范骑士行为和影响中世纪战争的行为准则)是否在现实中发挥作用，或仅作为美妙的幻想而存在。关于暴力和男性气概是否有关联，异教和基督教在战争和复仇等方面观点基本一致的有关问题，本章提出了质疑，并对十字军战士(通常奉圣命作战)的日常生活进行了考察，有些考察非常详细。

这一时期主流文学作品的特点是探讨冲突中的各种行为 (既包括己方的，也包括敌方的)。从这些文学作品中，偶尔也能发现作家对战术、武器和战斗方法很感兴趣。无论是关于领土冲突、宗教冲突还是其他冲突，这些文学作品总是一方面美化战争，另一方面又质疑其破坏性，试图在二者中间找到平衡点。这两个话题至今仍然对作家和电影制作人充满吸引力。在中世纪，骑士们是如何挥舞宝剑的？读完本章内容，你就能追溯这些交战的历史，并从中找到答案。

骑士精神——尚未消亡

“Chivalry”(骑士精神)这个词综合了 cheval、chevalier 和 chevalerie 三个词的含义。这三个词的含义分别是“马”“骑士(骑马的人)”和“骑兵”，表明骑士是贵族成员，也表明了其武士或战士的地位。骑士精神大约于 1170 年至 1220 年间形成。形成过程中，受到许多早期军事团体的影响，如神圣罗马帝国的骑兵、日耳曼骑士，甚至可能包括摩尔人。骑士精神体现的价值观包括勇敢、正义、训练有素和效忠领主。在发展过程中，骑士精神一直注重培养社会道德以及军事素养。在《高文爵士和绿衣骑士》(14 世纪英语诗歌)中，高文爵士盾牌上的五角形代表了五种骑士价值观——虔诚、礼貌、贞洁、友谊和慷慨，这表明礼仪和美德比军事素养更重要。到了中世纪晚期，骑士精神既是一种道德准则，也是一种军事准则，把战斗精神、宗教虔诚和谦恭礼貌(第三章详细讨论)放在同等重要的地位。这些准则共同诠释了地位显要的骑士所具备的高贵和荣耀等品质的具体含义。

骑士作为一种制度，由封臣和领主组成，他们介于农民和皇室之间，属于封建制度的中上层。他们通常是社会的第一道防线，抵御入侵者和掠夺者。领主召唤骑士时，希望他们按照骑士精神的要求作出回应：迅速、忠诚、随时准备以君主的名义作战。从国王到耕种土地的农民都实施分封制，领主和封臣往往扮演着双重角色。以骑士为例，他可能是自己土地的主人，命令自己的封臣效忠，同时自己也是男爵、侯爵或公爵的封臣。所有领主都是国王的封臣，当国王召唤他们参战时，他们会召集自己的骑士组成国王的军队。

这个利益链是双向互惠的。诸侯向他们的农民附庸提供住房和食物，同时保护他们免受侵害，以换取农民的效忠和劳动。现代的眼光可能会谴责中世纪富人剥削穷人，但在中世纪，分封制就是一种生活方式，领主和封臣之间是伙伴关系，这是以一种完全不同于现代的方式来化解复杂的社会关系。

由于领主通常剥削农民，强迫农民耕种土地，并严格监督他们，所以人们常常把中世纪简单地理解为野蛮时代。这是一个普遍的误解。尽管其中一些观点有一定的道理——例如，劳动者经常在不符合任何现行标准的条件下工作——但这些观点都忽视了一个事实，即分封制是一种共生关系。农民和工人明白，他们的生活方式是命中注定的。这种关系中附庸的一方被严重剥削，而且非常残酷，这一点历史上有例为证。但原则上，领主会为附庸提供食物，并确保他们拥有生存和养家糊口所需的一切。资本主义制度中则缺失这种保障。骑士制度，是分封制的一个重要组成部分，理论上保证了领主和劳动者在遭遇侵略或灾难时享有同等的保护。这种共生关系实际在多大程度上发挥了预想的作用，不是本书的主题，文献中也很少提及。虽然战争征召了社会各阶层的人，但关于战争、骑士精神和冲突的文学作品大多关注的是封建社会三个等级中的上层，而非下层。不过，对战争以及它对人类社会破坏性的认识，至少引起了整个社会共鸣。因为骑士制度专为第一等级的男性成员建立，所以有关他们的文学作品很少直接涉及其他等级的人。不过也有几个例外，如赫尔德里斯·德·科尼艾勒(Heldris de Cornuaill)的《沉默的罗曼史》(*Roman de Silence/The Romance of Silence*，13 世纪)。在这部作品中，女人假扮成男人，在战场上和男性对手一样骁勇善战、令人生畏。

杰弗罗伊·德·查尔尼(Geoffroi de Charny，1300—1356 年)是一位中世纪作家，撰写了《骑士精神手册》(*Le Livre de Chevalerie/The Book of Chivalry*，1352 年)，对骑士(可能有时被称为“武装战士”)的各个级别作了进一步划分。查尔尼认为自己是“这个时代的典型骑士”①。他评估了当时骑士的生存状态，对此进行了详细描述，并根据骑士的能力和活动情况对他们进行了排名。他首先考察那些仅仅追求“娱乐性”(用现代术语来说)格斗的骑士。这些骑士是这样的人，“如果他们得知有庆典活动或其他比武活动……如果可以的话，他们会参加……但忽略并放弃对武器的其他追求”②。“其他追求”包括参与局部战斗，目的是保护亲

---

① “quintessential knight of the age”, Kaeuper & Kennedy, 1996: 3.

② “if they hear of any festivities or other occasions for jousting... will be there if they can... [yet] neglect and abandon the other pursuits of arms”, Geoffroi de Charny, 1996: 87.

属，或者证明他们的信仰，以及对合法领主的忠诚。查尔尼认为这些骑士最值得称赞，因为他们冒着生命和失去土地的风险去保护他人的利益，显示了分封制中特有的一面——互帮互助和团结一致。

骑士头衔成为一种建制，很大程度上取决于一个人出色的武功，武功要么体现在娱乐表演方面（主要用来训练骑士以备实战），要么体现在更重要的实战层面。对君主的忠诚和服从是至高无上的。事实上，领主和附庸之间的信任是维系封建制度的粘合剂。由于骑士身份无论对贵族还是对平民的生活方式影响都很大，所以骑士制度不断出现在中世纪文学作品中，这些作品既包括史诗，也包括传奇文学。早期的骑士文学如《贝奥武夫》大约起源于 6 世纪，推测写作时间在 800—1000 年，这表明骑士制度源于武士团。而十字军文学，如《狮心王查理》（*Richard the Lion-Hearted*，14 世纪早期至 15 世纪晚期）和儒安维尔（Joinville）的十字军东征编年史则对基督教和伊斯兰教的骑士典范进行了比较。骑士制度可能是中世纪最强大的制度之一，它不仅在中世纪政治中扮演着不可或缺的角色，还影响了中世纪战士如何理解自己与领主、国王、对手甚至与上帝之间的关系。

充满侠义精神的传奇文学，体现了骑士的价值观，该价值观与骑士的礼仪观和爱情观一致。除此以外，还有与骑士精神相关的文学作品，这些作品既描述了骑士精神的准则，又在实践中指导骑士。拉蒙·鲁尔（Ramon Llull）的《骑士勋章》（*Book of the Order of Chivalry*，约 1274—1276 年）用加泰罗尼亚语写成，后被翻译成其他语言，并在欧洲传播，是当代人理解中世纪骑士精神的基础。《骑士勋章》本质上是一部改革派作品，目的在于让十字军骑士规范其行为，从而致力于自己真正的事业——打败撒拉逊人。鲁尔把骑士精神分为七个部分，分别代表七个行星，这七个行星把地球上的物体排列有序。鲁尔希望他对骑士制度以及其起源和运行的探索，能让骑士身份与七个行星一样井然有序。这本书是这样拉开序幕的。一个寻求骑士身份的乡绅遇到了一个搬到森林里生活的老骑士，乡绅要求骑士解释骑士团组织后得到了这本书。从这本书中，他理解了何为贵族、何为荣誉以及他必须学会遵循的制度。年轻的乡绅被责成将这本书带回宫廷，以“恢复骑士必须遵循的奉献精神、忠诚态度和需要遵守的规则，以此表明他们的骑士团身份”①。他将这本书带给国王，国王允许任何有志于骑士团的骑士制作一份副本。鲁尔在一系列章节中简短地阐明了这样的观点：世俗和宗教美德合二为一，可以锤炼完美的骑士。一个值得尊敬的骑士将会“受人爱戴，因为他完美”，“……被人敬畏，因为他是强者”；并且必须行善，为其领主建言献策②。查尔尼的《骑士精神手册》估计受鲁尔的影响，体现的价值观多数与鲁尔相似。他受十字军东征中的骑士行为的启发而完成此书，该书旨在为让二世(Jean Ⅱ of France)的星辰骑士团的骑士提供指南。

《威廉·马歇尔传》(*The History of William Marshal*)写于13世纪。与其说这是一本指南，不如说是一本传记。该书对一位骑士的戎马生涯进行了描述。威廉·马歇尔(约1147—1219年)是一位技艺精湛的比武者和骑士，他通过联姻获得了彭布罗克伯爵的头衔。该传记描述了这位骑士之星，一位展现了所有骑士美德的理想人物。当然，这些描述中有多少夸张和修饰还不确定。不过，这本传记实实在在展示了战争和宫廷中理想化的骑士行为，记述了一个曾为5位英国国王效力的骑士的传奇

① “restore the devotion, the loyalty, and the Rule that the knight must observe in order to profess his Order”, Llull, 2013: 38.

② “loved, for he is good,”…“feared, for he is strong”; and must perform good deeds and provide counsel to his lord, Llull, 2013: 80.

历史。

关于战争和骑士精神的作品，其主题主要与男性有关，但创作者并不仅仅限于男性。大约在 1410 年，克里斯蒂娜・德・皮桑(Christine de Pizan)写了《骑士之道：百年战争》(*Books of Deeds of Arms and of Chivalry*)一书，该书对军事战略和战术，以及对中世纪战争技术的阐释，是关于早期火药战争和武器装备的第一手资料。克里斯蒂娜说，她借鉴了韦格蒂乌斯(Vegetius)的《论军事》(*Of Martial Kings*，4 世纪)和奥诺雷・布维(Honoré Bouvet)的《战争之树》(*Tree of Battles*，14 世纪)中的一些观点；她写作，是由于真心热爱和"真诚希望从军的贵族安全和健康"①。女性撰写战争手册可谓史无前例。为了完成这部作品，克里斯蒂娜做了充分的准备。她在《奥西娅的书信》(*Epistre d'Athéa*，1399—1400 年)中探讨了骑士道德教育的重要性，并在查尔斯五世传记中详细描述了骑士精神的细节和价值。在克里斯蒂娜看来，品德培育和熟练的战术比身体素质更重要，她认为真正的骑士精神取决于"良好的运气、准确的判断力、奋斗精神和意志力量"②。

克里斯蒂娜的作品涵盖了各种军事细节，例如，如何组建军队作战，围困期间如何为堡垒备水，进攻时需要什么装备。不过，她更感兴趣的是战争中的道义问题，以及什么是符合道义且普遍认可的做法，她特别关注与忠诚、宗教礼仪、代价和义务等有关的道义问题。她认为，何为正义的战争决定了战争中哪些行为是可以接受的。她承认，所有战争"都是杀戮，充满种种恶行，都是上帝用法令禁止基督徒参与的事

① "by true affection and a genuine desire for the welfare of noble men engaging in the profession of arms", Christine, *Arms*, 1999: 12.

② "good fortune, good judgment, diligence, and strength", Christine, *Arms*, 1999: 4.

情”，但她仍然认为有些战争是可以接受的，例如那些“匡扶正义”以及“保家卫国的战争”。① 然而，关于其他类型的战争是否正义，她建议听听“资深的法律专家或律师”②的意见。克里斯蒂娜断言，为非正义战争卖命的骑士，“如果不知悔改，将走上灭亡之路”③。

这些骑士文学作品本身非常引人入胜，同时也是许多中世纪宫廷文学的附属品。有些作品直接与战争和暴力有关，如本章所介绍的作品；有些描写个人魅力，如与宫廷爱情相关的作品。

一些中世纪文学作品，如下文讨论的冰岛传奇，似乎在宣扬肆无忌惮的暴力。但从这些作品本身来看，许多中世纪骑士认为，这些暴力是一种很审慎的、受约束的和仪式化的行为。对此，考珀尔评论说：

> 无论中世纪文学作品多么辉煌，多么文雅，无论其理想多么崇高，无论它与西方绅士理想的关系多么密切，总之，无论我们的看法如何，我们都不能忘记，骑士精神是在侵略冲动下滋养的，骑士精神之所以存在，就是为了炫耀闪亮的盔甲和锋利的武器，以及血腥的暴力。④

---

① “involves killing and various other kinds of evil, things forbidden among Christians by God's law” “recover what is right” “wars in defense of one's country when it is attacked”, Christine, *Arms*, 1999：4.

② “competent jurists or lawyers”, Christine, *Arms*, 1999：152.

③ “will go the way of perdition without great repentance”, Christine, *Arms*, 1999：153.

④ however glorious and refined its literature, however elevated its ideals, however enduring its link with Western ideals of gentlemanliness—and whatever we think of that—we must not forget that knighthood was nourished on aggressive impulses, that it existed to use its shining armor and sharpedged weaponry in acts of show and bloody violence. Kaeuper, *Chivalry*, 1999：1.

那些所谓的仪式和规则，甚至克里斯蒂娜关于正义战争的定义，都在为这些暴力辩护，但暴力的破坏性并没有因此而减轻。

武功歌

“武功歌”是法国的一种长篇故事诗，出现于 11 世纪末和 12 世纪初，几个世纪以来口口相传。这一体裁一直延续到 15 世纪，在 1150 年至 1250 年达到顶峰。我们通常称之为“法兰西史诗”(Matter of France)，以区别于关于亚瑟王的“亚瑟王传说”(又译“不列颠记”)(Matter of Britain)，或构成“罗马传说”(Matter of Rome)的各种古典叙事。这些作品主要关注法国早期历史，特别是卡洛林王朝及其后代的历史。最著名的作品是《罗兰之歌》(*La Chanson de Roland*)，这部史诗可以追溯到大约 1080 年，讲述了查理大帝在龙塞瓦勒输给撒拉逊人的故事以及随后的最终胜利。另外一个例子是《奥兰治的威廉》(*Guillaume d'Orange*)(约 1140 年)，这是一系列关于奥兰治的威廉与撒拉逊人之间进行各种战斗并获胜的诗歌。这些诗歌均与神话创造有关。关于历史上的查理大帝，人皆知晓，但这些叙事版的诗歌却呈现出一个不同的国王形象：一方面，充满骑士精神和豪迈气概；另一方面，在失去爱将时情绪激动，面对失败时无比愤怒。人们对历史上的奥兰治的威廉知之甚少，但这一系列诗歌再现了一个充满伟大功绩的人生故事，从“辉煌的青春”开始，到“神圣的死亡”结束。① 这些故事主要描述基督教英雄战胜异教徒对手的军事壮举，或反叛的男爵与他们的国王或男爵彼此之间的冲突。这类

① 原文分别为：“glorious youth”“saintly death”，Ferrante，*Guillaume*，1974：1.

传奇写作手法流行，似乎是由于传统故事写作容易反映出当时国家的实际状况，即法国卡佩王朝的斗争和十字军东征的崛起。

《罗兰之歌》是“帝王系”的第一部诗集，大致记述了查理大帝的武功和事迹。英雄史诗的另一个系列《敦·德·梅央斯》(*Doon de Mayence*，13 世纪)则主要描述了与反叛主题相关的故事。这些诗歌涵盖了各种恩怨情仇：个人的、家族的和皇室的。正如琼·费兰特(Joan Ferrante)所指出的，这些故事表明，“快意恩仇、慢意宽恕的骄傲导致了永无休止的、十分可怕的暴力”①，《罗兰之歌》一方面批判，另一方面又美化这种暴力。《罗兰之歌》热衷于描述这样的场面：身体被劈成两半，脑浆从耳朵里喷出，甚至马匹被劈死。《康布雷的拉乌尔》(*Raoul de Cambrai*，12 世纪或 13 世纪)是以反叛为主题的诗歌，反映的是世仇如何导致受害者被无辜屠杀，例如，一群修女在教堂里被活活烧死。

从某种意义上来说，不同的子流派似乎在相互批判。在《奥兰治的威廉》中，国王的软弱和自私并没有导致不和——相反，威廉和他忠诚的骑士同伴将精力转向了与共同的敌人作战。虽然从战略上来说，这允许骑士通过占领它们来获得封地，但由于国王无需承担为其封臣提供封地的责任，这些联盟也有更大的作用。威廉的家人和追随者的忠诚度成为一个可以增加基督教体量的模式，因为它引导皈依的异教徒加入战斗(男性)或家庭(女性)。异教徒妇女的皈依和随后与基督徒男子的婚姻互补，在一定程度上抵消了异教徒敌人的暴力屠杀。

---

① “pride that is quick to take offense and slow to forgive leads to self-perpetuating and often horrifying violence”, 1974: 3.

耶路撒冷之围

用中古英语撰写的诗歌《耶路撒冷之围》(约 1370—1380 年)过分宣扬暴力。这是一首头韵体诗歌，保存于 9 份手稿中。这首诗的重点不是 1099 年第一次十字军东征期间耶路撒冷的围城战，而是公元 70 年罗马人对耶路撒冷的围攻。这场围攻被描绘成罗马皇帝维斯帕先和提图斯实施的上天对耶路撒冷的惩罚，惩罚的原因是耶稣基督之死。拉尔夫·汉纳(Ralph Hanan)将这首诗称为“头韵诗运动中裹着巧克力的狼蛛”①，并指出这首诗几乎没有受到任何批评，因为“令人反感，所以过去无人关注和批评”②。最近这首诗遭到了很多批评，部分原因是诗里包含种族主义和仇外心理，反映了这首诗强烈的虐待狂特点和暴力本质，以及恶毒的反犹太主义思想。这首诗似乎热衷于逼真地描写血腥场面，比如一名犹太妇女在围攻期间吃掉了自己的孩子，或者屠杀了寺庙的祭司。有些人认为这首诗即使没有批评，也是在质疑反犹太主义，因为诗里表示了对耶路撒冷的普通公民的同情，并反思了战争是否正当。尽管如此，这首诗还是显示了对暴力的迷恋，就像当代恐怖片一样，诗歌似乎过于重视逼真的血腥场面描写。像许多“武功歌”一样，《耶路撒冷之围》似乎以古喻今，利用过去的事来表达人们对十字军东征的看法，并暗示基督徒对其他宗教信徒非常担忧。

---

① “the chocolate-covered tarantula of the alliterative movement”, Hanna, *Siege*, 1992: 109.

② “so offensive as to exist on the suppressed margins of critical attention”, Hanna, *Siege*, 1992: 109.

十字军东征时期的文学

十字军东征可能是中世纪最著名的，也是最容易引人误解的战争。直到今天，十字军东征仍然通过电影、文学、戏剧渗透到流行文化中，在涉及恐怖主义时甚至出现在当代政治话语中。但这些论述一般没有可靠的证据。根据资料记载，早在中世纪，作家就对这场所谓的“圣战”感兴趣。“圣战”持续了两百多年。1095 年罗马教皇乌尔班二世(Pope Urban Ⅱ)在克勒芒宗教大会上发表宣言，标志十字军东征开始。他的宣言是中世纪军事史上最有影响力的演讲之一。演讲中，他鼓励中世纪的基督教徒向塞尔柱突厥人开战，因为他们禁止基督教朝圣者进入耶路撒冷。演讲还认为反撒拉逊人和反犹太人的言论都出于同样特定的原因。随后，七场战役接踵而至，直到 1291 年，最后一座欧洲十字军城堡在阿克里城(位于今天以色列的北海岸，最近被考古学家发掘出来)沦陷。后来，欧洲其他各地发生了各种各样的“十字军东征”，不过，都没有发生在“圣地”(巴勒斯坦)。

若弗鲁瓦·德·维尔阿杜安(Geoffery de Villehardouin，1160—1213 年)以编年史的形式记录了他在第四次十字军东征中的经历，内容涉及资金资助、各种团体之间的内讧，以及贵族对君主的效忠和他们与君主之间的分歧，为我们了解十字军东征的内部运作提供了第一手资料。他的编年史还记载了君士坦丁堡被攻占的情况、希腊原住民和拉丁征服者之间发生的冲突，记录了在重新征服耶路撒冷的途中发生的大火摧毁了这座城市的大部分地区。这场冲突成为第四次十字军东征的导火索。在第四次十字军东征中，十字军的战斗对象不是“圣地”(巴勒斯坦)的穆斯林，而是占据“门户”城市君士坦丁堡的基督徒同伴。尽管维尔阿杜安的编年史中的各种信息十分丰富，但它主要描述的是一些关于阴谋与战争、背叛与悬念、斩首与不幸，以及涉及皇室婚姻的故事。

当然，维尔阿杜安的编年史不是唯一提供十字军东征第一手资料的文本。让·德·儒安维尔(Jean de Joinville，约1224—1317年)在他的《圣路易史》(*History of Saint-Louis*，1309年)中详细记载了第七次十字军东征。当时他和国王路易九世于1248年一起远征埃及，十字军准备从那里出发，进攻叙利亚。后来军队被俘虏，儒安维尔和国王一起被赎回，两人成为朋友。回到法国后，儒安维尔成为香槟地区的总管，但他拒绝随国王远征突尼斯(1270年)(路易九世在远征中去世)。儒安维尔的巅峰之作《圣路易史》是受公正王腓力的妻子，即香槟·纳瓦尔的雅娜委托创作的。雅娜去世后，该书被赠送给她的儿子路易十世。这部作品主要详细描述了十字军东征，并介绍了路易的早期生活和他后来的统治、死亡和加冕。尽管儒安维尔对国王路易本人赞誉有加，但还是毫不犹豫地批评了他发动的第二次十字军东征。该书不仅记述了财政困难和浪费问题，以及危险的海上航行和疾病肆虐，而且还对十字军的管理混乱和缺乏纪律性提出了批评，为了解十字军的苦难经历提供了第一手资料。

除了史实记载，中世纪文学中也有虚构故事，这是受十字军东征以及因十字军东征而声名鹊起的流行人物的影响而出现的。《狮心王理查》就是这样一部作品，作者不详，现存于14世纪早期到15世纪晚期的作品中。作品讲述了狮心王理查的冒险经历，并在理查国王参加第三次十字军东征的历史记录中自行插入了一些虚构的内容。这首诗继承了“武功歌”中的一些传统，为儒安维尔和维尔阿杜安的传记写作增加了新的元素，探索了幻想和历史相融合的写法。书中一些主要的虚构情节，如国王理查生病的事件(只有在吃了一位年轻的撒拉逊人的肉后才得以治愈)，以及全新的攻城武器——蜂巢，将娱乐和史实相结合，进一步凸显了国王理查一世的英勇气概。

“异教徒的思想是错误的，基督徒是正确的”，这句话出自《罗兰之歌》，可以用于总结“武功歌”、十字军编年史和十字军传奇中的一些思想观点。很明显，这个观点极度排外。异教徒可以皈依基督教，暗示了作者的态度并非那么极端。尽管如此，这也很难改变书中基本的种族主义思想。虽然有一些关于十字军东征的文献一致认可这些价值观，但更多文献对此表示怀疑和质疑。萨拉丁是一位仁慈的领袖，他允许市民自由离开耶路撒冷，允许所有的基督徒以合理的价格被赎回。这个时期的文学作品对他并不认可，但对撒拉逊人的军事技术十分推崇，对十字军东征的目的和代价表示忧虑。儒安维尔的《圣路易生平》(*Life of St. Louis*)特别关注十字军东征造成的支出和破坏，认为东征损害了国王在人民心中的声誉。当然，除了儒安维尔以外，也有其他人质疑战争和暴力问题。查理大帝军队的呼声非常一致，似乎代表了基督教的态度，但并非如此。

当然，关于中世纪文学，欧洲人的观点并非唯一有代表性的观点。关于法兰克战争，阿拉伯人的资料与他们的对手有很多共同之处，这一点从他们对这些冲突的命名中可以看出。阿敏·马卢夫(Amin Maalouf)的《阿拉伯人眼中的十字军东征》(*Crusades Through Arab Eyes*)汇编了各种相关资料，包括编年史、史料和公文等，展示了自我辩解、宗教信仰、攻占领地和军事优势之间的关系，以及对对方偶尔取得的军事胜利表示基本尊重。马卢夫引用萨拉丁的话说：“看看法兰克人！他们顽强地为自己的宗教而战，而我们穆斯林却对发动圣战毫无热情。”①这表明法兰克人与阿拉伯人对待宗教战争的不同态度。然而，在涉及具体的冲突时，编年史多半描述并赞扬弗兰基的各种攻城器械和战术，因为很难战胜对手；对自己军队的战略和战术也有同样的描述，包括使用凝固汽油或“希腊火”(一种可在水上燃烧的液态化学武器)。西方文本的读者可能对战争中正确行为很熟悉，例如，卡玛尔·艾尔·迪恩(Kamāl al-Dīn)说：“伊尔加齐让他的埃米尔们发誓，他们将勇敢地战斗，坚守阵地，不会退缩，并为吉哈德献出生命。”②这些骑士精神与查理大帝在罗兰、奥利弗和《罗兰之歌》中提及的其他部队所倡导的精神相似。萨拉丁和查理大帝一样，都为部队的伤亡和战争的非正义而悲伤。由于战功卓著和战后对双方人民十分慷慨，他和其他西方军事领导人一样，都被理想化了。

同样，阿拉伯人的著作也为战争结束而喝彩。马卢夫引用艾布·菲达(Abu'l-Fidā)的话说：

> 征服阿卡后，上帝让那些仍留在叙利亚海岸的法兰克人感到恐惧。他们就这样匆匆撤离了……因此，苏丹获得了千载难逢的好机会，轻易地征服了所有这些据点，并立即拆除了这些据点。③

---

① “Regard the Franj! [the Franks, or Europeans] Behold with what obstinacy they fight for their religion, while we, the Muslims, show no enthusiasm for waging holy war”, Maalouf, 1984: 1.

② “Ilghazi made his emirs swear they would fight bravely, that they would hold their positions, that they would not retreat, and that they would give their lives for the jihad”, Kamāl al-Dīn, 1984: 93.

③ After the conquest of Acre, God struck fear into the hearts of those Franj still remaining on the Syrian coast. Thus did they precipitately evacuate… the sultan therefore had the good fortune, shared by none other, of easily conquering all those strongholds, which he immediately had dismantled. Maalouf, 1984: 259.

他补充说："就这样，曾经几乎征服了大马士革、埃及和其他许多地方的法兰克人被驱逐出了整个叙利亚和沿海地区。上帝保佑，他们再也没有涉足那里！"①如果这些作品不像欧洲的武功歌那样是虚构的，它们仍然可以当作研究冲突和暴力的素材。

史诗

并非所有关于战争和暴力的中世纪文学作品都具有骑士精神，也并非所有作品都涉及基督徒和异教徒之间的冲突。中世纪史诗从吉尔伽美什（Gilgamesh）开始的古典传统中汲取灵感，并具有许多共同特征。"史诗"可以被定义为具有以下特征的一首诗：

> (a)关于严肃主题的长篇叙事；(b)以优雅的语言风格叙述；(c)主要展示代表一个种族、民族或宗教团体的文化价值观的英雄或被尊为神明的统治者的功绩；(d)史诗英雄的成败决定该民族或国家的命运；(e)通常，史诗的背景广阔，覆盖极大的地理区域；(f)包含了超人的力量或军事才能，神灵或超自然生物经常参与各种行动；(g)诗的起始是对缪斯女神的召唤，以激发诗人的灵感；(h)叙事直接切入主题；(i)史诗记载的是英雄或重要人物，重点

① "Thus were the Franj, who had once nearly conquered Damascus, Egypt, and many other lands, expelled from all of Syria and the coastal zones. God Grant that they never set foot there again!", 1984: 259.

关注出身高贵的国王和伟大的战士，而非农民和平民。①

无论中世纪史诗与古典史诗之间有何联系，有一点是确定的，即中世纪史诗是在古典史诗的基础上发展完善起来的。《贝奥武夫》是一首源自早期斯堪的纳维亚半岛的口述古英语诗歌。很明显，《贝奥武夫》同《伊利亚特》(*Iliad*)和《奥德赛》(*Odyssey*)一样，充分体现了古典史诗的许多特点。当然，也找不到古典诗歌和《贝奥武夫》之间的任何明显联系。

当然，《贝奥武夫》满足了上述许多(如果不是全部)条件，再现了一位伟大战士的壮举。贝奥武夫要消灭的不是一个，而是几个可怕的怪物。当然最终他死于贪婪的龙的魔爪中(虽然没有先给他的对手致命一击)。这个故事最初以口头叙述的形式流传，后来被转录下来。该故事基于一个战火纷飞、四面楚歌的背景，在基督教传入英国之前已为人所知。然而，正如玛格丽特·戈德史密斯(Margaret E. Goldsmith)所说，“我们完全有理由相信，诗人与其读者信仰基督教，并且喜欢听与基督

① a poem that is (a) a long narrative about a serious subject, (b) told in an elevated style of language, (c) focused on the exploits of a hero or demi-god who represents the cultural values of a race, nation, or religious group (d) in which the hero's success or failure will determine the fate of that people or nation. Usually, the epic has (e) a vast setting; it covers a wide geographic area, (f) it contains superhuman feats of strength or military prowess, and gods or supernatural beings frequently take part in the action. The poem begins with (g) the invocation of a muse to inspire the poet and, (h) the narrative starts in medias res... (i) The epic contains long catalogs of heroes or important characters, focusing on highborn kings and great warriors rather than peasants and commoners. Wheeler, 2017.

教相关的诗歌”①。

因此，文本中的基督教色彩似乎与异教主题格格不入，这导致了一个问题，即读者如何解读赫罗斯加(Hrothgar)的观点，例如观点之一：贝奥武夫杀死格伦德尔是通过上帝的力量实现的。戈德史密斯问道，“人生信条(贯穿于一个神话般的冒险故事中)……是否应该出现在本诗中，是否是作者或其他人宣扬了这些人生信条，以便为可能带有异教色彩的东西增添神圣的气息”②。我们是否可以将这些额外加入的元素从原始故事中分离出来，并将其理解为版本演变的结果？由于不断有口头转述，“原始”版本会随之演变和扩展，那么是否会存在一个真正的“原始”版本的故事？或者现存手稿中的版本变成了“真实”版本，像诗人所写的那样被纪念和永存不朽？或者，正如戈德史密斯所言，作者“关注的是人类的心灵和思想……其次才是战争、宴会和游泳技艺”③。与口头叙述者的初衷相比，这首诗的重点可能有了微妙的变化。

当然，《贝奥武夫》赞扬了在战斗中取得胜利的战士，也考虑到了将国王置于危险境地的后果，因为国王既是战队(也称为亲兵)的首领，也是整个社会及其生命力的代表。战斗中，国王一定会令对手畏惧，但贝奥武夫考虑到，如果国王鲁莽行事，他自己的生命以及国家都将被置于危险境地。当时，部落的等级划分主要基于实力而不是血统，国王的

---

① “we have every reason to believe that the poet and his audience were grounded in the Christian faith and accustomed to listen to Christian poetry”, 1962: 75.

② “general maxims about life [peppered throughout a story of fabulous adventures]... are necessary to the poem, or whether the author, or someone else, has scattered them broadcast, in order to lend an odor of sanctity to what might otherwise smack of heathenism”, 1962: 72.

③ “was concerned with the hearts and minds of men... and only secondarily with wars and banquets and feats of swimming”, 1962: 72.

去世让国家陷入了危险的混乱状态，这在一定程度上，甚至很大程度上，是由部落间的争斗造成的。

该故事的另一个组成部分是战斗(经常出现在中世纪史诗中)：贝奥武夫与格伦德尔、格伦德尔的母亲，甚至与龙交战。战斗对史诗的情节(以及撰写这些史诗的作者)来说必不可少，以至于连剑都变成了其中的角色。赫伦廷是昂弗斯送给贝奥武夫的一把剑，是一大宝物，经过战斗的洗磨而变得坚硬无比。尽管如此，贝奥武夫在与格伦德尔的母亲的交战中还是失败了。他必须使用另一把剑，一把由古代巨人锻造的剑，才能将怪物斩首。这也许表明人类无法战胜自然的神力。

在实际战争中，担心武器装备故障也是合乎情理的。骑士的剑不仅仅是一块钢铁，它代表了骑士的荣誉、实力以及作为一名战士履行职责的能力。在电影和戏剧中，剑术经常被戏剧化和浪漫化：钢铁的碰撞声响彻整个战场，火花四溅，反面人物和英雄战斗了很久，双方的剑都没有变钝，直到最后有一方打出致命一击。

事实上，剑战持续的时间是数秒，而不是数分钟，招架一般用盾牌或剑的侧面而不是剑刃。无论剑制作得多精良，如果招架时用剑刃，那么剑刃很快就会凹陷，从而被毁(这种情况确实发生过，博物馆里发现的中世纪剑的剑刃上缺少三角形的楔子就是证明)。当然不同的风格需要不同的战斗策略。剑通常佩戴在臀部，刀刃的大小、样式和形状因地域而有所不同。阔剑(比如《贝奥武夫》中描述的剑)和双刃大刀(大型，长度通常在 30 英寸到 40 英寸)以及长剑和半手剑的主要使用者是欧洲骑士，而大刀则一般在中东使用。武士刀是日本武士的首选，其设计目的是在拔刀时立即砍伤对手(因此以刀身的弧度而著称)。

除了剑以外，中世纪战争中使用的其他武器还包括长矛(也称为戟或矛)、弓和箭——有长有短，长弓在英国阿金库尔战役(1415 年)中得以闻名，或者是机械式的(弓弩式样，弦通过机械方式缠绕，并由扳机而非手动触发)。有时也使用战斧，《高文爵士和绿骑士》中绿骑士的首选武器即战斧。

《贝奥武夫》中的怪物——格伦德尔、格伦德尔的母亲和恶龙——给出了他们衡量死亡和毁灭的标准，也说明了人类是如何成为自己最大的敌人的。

最终，故事的主人公贝奥武夫失败了。他死于恶龙之手，也许是因为他的狂妄自大，认为自己是不可战胜的。他的追随者们预言耶阿特人将最终毁于瑞典人之手，就像诗中预言了希奥罗特王宫的衰落一样，衰落的原因是赫罗思加死后内部自相残杀。因此，中世纪史诗的读者和听众看到的是一个悲壮中获胜的故事。

《朱迪思》(*Judith*，约975—1025年)与《贝奥武夫》是在同一手稿中发现的，因此中世纪的史诗英雄并非都是男性。该文叙述了以色列人朱迪思(Judith of Bethulia)斩杀亚述将军荷罗孚尼的经过，是对《朱迪思书》(*Book of Judith*)的复述。《朱迪思书》是一部次经文本，至今仍见于天主教和东正教的《圣经》、新教的《伪经》以及犹太非圣经神圣藏品。这首诗并不完整，但它讲述了一个英勇的女人。在人民眼中，她品德优良，无可挑剔。她战胜了可怕的荷罗孚尼，她趁荷罗孚尼醉酒后酣睡时将他斩首，并带领希伯来军队取得了胜利。《朱迪思》中的描述，尤其是对朱迪思本人的描述，与《贝奥武夫》中的描述相呼应。尽管二者来源各不相同，但都突出了他们共同的传统。

《尼伯龙根之歌》是另一部有女性角色的英雄史诗，开篇就评论了古代英雄故事，以及这些故事中伟大英雄的功绩，还论及了他们的悲惨死亡。该书于大约1200年间创作，用中古高地德语写成，作者不详；文中描述了一条龙，龙血为任何沐浴过的人提供了无敌的力量。

故事的核心是一场战斗，西格弗里特必须在战斗中击败布伦希德（一个女人），这样他才能在婚姻中赢得克琳希德的芳心。他使用诡计，通过一个斗篷隐身而获得了成功。尽管如此，布伦希德还是嫁给了西格弗里特的领主冈特国王，而西格弗里特则娶了克琳希德。随着时间的推移，争吵接踵而至，这些人物因为互要诡计和相互欺骗而结局悲惨。布伦希德得知，打败她的不是领主勃艮第王，而是西格弗里特，这让她非常伤心。哈根得知西格弗里特仍然有软肋（一片叶子阻止了龙血流向他），于是杀死了他。为此克琳希德伤心了很多年，最终她去了匈牙利与另一个人结婚，并邀请她的兄弟们到她的领地。为了复仇，克琳希德屠杀了勃艮第人，将她的弟弟勃艮第王斩首，并用西格弗里特的剑杀死了哈根，最后自己被希尔德布兰德砍头。冰岛史诗《沃尔松格萨迦》（*Volsunga Saga*，13 世纪）讲述了这个故事的另一个版本。

虽然从表面上看，史诗的叙述似乎很残酷，但它呈现了中世纪国家经常面临的现实。史诗发出这样的警告：不要肆无忌惮地复仇，不要使用规避骑士精神神圣规则的战术。史诗描述的故事没有简单的“对”或者“错”，学术界对这一点做了各种解释。凯瑟琳·德凡·布朗（Katherine DeVane Brown）研究了现存不同版本的手稿，并分析了这些手稿是如何将责任归咎于哈根或者其他人的。她特别关注该手稿以及手稿对“忠诚”的理解，这些可能会引起中世纪观众的共鸣。①

她最终得出结论，“《尼伯龙根之歌》的作者并没有简单地将哈根讽刺为一个恶棍，而是保留了哈根传统形象的某些方面，并将他描绘成一个明智和勇敢的附庸，他最初错误的忠诚导致他对西格弗里特采取了不公正的行为”，并且“通过这种对宫廷竞争主题的巧妙改编，诗人能够

① 转译自 Brown，2015：356.

对忠诚冲突的问题提出某种新观点”①。也许这是所有中世纪史诗一定要做到的：考虑社会问题，并将其纳入复杂的叙事过程中，同时对长久以来的信仰提出质疑，并重新确认某些行为准则，以促进农民和贵族的和平、安全和生存。

中世纪史诗的其他例子包括韦斯(Wace)的12世纪法文版《不列颠故事》(*Story of Brutus*)和《诺曼史》(*Story of Rollo*)，以及莱阿门(Layamon)的13世纪英文版《布鲁特》(*Brut*)；中古高地德语版的无名诗《库德伦》(*Kudrum*，13世纪)，该诗与《尼伯龙根之歌》有许多共同的特点和人物；还有西班牙语史诗《熙德之歌》，也称《熙德传奇》(*Song of My Cid*)，同样是13世纪的作品。但丁的《神曲》也可以说是一部中世纪史诗，尽管该诗划归到其他类别更合适，但这种诗歌形式一直对中世纪的大量文学作品产生影响。

冰岛传奇

在中世纪暴力文学中，有一个显著不同的例子，那就是冰岛传奇。这些传奇故事是在14—15世纪用古挪威语写成的，取材于广泛的口头传说和主要发生在9—11世纪冰岛建国和殖民时期的事件。故事主要涉及以下三个方面：有关人物(真实的和想象的，当代的和历史的)、有关事件(如格陵兰岛的殖民化和文兰岛的发现)和有关地点(如奥克尼群岛或冰岛西部)。内容常常描述名门望族，有时包括神话元素。这些故事包含了大量的关于王朝建立时的暴力、仇恨和冲突。上文提及的《贝

① “Through this skillful adaptation of the courtly rivalry motif, the poet is able to present a new perspective on the problem of loyalty conflict”, Brown, 2015: 377.

奥武夫》的故事很可能是斯堪的纳维亚人以某种口头形式传入英格兰的。《贝奥武夫》中充满仇杀，同样，这些传奇大篇幅描写暴力，深刻地展示了暴力在中世纪历史中所占的比重很大。

下面举例说明。《埃吉尔·萨迦·斯卡拉格里姆·松纳》(*Egils Saga Skallagrim Sonar*)也称“埃吉尔传奇”(The Sage of Egil)，埃吉尔为斯卡拉格里姆之子(最早的手稿片段，约1240年)。作品讲述了斯卡拉格里姆之子——埃吉尔的故事。埃吉尔是一个农民、维京人，也是一位诗人，他的生活似乎处处充满暴力。在很小的时候，他就杀死了一个他认为在游戏中作弊的同伴；他与挪威国王埃里克·布卢达克斯不断发生冲突，与冰岛的敌对酋长一直有各种恩怨，参加了维京人的突袭行动，在对维京人同胞的作战中为英格兰国王阿特尔斯坦服务；一个农夫拒绝为埃吉尔提供最好的酒，他就用自己的呕吐物呛死了这个农夫；最后，在生命的最后阶段，他在议会开会时把银子扔到地上，他的农民同胞们吵闹争抢，他则旁观取乐。

在这些传奇中，引人注目的不是暴力本身，而是暴力上演的故事背景。“武功歌”中，武装冲突和战斗就是主题，而这些传奇中没有凸显暴力，暴力发生有着特定故事背景。这些传奇主要关注的是家庭单位的建立。与其他作品相比，这些传奇更多地展示了暴力只是社会结构的一部分，是整个社会大背景下的元素之一，而不是社会背景的焦点。许多传奇故事是关于在一些地方建立斯堪的纳维亚人社会的基本描述，这些地方不仅包括冰岛、奥克尼群岛、格陵兰岛，甚至还包括在北美的文兰岛和马克兰岛。同时也记载了一些特定地方的家庭和社会情况，如《埃里人民传奇》(*Erebygga*, *the Saga of the People of Eyri*)或《拉克斯德拉传奇》(*Laxardalr*, *the Laxdæla Saga*)，这些传奇揭示了冲突是这些历史中非常深刻的一部分。尽管冰岛建立了议会制度，其基础是关于所有权、财产、土地使用、资源获取和阿尔庭(政府年度会议，对废除这些法律进行惩罚)的法律，但这并没有阻止武装冲突成为社会结构的一部分。

结语

有关中世纪战争和冲突的作品，有些充满血腥和暴力，有些描述详细，而且能启发后人，无论怎样都唤起了一种特定的精神气质。某些团体或社会阶层为了娱乐或者生存而卷入暴力，这些作品对此进行了评价。作者质疑"正义战争"的含义，不断反思十字军的经济、社会和道德地位，探讨骑士精神的有关戒律如何影响骑士的战斗行动。

中世纪的作家同样关注如何再现事实，比如那些撰写十字军东征故事的作者，注重细节描写和事件的来龙去脉，以便读者更好地理解漫长而激烈的冲突背后的阴谋。

在贝奥武夫与龙和巨人战斗的地方，参与围攻耶路撒冷的突击队员必须面对遭遇的恐怖，他们可能成为故事中真正的怪物——当然作者并没有这样写。因此，理解中世纪文学有时既需要承认那时的写作角度与现在不同，也需要明白如何在现代环境中看待中世纪文学。根据一些文学批评理论，一旦文稿离开作者之手，作者的原意就会慢慢消失；特别是在中世纪文学中，作者信息往往不详，作者发挥的作用就更小了。尽管如此，生活在中世纪的人肯定经历过如今在影片中上演的暴力和恐怖。尽管中世纪文学作品详细描述了很多暴力场面，赞美了骑士精神，歌颂了军事胜利，但同时又充满了自责和质疑，作品一直在追问所有这些是如何发生的，或者为何发生，并且探讨如何超越血腥暴力来塑造更伟大的未来。

延伸阅读

从本章可以看出，中世纪关于战争和冲突的文献包罗万象。有学者探讨骑士精神，并阐明其原则，有兴趣从这些学者那里了解骑士精神的人，请参阅[1][2][3]。皮桑在这一时期结束时评论说，她既反映了骑士精神的变化，也展示了一个女人如何编制一套规定，用以控制与她交往的男人的行为。

有兴趣阅读文学作品的读者可以参阅[4][5][6][7][8]这五部作品，每一部都来自不同的语言和传统，为中世纪作家如何看待战争和暴力提供了广阔的视野。[4]可能是最知名的。[4]和[5]都给人一种部落社会的感觉，这种社会受冲突的驱使，以至于它成为日常生活的一个特征。对暴力的类似理解是基础。骑士精神对[8]的影响更为深远，并展示了战争是中世纪骑士存在的一部分的方式以及它的破坏性。[9]从欧洲视角提供了关于十字军东征的第一手资料，[10]汇编了一系列阿拉伯作品，从另一角度讲述着同样的故事。

对于那些对统治中世纪骑士身份的推动力、活动和价值观的历史观点感兴趣的人，有几个资料可供参考。[11]提供了锦标赛细节的历史概述，[12][13]专门研究了骑士精神的作用。中世纪战争在电影中经常表现为一大群骑士相互厮杀，在[14]中显示出了更复杂的战略和理论。[15]详细介绍了十字军东征的细节。[16]第二次提供了欧洲和伊斯兰的观点。对于那些被冰岛传奇吸引的人来说，[17]提供了一个全面的观点，即这些叙事是如何被这种特殊的冲突所驱动的。而对于那些觉得这一章男性化色彩浓厚，想从另一个角度探讨中世纪暴力的人来说，[18]通过一系列文章展示了女性如何经历和理解各种冲突、虐待和破坏。

[1]Geoffroi de Charny. (2005) *A Knight's Own Book of Chivalry*. Trans. Elspeth Kennedy. Philadelphia: University of Pennsylvania Press.

[2]Raymond Lull. (2013) *The Book of the Order Of Chivalry*. Trans. Noel Fallows. Woodbridge: Boydell Press.

[3]Christine de Pizan. (1998) *The Book of Arms and of Chivalry*. Ed. Charity Canon Willard. Trans. Sumner Willard. State College, PA: Penn State University Press.

[4]*Beowulf*. (2001) Trans. Seamus Heaney. New York: W. W. Norton.

[5] *Egil's Saga*. (2004) Trans. Leifur Ericsson, Bernard Scudder. London: Penguin.

[6]*The Niebelungenlied*. (2004) Trans. Arthur Hatto. London: Penguin.

[7]*The Poem of the Cid*. (1985) Trans. Rita Hamilton. London: Penguin.

[8] *The Song of Roland*. (2015) Trans. Glynn S. Burgess. London: Penguin.

[9]Jean de Joinville. (2009) *Geoffroi de Villehardouin*. Trans. Margaret Shaw. London: Penguin.

[10] Amin Maalouf. (1984) *The Crusades Through Arab Eyes*. Trans. John Rothschild. New York: Schocken Books.

[11]David Crouch. (2005) *Tournament*. London and New York: Palgrave Macmillan.

[12]Richard Kaeuper. (1999) *Chivalry and Violence in Medieval Europe*. Oxford: Oxford University Press.

[13]Richard Kaeuper. (2016) *Medieval Chivalry*. Cambridge: Cambridge Medieval Textbooks.

[14]Helen Nicholson. (2003) *Medieval Warfare: Theory and Practice of War in Europe from* 300-1500. London: Macmillan.

[15]Hans Eberhard Meyer. (1992) *The Crusades*. Trans. John Gillingham. Oxford: Oxford University Press.

[16]Peter Partner. (1997) God of Battles: Holy Wars of Christianity and Islam. Princeton, NJ: Princeton University Press.

[17]Jesse Byock. (1982) *Feud in the Icelandic Saga*. Berkeley, CA: University of California Press.

[18]*Violence Against Women in Medieval Texts*. Ed. Anna Roberts. (1998) Gainsville, FL: University of Florida Press.

第三章

骑士精神未死：爱与欲望的文学

作为北美最大的言情小说出版商，“禾林出版”（Harlequin Publishers）旗下的子品牌“禾林欲望”（Harlequin Desire）为现代言情作家提供了写作指南：

> 在充满财富、权利和诱惑的社会背景之下，极富感染力的、热诚又煽情的当代言情故事应满足下列条件：
>
> - 有紧张、戏剧化的故事情节，既极度感性又充满激情；
> - 经典爱情故事桥段与诱人、独特的元素相结合；
> - 激烈的情感与外在冲突推动情节发展；
> - 每个故事都包含对更广阔世界的认知，例如大家庭、大公司、兄弟会、伙伴们、秘密社团；
> - 色情描写委婉动人，并不直白；
> - 读者可以借以逃离现实生活；
> - 角色真实可信，富于同情心；
> - 激情洋溢，有感染力、有诱惑力，能给予读者情感回馈。

提到言情小说，当代读者就会用上述写作指南作为衡量标准。从大众化的小说到爱情喜剧，在文学作品市场中，以爱情和欲望为特征的言情小说这种体裁，表现出明显的奇幻化和公式化的倾向。现代读者在第一次接触中世纪传奇故事的时候会有相同的期待，并且这些期待都能得到满足。在中世纪传奇故事中读者会读到情感故事、矛盾冲突、含蓄的情色描写、三角恋关系，还有其他极具诱惑力的元素，包括龙、巨人和秘密约会。当然，现代读者也应该了解，中世纪传奇故事和现代言情故事还是有些区别的。传奇故事的结局并不像当代言情小说那样明确。有时候因为手稿遗失导致故事结尾缺失，有时候因为中世纪的作者们更关注故事发展的过程，而对结局设计没那么大兴趣。主人公在面对世间磨难的同时也要面对内心折磨。当骑士开启他们对爱人、荣耀和骑士光辉的追逐之旅时，会面临各种内心的挣扎，外在冲突往往就是这些内心斗争的反映。其实和骑士成长的主题相比，许多中世纪传奇故事中，爱情主题都处于次要地位。中世纪文学并不重视爱情故事情节，而是更注重探寻宗教信仰的意义。现代读者不禁会发出疑问："爱情故事在哪里?"然而尽管如此，传奇故事和抒情诗、讽刺寓言诗作为文学体裁存在，仍然是欲望表达的重要形式。当然此"欲望"与现代读者所熟悉的彼"欲望"的表现形式会有所不同。

近来常常能听到"骑士精神未死"这种说法，证明了中世纪传奇故事前身在史诗中的存在，同时表现了它对礼仪的关注。有人认为，作为中世纪文学中最流行的文学体裁，传奇故事是抒情诗和史诗的融合体，它从其中一个体裁汲取了文学主题，从另一个体裁中借鉴了文学形式。传奇故事是一种充满探索精神的文学体裁，在这种体裁中人们追求自我的完全实现。11 至 13 世纪在法国、德国、意大利和英格兰兴起的游吟诗和它的衍生作品发展出一套复杂的爱的哲理和表达方式，这一切在传奇故事中找到了属于它的叙述方式。虽然"传奇故事"最初指的是文本书写的语言风格，通常指通俗的白话而不是拉丁文，然而这个名称内涵已经演变为指那些讲述宫廷社会中骑士们各种历险经历的文学作品。这些文学作品既注重表现骑士在决斗中的英勇表现，又注重描写情场上骑士们谦卑有礼的举止。在传奇故事中，就像责任和欲望一样，骑士对国王和王国的责任以及对爱人的欲求这两方面经常彼此发生冲突。

虽然主人公通常是骑士，但是在传奇故事中女性获得的地位和发出的声音比在战争文学中表现的更加突出。虽然故事的主题最终仍然是有关于男性，但是女性作为激发欲望的源泉，拥有巨大的影响力，因而在这种文学体裁中女性赢得了巨大的叙事空间。由于对典雅爱情的各种期待，传奇故事的女主角常常可以通过某种方式从死亡中将她的爱人拯救出来，或者将他置于痛苦之中。虽然这种文学体裁的婚姻导向最终会限制女性的权威和声音，但是在传奇故事所开放的阈界中，女性的自我表达、女性权利和女性主体性的空间已经比在其他文学样式中大了许多。从控制骑士的精神与财富的普通女性，到掌控骑士生死的女王；从为人们带来身体和精神慰藉的女性，到才智过人，冒充男性角色，并最终成为传奇故事男女双重主角的女性——这种文学体裁为研究中世纪文学想象中的女性力量提供了重要的资源。当然大多数这种女性权利都构建在性经济范围内，取决于女性的情欲，所以权利范围有些狭窄，这种权利系统从根本上制约了女主角的发展。由于传奇故事中还描写了不同女性扮演着不同的社会角色，并没有表现她们处于恋爱关系中，因而可以看到故事中的女性角色行使着其他各种不同的权利。

传奇故事这种文学体裁传遍中世纪欧洲，常常可以看到同一个故事被改编后（例如《弗洛里斯和布兰奇》（*Floris and Blancheflor*）和《崔斯坦和伊索尔德》（*Tristan and Isolde*））的古法语、古诺斯语、中古高地德语、中古威尔士语、中古英语和中古西班牙语等不同版本。许多重要作家促进了这种文学体裁的发展，包括玛丽·德·法兰西（Marie de France，1160—1215 年）和克雷蒂安·德·特罗亚（Chrétien de Troyes，1160—1191 年）。数量巨大的匿名通俗白话传奇故事的存在，以及充满淫秽色彩的故事诗对传奇故事的戏谑，都证明了传奇故事的受欢迎程度。

有一种叙事情境聚焦于追求爱情的个人和历险，行吟爱情诗的主题就是在这种情境中表现出来的。这使主要角色的私人、内在生活与他/她（大多数是他）公开、外在的生活处于对立面。传奇故事的风格就是

“灵活与多变”，用“形合丰富的周期句法和连续结构”①组成，并且关注封建骑士的理想与传统、固定孤立的环境、女性的地位和主要表现在历险中的理想化的童话氛围。② 这些关注点被排列在一种结构中，这种结构是“根据事件发生的顺序和相互关联性搭建的，故事的主题是爱的奉献，旨在表现一种虚幻性”③。

帕特里夏·帕克(Patricia Parker)认为传奇故事是一种模式，“在寻求的同时又延迟特定故事结局、目标或者对象的出现，这必然使读者推测有一位他者存在。当他者暴露身份或名字时，故事就结束了”④。被期待而又被延迟的传奇故事结局常常变成文学上对故事结尾的一种执念的表现，这只是一种给主题故事收尾的需求，因此思路清晰与否并不重要，重要的是给整个故事作结。这就是童话故事的前身，童话故事常常以“他们从此以后幸福地生活在一起”作为结局，干脆利落的结尾是现代言情小说的标志。然而在早期的中世纪文学中，无论故事结局是喜是悲(结婚和发现心仪之人的喜悦，死亡的悲伤)，故事总是朝着一个结局发展，但永远也不去实现它。相对故事的主体地位，结局处于次要地位，这通常就是文学作品的主要魅力所在。结局往往有强烈的不确定性、拼凑感并且漏洞百出；传奇故事中，预期的结局仍然“迟迟没有来

① “elastic and mobile” “hypotactically rich periodic syntax and consecutive constructions”, Auerbach, 1953: 128.

② 参阅 Auerbach, 1953: 131-133.

③ “characterized by the order and connection of events organized around the fiction of the love service, designed to represent a kind of unreality”, Auerbach, 1953: 141.

④ “simultaneously quests for and postpones a particular end, objective, or object... which necessitates the projection of an Other, a projet which comes to an end when the Other reveals his identity or name”, Parker, 1979: 4.

临，停留在流浪的荒野中”①。“故事的重点并不在于情节完结得到结局，而是采取拖延策略。”②

事实上，现代言情小说与中世纪传奇故事的尾声往往采取不同的表现形式。当代言情小说总是有强烈的意愿去把松散的结尾紧密地串联起来，而正如帕克所说的那样，中世纪传奇故事不会这样做。由于传奇故事的自我封闭的倾向，她认为传奇故事具有“无法逃离”的特点。传奇故事通常发生在故事的“真实”世界之外的阈界中，封闭的空间是它的典型特征——安乐之所，爱情之地，也就是爱的启示出现的地方或者肌肤交融之处——周围充满了凶恶、危险的敌人。在这些空间中，禁忌之爱得以生长，规则和制度被推翻，神奇生物和人类可以自由漫步。因为它们融合了真实世界与虚拟世界，这些空间被称为阈界，典雅爱情中的人物可以在两界自由穿梭，就像在乔叟的作品《巴斯妇的故事》中，骑士可以一会儿出现在充满冲突意见的现实世界中，一会儿又在另一个世界中看到仙女跳舞，还可以遇见“一个超乎人想象的肮脏生物”③，然后发现她可以为他解答“真实世界”的问题。

传奇故事常常发生在阈界空间中，它是联通不同世界的穿梭门，它是不同状态间的阈值，在那里规则被扭曲，预期被改变，转型和身份蜕变在那里上演。科林·桑德斯(Corines Saunders)把森林作为中世纪传奇故事的背景环境原型。这种故事背景凸显“社会责任和个人激情之间的

---

① “on the threshold before the promised end, still in the wilderness of wandering”, Parker, 1979: 4.

② “focus may be less on arrival or completion than on the strategy of delay”, Parker, 1979: 5.

③ “A fouler wight ther may no man devyse” [a fouler creature no one could imagine] (Chaucer, 1987: III 1000)

冲突”，是一种“充满改变和奇迹的环境”，它“成为表现人类寻求新生的突出标志”。这个背景环境里“不仅有黑暗、危险等故事元素，还融入冒险、爱情和精神境界的主题”。① 简而言之，传奇故事就是一种文学体裁，在这种文学体裁中记录了各种各样疯狂的事情，以此来解答人们内心的疑惑并解决各种社会的问题。

典雅爱情故事出现在 12 世纪，这个时期中世纪社会的转型正在发生，正如我们在《贝奥武夫》中所看到的一样，欧洲社会正由部落联盟制向封建的采邑制度和法庭制转变。这个更加稳定有序的社会为休闲、娱乐活动创造了更多机会，而典雅爱情故事正是这一时代背景的产物。乔治·杜比（George Duby）指出，对于骑士这个年轻的武装群体的控制，是传奇故事中爱情主题兴起的原因。战争的威胁不是永恒存在的，当威胁消失时，这些掌握武力的群体之间很容易发生冲突。在女性地位得到提高的社会结构中，爱情可以作为一种文明的力量，培养良好的行为和举止，让这些骑士迷恋上宫廷淑女，从而使这些渴望爱情眷顾的男士变得脆弱和被动。② 他认为传奇故事这一叙事方式是从游吟诗人的抒情诗的主题中产生的。这些关于爱和礼仪的基础性的文学作品的价值和推测，是由安德瑞斯·卡佩拉纳斯（Andreas Capellanus）在《宫廷爱情的艺术》（*Ars de Honesti Amandi* [*The Art of Courtly Love*]，1184—1186 年）中提出的。在这本书中，卡佩拉纳斯认为“婚姻不是不爱的理由”“热恋中

---

① “the conflict between social responsibility and individual passion” “landscape of conversion and miracle” “becomes a powerful symbol of the human need for regeneration” “extends far beyond its obvious associations with darkness and danger, incorporating themes of adventure, love, and spiritual vision”, Saunders, 1993: xi.

② 参阅 Duby, 1992: 51.

的人所做的一切都是为了他的爱人”“一个被多情困扰的男子将不再爱人”。① 因此，卡佩拉纳斯把所有这些称为“规则”，与其说它们是行为准则，不如说它们是在描述抒情诗和传奇故事文学传统中，人们对于爱情和礼仪的认识，没有一位宫廷恋人会把卡佩拉纳斯的格言写在卡片上然后塞进自己的盔甲里来提醒自己规范行为。从文学谱系的角度来看，传奇故事是抒情诗和史诗结合的产物。抒情诗的情感内涵和语境与史诗的叙事驱动力相融合，创造了中世纪最受欢迎的世俗文学。

玛丽·德·法兰西和克雷蒂安·德·特罗亚

在传奇故事诞生的过程中有两个关键人物：玛丽·德·法兰西和克雷蒂安·德·特罗亚。据说玛丽·德·法兰西和克雷蒂安·德·特罗亚在12世纪60年代分别在英国和法国写作。尤金·维纳弗(Eugene Vinaver)根据玛丽和克雷蒂安的作品推断指出，传奇故事的内部运行机制和我们所谓的文学运行机制有着紧密的联系(文本与读者间一对一的、私密的关系)，因而可以说传奇故事是“现代文学”体裁的雏形。② 从民族主义到个人主义，他看到了传奇故事对史诗传统的重要突破。③ 罗伯特·汉宁(Robert Hanning)回应了这一假设，并指出传奇故事的目标是探索个人作为主体时人性的深度和发展可能性。④ 爱情成为传奇故事的

① “Marriage is no real excuse for not loving” “every act of a lover ends in the thought of his beloved” “a man who is vexed by too much passion usually does not love”, Capellanus, 1941: 185-186.

② 参阅 Vinaver, 1971: vii.

③ 参阅 Vinaver, 1971: 1.

④ 参阅 Vinaver, 1971: 3.

主题，这是因为爱情是一种纯粹私人和个体的体验。冒险是对社会价值的一种挑战，是社会身份之外的另一种身份选择。① 于是读者可以参与故事主角的两种奋斗历程：一种是故事主角自我发现的心路历程，另一种是在外部世界扮演社会角色，通过社会价值定义主角社会角色的奋斗历程。因此在传奇故事中，读者以一种复杂的方式融入故事，史诗单宣扬社会角色，抒情诗只抒发个人情感，都无法同时让读者有以上两种体验。

从历史的角度来看，传奇故事是玛丽·德·法兰西所翻译、创作、发明的布列塔尼传统籁诗(布列塔尼传统短篇故事诗)的延伸，较克雷蒂安·德·特罗亚的文学作品，传奇故事的文学形式更成熟，篇幅更长。一部分故事是关于亚瑟王的，还有一部分是关于其他主题。传奇故事有三种主要形式：悲剧故事(如《崔斯坦和伊索尔德》)、滑稽故事(《克里热》)和梦幻故事(《英俊的陌生人》(*Bel Inconnu*))。传奇故事常常还会以重大历史事件为主题，这就是所谓的国家文化内涵。“罗马纪事”探讨了希腊罗马传统文化中的英雄事迹——特洛伊战争、亚历山大大帝、底比斯，以及神话人物，这些神话人物大多取自古罗马诗人奥维德(Ovid)的作品。“法国纪事”包括以查理大帝、罗兰和其他骑士为原型的故事，“英格兰纪事”则侧重沃里克的盖伊、阿瑟斯坦国王和霍恩国王的故事。然而，其中影响力最大的要数“不列颠纪事”，即亚瑟和圆桌骑士的故事。虽然这些“主题”都超越了国家和语言的界限，西班牙语中有关于罗兰的故事，英语中有关于奥菲斯的故事，但是其中传播最广、改变版本数量最多的还是亚瑟王的传奇故事。亚瑟王的故事出现在多种语言中，甚至在中古荷兰语(例如，约1350年的《罗马·范·瓦

① 参阅 Hanning，1977：3.

莱温》)和古挪威语(1226 年的《崔斯坦和伊索尔德》)中都有记载。13 世纪目睹了百科全书式的传奇故事通行本的兴起，作品涉及了所有的亚瑟王故事，兰斯洛特系列故事通行本中讲述的故事包含兰斯洛特的成长、兰斯洛特来到卡米洛特、寻找圣杯、梅林、亚瑟王之死，而马洛礼(Malory)的《亚瑟王之死》(*Morte Darthur*，1485 年)基本上是创作了这些故事的英文版。除了这些系列，传奇故事还融入了一些古典文学元素，如《奥尔弗斯爵士》(*Sir Orfeo*，约 1330 年)，并从历史发展的脉络中获取灵感，如《弗洛里斯和布兰奇》(*Flores y Blancaflor*，约 1290 年)，以及 12 世纪阿塞拜疆诗人尼扎米·甘伽维(Nazami Ganjavi)的作品《莱拉和摩君的故事》(*Layla and Majnun*)，还有唤起寓言般梦境的《玫瑰传奇》(*Le Roman de la Rose*，1230/1275 年)，或幻象创作《沉默传奇》(*The Roman de Silence*，13 世纪)，《乌加桑和尼科莱特》(*Aucassin et Nicolette*，12 世纪)和《格里塞尔和米拉贝拉》(*Grisely Mirrabella*，约 1470—1477)都是传奇故事创作的来源。

上层社会的男男女女成为传奇故事的读者，因为他们对“反映他们自己的理想和焦虑的故事”①感兴趣。虽然这些故事常常宣扬宫廷价值观并且予以效仿，但从最早的传奇故事开始，比如克雷蒂安的《伊万》(*Yvain*，12 世纪 70 年代)就毫不犹豫地质疑这些价值观，对主张这些价值观的人发起挑战。宫廷恋情是一面镜子，常常可以反映当时的社会现实，也许它不想招惹非议，但还是值得关注和评论。玛丽·德·法兰西的作品《比斯克拉夫雷特》(*Bisclavret*，12 世纪晚期)中的同名英雄变成了狼人并赤身裸体游走世间，却证明了自己比故事中的任何人都更具人

① “stories in which their own ideals and anxieties were reflected”, Krueger, 2000: 3.

性、更忠诚。让·达拉斯(Jean D'Arras)的《梅卢西》(*Melusine*，1392—1394 年)中的女主人公会在周六变为半人半蛇形，从腰部以下变成一条蛇，她后来又变成了一条龙。与故事中她的丈夫或任何误解她的角色相比，她都更能表现作品所反映的血统和政治价值观。

传奇故事受欢迎，一定程度上归功于故事的精彩程度。传奇故事取材广泛，传递的价值观多样，讲述了丰富多彩的故事，有历史故事，有奇幻故事。传奇故事比任何其他文学形式都更能展现中世纪文学的想象力。它们能够探讨宫廷社会固有的问题，处理宗教和世俗问题，用过去的故事反映当下社会，这是传奇故事广泛传播的重要原因；而它们对个人的社会地位、善恶、忠诚和责任的作用的关注，对爱、荣誉、才干和职责的探讨，使传奇故事经久不衰。正如罗伯塔·克鲁格(Roberta Krueger)在《剑桥中世纪传奇故事指南》(*Cambridge Companion to Medieval Romance*)的导言中所指出的那样，随着中世纪向现代早期的过渡，"传奇故事所提出的重大问题，关于个人和社会的身份、爱与荣誉、善与恶，这些问题既没有得到解决，也没有……被取代"①。中世纪传奇故事约于 12 世纪首次出现，一直存世至今。本章的标题以及讨论的大部分内容，都考虑到了传奇故事与当今社会的联系。然而，要全面理解中世纪(世俗)爱情文学，还必须了解传奇故事的起源以及关于它的评论。

古典小说

《古典小说》(*Romans Antiques*)是一系列源自古典文学的韵律叙事故

① "the great questions posed by romance—about personal and social identity, love and honor, good and evil—were neither resolved nor... supplanted", 2000: 5.

事，展现了一种新的文学形式。这种文学形式没有武功歌（见第二章）那么宏大的史诗般气质，也没有宫廷传奇故事发展得那么成熟，处于一种中间状态。《埃涅阿斯传奇》（*Roman d'Eneas*，12 世纪）、《底比斯传奇》（*Roman de Thebes*）（约 1150—1555 年）和勃诺阿·德·圣摩尔（Benoît de Sainte-Maure）的《特洛伊传奇》（*Roman de Troie*，1155—1560 年）不仅重述了维吉尔的《埃涅阿斯记》（*Aeneid*）、斯塔提乌斯的《底比斯战纪》（*Statius' Thebiad*）和特洛伊战争的故事，而且改变了故事的重点，使故事既能反映王子们的生活，也能反映典雅爱情。例如，《埃涅阿斯传奇》深入描绘了埃涅阿斯与狄朵和拉维尼亚的爱情故事——狄朵是他的欲望与玩忽职守的标志，拉维尼亚是他与图努斯战斗的动力源泉。在勃诺阿的《特洛伊传奇》中，特洛伊王子特洛伊罗斯爱上了叛徒卡尔卡斯的女儿，成为这部作品的中心线索。当薄伽丘（Boccaccio）、乔叟、亨利生（Henryson）和莎士比亚（Shakespeare）再次讲述战争爱情故事时，勃诺阿对叙事重心的重构为他们提供了创作灵感。

传承感是这种传奇故事变体的特点。芭芭拉·诺兰（Barbara Nolan）指出，每一位作者"显然在他面前都摆着拉丁文书籍手稿的副本，为了满足他特定的教导和娱乐大众目的，他将拼接、翻译或借用手稿中那些古老经典的内容"①。因此虽然和传奇故事的形式相同，但因为在这种文学形式中所发现的文学创新手段，从文学脉络上看这些作品和经典文学主题更接近，而和同时期的亚瑟王与宫廷爱情主题差别较大，风格特点模糊难以界定。这种文学体裁的代表作品主要由以上讨论的三部作品组成，但也可以包括薄伽丘的《菲洛斯特拉托》（*Filostrato*）和《苔塞伊达》

① "clearly had before him manuscript copies of Latin books, whose ancient, canonical matter he intended to collage, translate, or pillage for the sake of his particular public's pleasure and instruction", Nolan, 1992: 6.

(*Teseida*)、乔叟的《特罗勒斯与克丽西德特洛伊罗斯》(*Troilus and Criseyde*)以及《骑士的故事》(*The Knight's Tale*)，但丁的《神曲》很难算是传奇故事，但有人认为也应该包括在其中。诺兰认为这是一种纯粹的中世纪，或者文艺复兴时期的流派，这种文学形式在当代没有得到延续，①然而或许像《亚历山大》与《特洛伊》(都拍摄于2004年)这种以当代模式讲述经典故事的电影，可以被视为对这种文学传统的再现。

抒情诗

一些早期的中世纪抒情诗出现在来自西班牙南部的一种叫作哈尔查(jarchas，有时拼写为kharchas)的诗歌中。这个词本身来源于阿拉伯语，词意为“最终”。事实上，这些诗句是阿拉伯诗歌穆瓦沙哈斯(muwashashah)的结尾部分。穆瓦沙哈斯是一种诗歌形式，于9世纪至10世纪出现在中东地区。希伯来语和阿拉伯语文学作品中都出现过穆瓦沙哈斯诗歌。这些诗歌结构严谨，采用了严格的诗歌形式。就像受其影响的游吟诗人的抒情诗一样，这些诗歌都是用来吟唱的。穆瓦沙哈斯以哈尔查作诗歌的结尾，通常是用带有阿拉伯元素的方言书写的。这些结尾诗，尤其是那些在安达卢斯统治时期，或者说伊斯兰统治西班牙时期的结尾诗，通常是歌颂和探讨爱情。许多哈尔查会出现在各种穆瓦沙哈斯诗中，这些哈尔查常常是直接引自长诗中一位主要人物的话语。这些抒情诗有些是匿名的，但有些是由著名诗人完成的，例如希伯来诗人耶胡达·哈利维(Yehudah Halevi，1075—1141年)。在西班牙，许多诗歌都是以女性视角完成的，虽然诗歌的作者是匿名的，但它们仍然是用

---

① 参阅Nolan，1992：7.

抒情诗表达女性爱情经历，特别是失恋及随之而来的痛苦体验的早期尝试。

对于它们的起源以及对其他中世纪抒情诗传统的影响，学者间存在很多争议。部分学者认为哈尔查和游吟诗人抒情诗之间存在直接联系，而其他学者认为二者虽然有交集但本质上仍然是两种不同的文学传统。有学者指出利比里亚罗曼语族的哈尔查(Ibero-Romance jarchas)诗最早出现于西班牙诗歌中，然后在篇幅较长的阿拉伯语和希伯来语故事中找到新的载体。无论是哪种情况，这些诗歌都是中世纪最早出现的白话爱情诗，它与传统文学体裁有许多相同之处，如主题、形式、人物、假设，特别是欲望主题(有回应的、无回应的、被抛弃的、得到满足的)。欲望主题在传统文学中很重要，同样也是诗歌的首要主题。

威廉九世，阿基坦和普瓦蒂埃公爵(1071—1172 年)，作为公爵有相当丰富的经历，曾经被逐出教会，曾经历离婚，但他最为人熟知的身份是历史上第一位用普罗旺斯的方言奥西坦语(Occitan)写作的吟游诗人或抒情诗人。阿拉伯语和希伯来语诗歌从西班牙南部传入普罗旺斯，这些吟游诗人的抒情诗可能受到了它们的启发，在语言、内容和形式方面表现出高超的水平。在威廉的传记或生平记录中，有这样的描述：

> 普瓦蒂埃伯爵是世界上最有礼貌，对女性最具吸引力的男士之一。他是武艺超群的英勇骑士，桃色绯闻不断，是一位优秀的作曲家和歌手。他长时间周游世界，拈花惹草。①

---

① The Count of Poitiers was one of the most courtly men in the world and one of the greatest enchanters of ladies. He was a good knight at arms, abundant in his womanizing, and a fine composer and singer of songs. He went about the world for a long time, seducing women. Chabaneau (trans. Weisl), 1855: 12.

他的 11 首存世诗歌都与这些主题有关(似乎传记是根据这些诗歌而不是他的真实生活创作的)。游吟诗人的诗作涉及许多主题，包括战争和政治，但最广为人知的还是它作为一种新兴的诗歌对典雅爱情的反映。在刻画典雅爱情的过程中，游吟诗人的诗作探索了包括单恋、迷失、嫉妒和爱的脆弱性这些主题，时常还表现了对使用白话文的焦虑。诗人与语言、素材、读者的关系常常就像恋人之间的关系。

游吟诗人的诗歌富有哲理，机智幽默，有感染力，同时又是粗俗的戏仿作品，在某种意义上，它们也是公式化的，运用了各种固定的形式、韵律和体裁。由于表现力最强，能表达最广泛的思想，诗歌坎索(song，也称 canso)无疑是最受欢迎的；辩论诗坦索(debate poems，也称 tenso)中通常会有两个或两个以上参与者，探讨许多关于爱情的观点，女游吟诗人特罗拜里兹(women trobadours，也称 trobairiz)的许多现存诗歌都采用了这种形式；黎明之歌(dawn song，也称 alba)表达清晨时分爱人分离的巨大痛苦；奴役之歌(song of service，也称 servicentes)被用来探讨骑士政治关系的同时达到戏仿的目的；田园曲(pastorela)描写骑士与牧羊女的邂逅，常常是一种戏谑(尽管有时是暴力色情的)，戏谑对象是一位诗人和一位看似更聪明的农夫，诗人的情感居然被农夫左右。

这种诗歌常分为三种风格：轻松风格(trobar leu/light)——易懂并且常常很幽默；丰富风格(trobar ric/rich)——以复杂的诗歌形式为特征，如塞斯提纳(sestina)，由但丁最喜欢的吟游诗人阿诺特·丹尼尔(Arnaut Daniel，1180—1200 年)创作；封闭风格(trobar clus)——这种风格以晦涩和复杂为特征，马卡布鲁(Marcabru，1130—1150 年)对此造诣颇深，但由于晦涩难懂，最终注定消亡。现在这些诗即使已经翻译成我们的语言，读起来也感觉像是在阅读另一种陌生的语言，它们所表达的一系列事情和意思都让人看不懂；它是为“懂行”的精英读者群体而写的，所以当时它的表达是很有针对性的。

这些诗歌形式广泛而迅速地传播到了欧洲各地，传入法国北部游吟诗人特罗威尔(Troveres)的作品、德国宫廷恋歌(Minnesang)、西班牙谣曲(romancero)、加利西亚-葡萄牙语传统的好友歌(cantigas de amigo)，以及一种由著名诗人但丁命名的意大利甜美风格的新体诗(dolce stil novo)等诗歌形式中。当然，虽然这些诗歌形式都有自己独特的诗歌风格和主题特征，但它们都通过精心的文学性的诗歌创作深刻地反映欲望主题，复杂的隐喻、图像和符号的运用是其典型特征，通过这些隐喻、图像和符号，操控语言文字与艺术相结合，再使之同人类的情感牢牢地交织在一起。14 世纪黑死病流行期间，这些诗歌流派似乎失去了活力，但爱情诗的创作从未停止。在伊丽莎白时期的十四行诗人的作品中，在追随他们至今的爱情诗人的作品中，可以发现许多吟游诗人及其伙伴们的诗歌形式、诗歌传统、思想观念和各种隐喻。

弗朗切斯科 · 彼特拉克(Francesco Petracra，1304—1374 年)，被认为是“黑暗时代”(Dark Ages)一词的发明者。文艺复兴时期的人们认为，他在中世纪是一个有争议的人物。对于十四行诗的发展和抒情爱情诗的传承，彼特拉克起到了重要的影响作用。他的诗集《雾凇稀疏》(*Rime Sparse*)韵脚散乱，作品聚焦于他对美丽女子劳拉的爱。劳拉显然与他没有私交，但却成为了他的诗意女神。他的诗歌表现出对心理活动敏锐的观察力，这很大程度上依赖于游吟诗人发展的爱情诗传统。劳拉的出现带给他无与伦比的喜悦，但他也因为她的不可企及而伤心欲绝。她给彼特拉克和他的诗歌带来灵感，但彼特拉克既无法得到劳拉的爱，也无法调和他的基督教信仰和他个人欲望之间的矛盾。他在诗中把女性塑造成女神，这种风格和游吟诗人所创作的无法企及的爱人形象高度相似：女神是诗人爱和灵感的源泉，但对诗人而言她却永远是个不可知的人。彼特拉克当然不是这种文学传统的终结，更准确地说他推进了文学传统的过渡和转变。后来的诗人，如托马斯·怀亚特(Thomas Wyatt)，在他们自己的作品中翻译和重塑彼特拉克的作品，使他们的女性角色走下神坛，使她们在被迷恋的同时成为被质疑的对象。

布列塔尼籁诗(短篇叙事诗)

这种文学体裁被学者们称为布列塔尼籁诗(短篇叙事诗)。这种流派为人所熟知是因为作家玛丽·德·法兰西(Marie de France)，她生活在12世纪，居住在英国但用法语写作。玛丽说她写作是为了保存她所听到的这些诗歌，她说"我决定收集这些籁诗，给它们配上韵重新讲述故事"，将这些口口相传的历险故事带给更多的读者。① 978号哈雷手稿中有12首诗出自她的手笔(手稿存放在大英图书馆，于13世纪中叶在英国完成，有玛丽的签名)，分别是：《吉日玛尔之歌》(*Guigemar*)、《伊吉坦之歌》(*Equitan*)、《梣树之歌》(*Le Fresne*)、《狼人之歌》(*Bisclavret*)、《蓝瓦爵士之歌》(*Lanval*)、《恋人之歌》(*Deus Amanz*)、《尤尼克之歌》(*Yonec*)、《夜莺之歌》(*Laustic*)、《米伦之歌》(*Milun*)、《苦命人之歌》(*Chaitivel*)、《忍冬花之歌》(*Chèvrefeuille*)和《艾力杜克之歌》(*Eliduc*)。所有这些诗都在以某种方式反映宫廷生活并迎合贵族读者，在故事的角色和情境中探索骑士精神和典雅爱情。

更准确地说，布列塔尼籁诗以及其他短篇叙事作品，如讽刺性寓言

① 参阅 Hanning & Ferrante，1978：29.

故事(fabliaux)在1170年至1250年颇受欢迎。然而现代评论家却仍然无法为这种文学类型制定明确的定义标准。阿尔伯特·克罗尔·鲍尔(A. C. Baugh)提出以下观点：决定一个短篇传奇故事是否属于布列塔尼籁诗，我们应该考虑文本是否自称为布列塔尼籁诗；故事是否发生在布列塔尼；是否以某种方式反映布列塔尼风貌，或者是否有重述玛丽·德·法兰西籁诗中的某个故事。① 其他学者认为籁诗仅仅是传奇故事的一个次文类，两者的关系就和短篇故事与小说的关系一样。然而，玛蒂尔达·托马林·布鲁克纳(Matilda Tomaryn Bruckner)指出，"籁诗中所叙述的历险故事和传奇故事里的内容不同：故事里没有追求，个人经历可以带来个体的满足感和幸福感，主角的命运和社会命运之间没有特殊关系"②。故事中的文内引用也表明它们是短篇故事和武功歌，表明中世纪并不像当今学术研究那样注重引文通用编码的需求。

中古英文籁诗作品还包括《奥尔弗斯爵士》(*Sir Orfeo*)、《德加雷爵士》(*Sir Degaré*)、《芙蕾娜之歌》(*Lai le Freine*)、《图鲁斯伯爵》(*Erle of Tolous*)、《埃玛雷》(*Emaré*)、《高瑟爵士》(*Sir Gowther*)和《罗恩法尔骑士》(*Sir Launfal*)，这些作品创作于13世纪末或14世纪初至15世纪初。其中只有托马斯·切斯特(Thomas Chestre)的《罗恩法尔骑士》和匿名作品《芙蕾娜之歌》两部作品是对玛丽诗歌的翻译或改编。杰弗里·乔叟也写了自己的布列塔尼籁诗《自由农的故事》(*The Franklin's Tale*)，人们普遍认为他不仅了解而且借鉴了奥钦勒克(Auchinlek)手稿，手稿中包含三篇早期籁诗：《芙蕾娜之歌》(*Lai le Freine*)、《奥尔弗斯爵士》(*Sir*

---

① 参阅 Baugh，1967：196.

② "the adventures narrated in the lais differ from those of romance: there is no quest; and personal experiences lead to private fulfillment and happiness, with no special relationship between the protagonists' destiny and that of society", Bruckner, 1999: 205.

Orfeo)和《德加雷爵士》(*Sir Degaré*)。

对于他写这篇故事的动机和目的，学者们的观点并不统一。有的学者认为他在顺应一种文学潮流，利用这种文学形式所唤起的怀旧情感。以凯瑟琳·休姆(Kathryn Hume)为代表的学者则断言，很明显在神奇的文学思潮中存在一种魅力，这种魅力和布列塔尼传统相关。

宫廷传奇故事

虽然布列塔尼短篇故事诗是传奇故事中被改编最多的，但关于亚瑟王主题的传奇故事或许是最著名、最多产的。下文将简明扼要地对这些故事进行介绍。

众所周知，亚瑟王是国王尤瑟·潘德拉贡的儿子。尤瑟在魔法师梅林的帮助下假扮成康沃尔公爵的模样，与康沃尔公爵之妻伊格莱因共度良宵后使她怀上了亚瑟。康沃尔公爵战死疆场后，伊格莱因嫁给了尤瑟王并生下了这个孩子。故事的发展在这一点上出现了不同的版本。蒙茅斯的杰弗里(Geoffrey of Monmouth)在其所著的史书中声称亚瑟在父亲尤瑟病逝后即刻继承了王位。在其他故事版本中，亚瑟的父亲病倒后，为了防止有人别有用心伤害亚瑟，尚在襁褓中的亚瑟被带走秘密抚养成人，只有当他回来从石头上拔出传说中的王者之剑(Excalibur)时，他才重新夺回属于他的王位。那些后续故事，兰斯洛特系列故事通行本，即兰斯洛特与圣杯系列故事：1210—1230——《兰斯洛特》(*Lancelot*)、《寻找圣杯》(*Quest de Sant Graal*)、《亚瑟王之死》(*Le Morte Artu*)、《埃斯托伊尔·德梅林》(*Estoire de Merlin*)，对蒙茅斯的史书记载是有益的补充，拓展了传说故事，增加了新角色，并引入了新的历险。从故事名称就可以看出这些故事叙述的重点在兰斯洛特这个角色上，讲述了他从湖中出生，到他在亚瑟王宫廷中获得骑士身份，以及随后的历险，再到他与桂妮维亚女王的感情纠葛这些传奇经历。系列故事的叙述线索还发展出分支，融入克雷蒂安·德·特罗亚的作品《马车骑士》(*Chevalier de la Charette*)(约1175—1781年)，引出了关于兰斯洛特的儿子加拉哈德的故事《圣杯之旅》(*Grail Quest*)，并影响了后来托马斯·马洛礼《亚瑟王之死》(*Morte Darthur*)的创作。

这套系列故事里，在亚瑟王的带领下，王国繁荣昌盛。各地封建领主团结在一起，人们涌向亚瑟王的城堡卡米洛特。王国内最勇敢的骑士纷纷发誓为亚瑟王效忠，其中包括最优秀的骑士兰斯洛特。然而，兰斯洛特的内心却备受煎熬，面临着爱与责任的矛盾，因为他发现自己爱上了亚瑟王的王后桂妮维亚。最终，兰斯洛特与王后桂妮维亚偷情，亚瑟王发现了他们的不忠。心烦意乱之时，亚瑟王被同父异母的妹妹莫甘娜·勒·费伊引诱(梅林把曾经用在尤瑟王身上的咒语施放在她身上，让她伪装成桂妮维亚，使亚瑟王将她看成王后桂妮维亚)。此后他们生下了一个孩子，由莫甘娜秘密抚养。与此同时亚瑟王派他的骑士去寻找那只耶稣基督在最后的晚餐上使用的圣杯，用以治愈因他统治不当而遭受苦难的土地。

佩西瓦尔是最终找到圣杯并把它带回卡米洛特的骑士。亚瑟得到圣杯后恢复了健康，重振了他的王国，而他和莫甘娜的私生子莫德雷德则向他的王位发起挑战。这场战斗中，在兰斯洛特的帮助和幽灵般的梅林的介入下，亚瑟王的军队取得了胜利。兰斯洛特杀死了许多撒克逊人，梅林说服莫甘娜解除了她的保护咒语。莫德雷德设法刺中亚瑟，而亚瑟用神剑刺伤了他。奄奄一息之时，亚瑟命令佩西瓦尔将剑扔进附近的湖中。佩西瓦尔及时返回，他看到命运女神带着亚瑟的遗体驶往阿瓦隆，传说在那里他将从伤痛中恢复过来，在某一天重返并统治英国，曾经的国王也是未来的国王。

人们认为克雷蒂安·德·特罗亚开创了这一文学流派。他作品中对于骑士精神和宫廷礼仪的描写或许可以表明他自己就沉浸在宫廷生活中。他的《圣杯骑士》(*Le Conte du Graal*)(约1135—1390年)虽未完成，但却开启了圣杯传奇的序幕，保存下来的这部作品的手稿比他的任何其他传奇故事都多。文本中出现的内容，有世俗骑士与精神骑士之间的对比，封建社会里的忠诚问题，当然还有基督教寓言，等等。

在《囚车骑士——兰斯洛特》(*Le Chevalier de la Charrette*, *ou Lancelot*)的序言中，克雷蒂安似乎将故事的内容和主题归功于他的资助人玛丽·德·香槟伯爵夫人(Countess Marie de Champagne)。虽然学者们对这篇序言的意义有争议，但大部分人都认同它以某种方式表明源于凯尔特人的亚瑟王传奇故事是克雷蒂安故事的素材来源。

正是在克雷蒂安的第一部传奇故事《埃里克和伊尼德》(*Eric et Enide*，约1170年)中，他确立了亚瑟王这个故事背景，即使不是全部作品中都使用它，这一背景也被使用在他后来的大部分作品中，并影响了托马斯·马洛礼在15世纪创作的《亚瑟王之死》。

在这部作品中，克雷蒂安探讨了典雅爱情和骑士精神之间的分歧，将它们并置在诸如选美比赛等场景中。比赛的胜利者不仅靠外表，还要依靠女主人的骑士在比赛中所展示的威慑力。当埃里克对这一比赛制度表示反对时，获胜的女子的骑士艾德斯尝试攻击他但失败了。艾德斯作为战败骑士被送到亚瑟王的宫廷，由此可见亚瑟王的宫廷成为了一个阈限空间。宫廷既是体现宫廷价值观的场所，也是战败者回归的地方，二者的巧妙结合表明这些价值观并不像完美的宫廷所表现得那样完美。

克雷蒂安为一些故事主题奠定了基础，其中包括骑士的双重责任冲突的主题：战场上的骑士责任和对所效忠的贵妇的宫廷责任之间的矛盾冲突。结合克雷蒂安的《伊万——狮子骑士》(*Yvan or The Knight with The Lion*)这部据说与《兰斯洛特》同时期创作的作品来看，兰斯洛特和伊万面对毁灭性的个人挫败时，作为骑士和爱人，他们都受尽羞辱而选择自杀，这两个文本都突出了这种双重责任冲突所带来的危险困境。对于他们来说，虽然最终可以实现某种形式的自我救赎，但是救赎之路道阻且长。

这种特定的骑士精神和典雅爱情间的紧张关系在匿名诗《高文爵士和绿衣骑士》中再次得到呈现。故事里高文爵士必须在两者之间做出选择：对优雅女士的迷恋和对主人波提拉克爵士的责任，而这位优雅女士正是他的主人波提拉克爵士的妻子(在第六章将详细讨论)。还有一些其他中古英语传奇故事诗，这些作品主要从 14 世纪和 15 世纪开始出现，延续了亚瑟王传奇的模式，如《高文和伊万》(*Gawain and Ywain*)、《高文爵士与瑞格蕾尔女士》(*Sir Gawain and Dame Ragnell*)、《高文爵士和卡莱尔的卡尔》(*Sir Gawain and the Carl of Carlyle*)等作品。

其他作家如沃尔夫拉姆·冯·埃申巴赫(Wolfram von Eschenbach，约 1170—1220 年后)，是一位著名的德国诗人，也是一位军人。沃尔夫拉姆续写了克雷蒂安的《高卢人佩西瓦尔——圣杯骑士》故事。沃尔夫拉姆的第一部主要作品扩展并完结由克雷蒂安开始的故事，赋予克雷蒂安作品中无名的小角色身份和家庭背景。然而，他作品的最大变革是在故事前言中所提出的一个宏大主题：忠诚将成为他作品的主导主题，这种忠诚被定义为一种无私的、全身心投入爱的能力，是对上帝之爱的缩影。① 确实，故事的中心线索源于基督教传统中的圣杯意象。虽然在沃尔夫拉姆的作品中没有提及，但是在一些传说故事中，人们认为圣杯是

① 参阅 Wynn，1994：192.

在最后的晚餐上基督耶稣使用的杯子，还有一些人相信在耶稣受难时，圣杯是用来盛耶稣鲜血的容器。

哈特曼·冯·奥埃(Hartmann von Aue)被认为是12世纪末最重要的德国作家之一，以丰富多样的文学作品以及对克雷蒂安·德·特罗亚作品的改编和诠释而闻名，为之后的德国诗人介绍了亚瑟王史诗的经典形式。正如这一时期大多数作家一样，人们对哈特曼·冯·奥埃的生活知之甚少。尽管人们从他的作品中收集到大量信息，但是理解起来却有一系列的困难(例如，他对自己参加十字军东征的描述究竟是真实的，还是应该被理解为一种文学表现手法)。

哈特曼在自己的《埃里克和伊尼德》(*Erec et Enite*)译本中说明了克雷蒂安的作品是他创作素材的来源，但是他对材料融入自己的理解，将前辈作家创作的亚瑟王故事中的二分结构引入德国文学，在译本的后半部用大篇幅批评埃里克失去名誉的方式，而这名誉是一位宫廷骑士本应保有的。埃里克必须改变游手好闲的状态，冒着危险去实现自我救赎，挽回在故事第一部分中轻而易举获得的荣誉和名声。学者们认为，作品中对于救赎的关注程度，是哈特曼作品和克雷蒂安作品的最大区别。对于救赎的关注使故事传达了一种道德观，这种道德观强调人需要了解并承担自己对社会的责任，缩小了中世纪封建体系中理想的典雅爱情和生活现实之间的鸿沟。

乔叟也对受欢迎的亚瑟王传统加以利用，将其用于《巴斯妇的故事》(*The Wife of Bath's Tale*)等文本中，并在《磨坊主的故事》(*The Miller's Tales*)、《管家的故事》(*The Reeve's Tales*)，《厨师的故事》(*The Cook's Tales*)，《水手的故事》(*The Shipman's Tales*)以及《商人的故事》(*The Merchant's Tales*)等故事诗中对其进行戏仿。《巴斯妇的故事》中，在一段冗长的序言之后，巴斯夫人立即援引亚瑟王传奇开启她的故事。

她说：“在过去亚瑟王的时代，英国人非常看重荣誉，当时这片土地上处处都是精灵。”①乔叟认同亚瑟王传奇的魔力，将它与一片“处处都是精灵”的土地联系在一起(精灵可以更宽泛地理解为简单的超自然生物)。他以典雅爱情和骑士的责任为背景，对女性权利凌驾于男性之上的现象，以及在这个体系中正义如何得以实现提出质疑。故事对真正的恭谦是什么提出疑问，为一名强奸犯骑士提供了一条救赎之路，但这条路并不像在其他传奇故事中表现得那么明确。比起提供的答案，故事的结局往往留下了更多问题，所以许多亚瑟王的故事会让读者迷失，不知道这些人物之间究竟什么关系，这些人物在封建体系中具体处于什么位置，也不知道他们和上帝的关系。

戈特弗里德·冯·斯特拉斯堡(Gottfried von Strassburg)是另一位中世纪德国作家。他借鉴了亚瑟王的故事，但是又偏离了亚瑟王故事的轨道。他最著名的作品《崔斯坦和伊索尔德》(*Tristan and Isolde*，约1210年)有11份完整的手稿存世。中世纪故事《崔斯坦和伊索尔德》(*Tristan and Isolde*)的涉及面很广，在许多地区，出现了不同语言版本。然而戈特弗里德的故事版本可能是最完整的，他的故事以早期版本为基础发展而来，这些早期版本包括贝鲁尔(Beroul)的《崔斯坦》(*Tristan*，12世纪)，以及同为德国作家的艾尔哈特·冯·奥格伯格(Eilhart von Ogberge)的《崔斯坦特》(Tristrant，12世纪)。戈特弗里德将布列塔尼的托马斯(Thomas of Brittany)创作的法语版《崔斯坦》(*Tristan*)作为他创作的主要参考对象，这一版本保存并不完整，贝鲁尔和艾尔哈特的版本也是残缺不全。然而，玛丽·德·法兰西的《雪佛龙》(*Chevrefoil*)和《古挪

---

① “In th'olde dayes of the Kyng Arthour, /Of which that Britons speken greet honour, / Al was this land fulfild of fayerye”, Chaucer, 1987: CT III, 857-859.

威崔斯坦和伊索尔德传奇》(*Tristrams Saga ok Ísöndar*，1226 年)等作品证明了该故事受欢迎的程度。戈特弗里德常被拿来与沃尔夫拉姆·冯·埃森巴赫相提并论，大众普通认为是戈特弗里德对于人们的心理动机的刻画，使他成为人物塑造大师。爱情在《崔斯坦和伊索尔德》中起到一定作用，它远不仅仅是一个推动情节发展的简单工具。故事讨论了爱的性质在不同形态下变化的方式，并对爱和社会、爱和死亡的关系提出质疑。

在戈特弗里德的版本中，故事以介绍崔斯坦父母的历史拉开序幕，包括崔斯坦的父亲里瓦林在战场上受重伤后，他父母的私情和幽会。里瓦林康复后，并没有活太久。他和布兰奇都在马克国王的城池遭受新一轮袭击时遇难，而布兰奇在死前生下了崔斯坦。为了保护孩子不受马克国王的敌人摩根的伤害，一对忠于里瓦林的夫妇给这个男孩取名为崔斯坦，并把他培养成既有骑士精神又精通艺术的人才。长大成人后，崔斯坦悄悄潜入叔叔马克的王宫。在经历了一系列英勇冒险之后，崔斯坦屠龙成功，为马克王赢得了公主伊索尔德，达到了促进两个王国统一的目的。

然而，在返回康沃尔的旅途中，崔斯坦和伊索尔德无意中喝了一瓶爱情药水，随后沉溺于无法抗拒的肉欲中。人们在解读文本时利用药水来为他们所犯的通奸罪做辩护，其他的评论者把药水看作两人之间已经绽放的欲望的象征。崔斯坦成功屠龙，这一英勇的骑士行动应该为他赢得宫廷奖励。最后，戈特弗里德究竟有没有给药水赋予象征意义已经不重要，他似乎已经把他们俩刻画为命中注定的一对。

由于各路线人提供信息，马克开始怀疑伊索尔德背叛了他，并要求她手持烧红的铁块，发誓证明自己的清白。在审判的那天，她请一位朝圣者扶她下船。在她下船时，她绊倒并当众跌入朝圣者的怀抱，这位圣者正是乔装打扮的崔斯坦。然后她发誓，除了她的丈夫和刚刚下船时跌入怀抱的男子，她不曾和任何其他男性有过接触。虽然她通过了这场测试，但马克很快发现她爱崔斯坦胜过爱自己，于是马克放逐了两人。在与世隔绝的地方，他们快乐地生活了一阵子，除了彼此的陪伴，他们别无所求。

居住的幽静洞穴表明，这种完美的爱可以与修道院生活和与上帝的冥想结合相媲美。然而，他们最终还是被人发现。当人们发现他们时，两人中间放着一把出鞘之剑，作为他们纯洁关系的证明。马克相信了这一切，并邀请他们回来，结果却发现他们在王宫中相拥而眠，这导致了马克对他们的第二次流放。(注：戈特弗里德的版本到此结束，故事基于他的故事源继续发展下去)崔斯坦遇到了另一个伊索尔德——伊索尔德·怀特汉兹，并与她结婚，尽管他仍然爱着第一个伊索尔德。婚后他们并没有圆房，在一场骑士之战中，崔斯坦的腹股沟被毒箭射中受伤(在玛丽·德·法兰西的故事中也有这种比喻)，只有真爱的亲吻才能解毒疗伤。崔斯坦和伊索尔德·怀特汉兹一起待在船上，同时派人去寻找最初的那个伊索尔德。由于嫉妒，伊索尔德·怀特汉兹告诉崔斯坦他心爱的那个伊索尔德不会来，崔斯坦绝望而死。当伊索尔德到达时，她发现心爱的人已经不在，便随他而去。人们把他们两人埋葬在一起，或许这就是莎士比亚创作《罗密欧与朱丽叶》的灵感来源。

虽然亚瑟王和他的骑士们的事迹已成为中世纪传奇故事的标志，但其他宫廷故事也为中世纪诗人提供了各种故事和冒险经历作为他们创作的素材。虽然罗马纪事、特洛伊纪事和法国纪事是这些故事重要的灵感来源，但许多故事之间的关联并不很紧密。例如克雷蒂安·德·特罗亚的作品《克里热》的第二部分，尽管与亚瑟王王宫和亚历山大王宫都有关系，但它还是将其塑造的主人公送上了一个神奇的探索之旅，探索之旅中出现了诈死经历、魔法药水、神秘的塔楼和花园等元素，最终对两个王宫的生活都没有太大的影响。同样，由于梅林出场时间晚，《沉默传奇》并不是一部很典型的亚瑟王故事。这个故事的主要情节是，由于埃班国王禁止女性继承财产，一个叫作“沉默”的女孩被她的父母当作男孩抚养长大从而继承父母的土地，这并不是一个亚瑟王主题。

尽管典雅爱情是许多传奇故事的核心主题，例如雷诺·德·博若（Renaut de Beaujeu）的《英俊陌生人》（*Le Bel Inconnu*，约1180—1230年）的不同版本和多种翻译版、《高卢的阿玛迪斯》（*Amadis of Gaul*，14世纪）、《德加雷爵士》（*Sir Degaré*，14世纪）和乔叟的《自由农的故事》（*Franklin's Tale*），其他作品也涉及了宫廷传统，但重点是对君主历史或家族谱系的反映。

《吉约姆·德·帕勒内》（*Guillaume de Palerne*，1200年）可能是一个爱情故事，但更重要的主题是通过阿尔方斯的智慧和各种手段，恢复巴勒莫和阿拉贡正君的统治。阿尔方斯被邪恶的女王变成狼人，以破坏继承关系的脉络。而让·德·阿拉斯的《梅露辛》（*Melusine*，1392—1394年）则用典雅爱情将梅露辛和雷蒙结合在一起。然而这个传奇故事更多的是关注普瓦图的建立和合法化，血脉和继承权、土地和财产、危险的人物性格这些问题在故事中占据了主导地位。在这个传统的故事中，传奇故事中超自然的元素推动了情节的发展，梅露辛本人是一个受诅咒的仙女，每到周六她腰部以下就会变成蛇形。雷蒙承诺永远不在周六见她，但是因为他没能履行诺言，导致诅咒显灵，梅露辛变成传奇故事中的典型形象龙，飞离了普瓦图。

其他诗作能被认定为传奇故事，主要是因为它们在情节、角色等方面的文学因素。很多传奇故事，比如中古英语中的《“狮心王”里查德》（*King Richard Cœur de Lion*）、13世纪中叶的《浩恩王和》（*King Horn*）、

14 世纪的《阿瑟斯顿》(*Athelston*)，都是关于战争和征服主题的作品，因其简洁的风格和主题差异，人们把它们和武功歌(Chanson de Geste)区别看待。查理大帝和十字军东征的传奇故事在欧洲的广大地区流行，例如《弗洛里斯和布兰奇》(*Flores and Blancheflor*)等诗歌版本出现在古挪威语文献中。虽然为了扩充基督教文献，故事经常涉及基督教徒或撒拉逊人的交流和冲突，但这些作品在他们看来本质上还是充满了军事色彩。理查德国王的军事活动用传奇故事的模式得到了详细的描述，这次远征的目标是成功封锁阿卡城并收回圣地。传奇故事的影响力推动了《寻找圣杯》创作，不难发现，相同的影响力还启发了其他作品的创作，包括本文前面提到的故事以及其他类似《耶路撒冷围城》(约 1370 年至 1380 年)和《弗鲁巴拉斯爵士》(约 1380 年左右)的作品。诗歌创作中反映的欲望，可以是对土地和扩张的渴望，也可以是对爱人和物质的渴望，而权利和礼仪、责任和欲望的主题也可以在这些更具军事色彩的故事中加以体现。虽然《罗马人古董》中没有表现，但这些诗歌表明如果想要把各种传奇故事作一个严格的区分，这种尝试注定会失败，这是因为任何形式的分类和划分都是一种割裂，文学网络中各种文学类型之间的关系更多的是相互影响，互通有无，彼此交织。作为梳理文学体裁的脉络体系的一种方式，这种区别也许有价值，但是在其他时候，人们应该更多地去理解认识文学形式融合交流的过程，强调它们的差异没有太大意义。

故事诗/诗体短篇小说

有时认识一种文学体裁的最佳途径就是去了解它的戏仿作品。虽然故事诗并不是专门用来戏仿传奇故事，但它确实讽刺了传奇故事中崇高的爱情理想。一个短篇诗体滑稽故事常常污秽又粗俗，故事诗关注男女云雨之事的描写，而这种性行为与崇高的典雅爱情理想毫无关系。故事诗中充满了双关语、影射、笑话、诡计、下流话，还有骠悍的农民、调皮的修士和修女以及被戴绿帽的丈夫这些角色。借用 E · 塔尔博特 · 唐纳森(E. Talbot Donaldson)对乔叟的《磨坊主的故事》的评论，在世俗滑稽故事诗中，所有“传奇故事的传统都沦为下流的哨子声的调戏对象”①。故事诗于 12 至 13 世纪出现在法国，似乎是由回国的十字军将士带回欧洲的。

前哈佛教授道格拉斯 · 布什(Douglas Bush)对于故事诗的评价是“故事的广度超越了故事的篇幅”②。这些短故事引起了人们对于故事诗的目标读者群的广泛讨论。开始人们以为故事诗的受众群体是社会下层阶级，然而最近的研究观点表明，一批社会地位高的观众也是短篇故事诗的读者，他们读故事是为了讥笑故事中滑稽低俗的资产阶级和农民，而事实上这些群体正在崛起。查尔斯 · 马斯卡廷(Charles Muscatine)认为，故事诗“在生活的乐趣与罪孽中自然地向我们展示了中世纪文学”③。这些短诗由高蒂尔 · 勒鲁(Gautier le Leu，13 世纪)和鲁特布夫(Rutebuf，约 1245—1285 年)这样的游吟诗人(旅行吟游诗人)创作，用一种无羁绊的现实主义的风格展现了关于性、欲望、劳动和金钱问题的思考，这种风格与传奇故事所表现的崇高与超脱的社会世界截然不同。故事诗也经常戏谑社会的性别传统，把女人描绘成性欲旺盛的角色，常常让她们成为性爱游戏的胜者，让她们的丈夫在不知不觉中被戴上绿

---

① “romance degenerate into the complacent targets of a lewd whistle”, 1970: 25.

② “broader than they are long”, 引自 Abrams 和 Harpham, 2014: 122.

③ “show us medieval culture unembarrassedly in the midst of its everyday pleasures and transgressions”, 1986: 2.

帽。传奇故事会用崇高真挚的爱来为通奸行为辩解，但在故事诗里，通奸行为被唾弃，不能与性欲不满的话题相提并论，有时甚至受到环境的排斥。

中古法语故事诗的影响力在14世纪传播开来，并且以最广为人知的故事呈现出来，如乔万尼·薄伽丘(Giovanni Boccaccio)的《十日谈》(*Decameron*)和乔叟(Chaucer)的《坎特伯雷故事集》(*Canterbury Tales*)。在《十日谈》的100个故事中有数篇故事诗，故事诗这种文学体裁似乎是薄伽丘的创作源泉之一，他从这些故事诗中提取故事主题、风格和内容并运用在自己的故事创作中。薄伽丘对这些故事的运用吸引了许多评论者对故事诗的影响力的关注。故事诗不仅仅是粗俗故事，它也常常进行道德教化，这种双重性给后来的诗人提供了一种可能，让他们将故事诗与诸如传奇故事之类的其他故事并置，从而进行对比并发表评论。

乔叟也热衷于在他的《磨坊主的故事》《管家的故事》《厨师的故事》《水手的故事》和《商人的故事》中对传奇故事进行戏谑。在这每一个故事中，诸如典雅爱情和骑士职责之类的传奇故事元素都被以某种特殊方式结合在一起，形成了一个以幽默为主要特色，同时既喧闹又粗俗的故事。诸如《磨坊主的故事》之类的作品中充斥着黄色笑话和低级趣味，以此来讽刺在传奇故事体裁中所展现的严肃庄重的话题。骑士对爱情的追求在中世纪传奇故事中得到了充分的满足，而在故事诗中年轻恋人对爱情的同样渴望却仅仅使他亲吻了一个赤裸的屁股，例如在《磨坊主的故事》中，一位痴情的大学生尼古拉斯爱上了一位年轻的女士艾莉森，而她正是他的老房东的妻子。老木匠约翰拼命想让自己的妻子远离其他男人，怕自己变成戴绿帽子的人。然而尼古拉斯精心设计了一个圈套，一方面可以愚弄约翰，另一方面可以和艾莉森偷情，完全摒弃了骑士精神的戒律，将典雅爱情变成一场游戏。

如果有人认为中世纪的故事不能像《五十度灰》那样充满情欲，现在可以重新思考一下。在《商人的故事》中，达米安和春月两位年轻的恋人，比满心嫉妒的老冬月更机敏(就像尼古拉斯在《磨坊主的故事》里戏弄木匠约翰一样)。春月和老冬月一起步入花园，当春月去爬树摘梨的时候，满心猜忌的盲人老丈夫总是用手握住娇妻，这样他就可以掌握她的行踪。在老冬月毫不知情的时候，达米安已经爬到树上等待春月的到来。当春月假装为在树下等待她的丈夫摘果子的时候，乔叟写道："我不能掩饰，我是一个俗人/突然这个达米安/掀起了她的裙子，冲了进去。"①

虽然中世纪传奇故事或故事诗中的性交场景可能不如现代言情小说中描写得那么全面细致，但它们仍然为热心读者呈现了一个激动人心的场面。作为时代背景和作者写作技巧的产物，这种巧妙的处理有其独到之处，这并没有减轻故事中对人物性欲描写的着色。就像乔叟所明确表达的那样，中世纪时人们对性的渴望和今天的人们一样强烈。

结语

对于奇幻故事的读者，无论是像《指环王》这样的奇幻史诗故事的读者，还是讲述禁忌之爱的现代奇幻言情小说的读者，中世纪传奇故事都是一种结合魔法、历险、情感，并以此方式分析和探讨社会文化价值的文学体裁。如果当代"罗曼司"(romance)专指讲述爱情故事的言情小

① "I kan not glose, I am a rude man—/And sodeynly anon this Damyan/Gan pullen up the smok, and in he throng" [I cannot gloss over, I am a simple man/And suddenly this Damian/Pulled up her skirt and in he thrust]. Chaucer, 1987: CT IV, 2151-2153, trans. Cunder.

说，那么中世纪“罗曼司”(romance)则是探索各类人物角色的动机与欲望的故事。与此同时，那些对俗套的传奇小说心存质疑的人们，还会对其文学性嗤之以鼻。他们会发现中世纪故事诗和传奇故事其实是同类，在各自的时代相同地发挥着它们的文学价值。虽然故事诗对传奇故事进行了戏谑，但并没有否定它的价值。尽管中世纪传奇故事与现代爱情故事有着明显的不同，但如果想了解宫廷和封建社会里人们的内心世界和情感波折，阅读中世纪传奇故事仍然是读者的不二选择。故事中情感、欲望和责任的冲突在当今世界仍然普遍存在，虽然当代读者不会踏上屠龙和历险的征途，但仍然能对这些话题产生强烈共鸣。

延伸阅读

对骑士文学感兴趣的读者可以从[1][2]入手，因为这两位作者被誉为骑士文学的奠基人，或者至少可以说他们整合了当时的文学传统。亚瑟王的粉丝们会忙于阅读[3]，同时也会喜欢[4]。还有一部引人入胜又令人不安的以性别为主题的文学作品[5]。了解欧洲以外的文学传统，[6]是不错的选择。

对于那些喜爱抒情作品的读者，[7]以对开页翻译的排版形式，提供了大量抒情诗作作品。同类书籍还有[8]，为了解法国普罗旺斯特罗拜里茨(Trobairiz)抒情诗提供了一个途径。寻找幽默戏仿故事的读者会喜欢[9]。还有很多中世纪骑士文学选集、布列塔尼传统籁诗和抒情诗可供读者阅读。

以中世纪爱情文学为主题的文学评论著作数量颇丰，学者在这些著作中采用了广泛多样的研究方法。研究骑士文学的经典著作包括[10]和[11]。前一本书通过骑士文学在12世纪演变和兴起的过程对其进行界定，而后一本书则提出观点认为骑士文学是历史上第一个关注个人和内心世界的文学体裁。[12]为骑士文学提供了一个全面的介绍，书中还包含多位著名学者对于该文学流派各个方面的研究成果。[13]专注于研究骑士文学中所呈现的主要地貌之一，给读者带来了颠覆性的、极限的空间体验。[14]带读者了解一些鲜为人知的古怪的(且有问题的)中世纪骑士文学。此外，还有许多有关于特定国家、年代、作者的骑士文学论著，以及关于中世纪爱与欲望主题的书籍。有两部特别有趣的作品涉及这一主题的对立子话题：[15]和[16]。[17]研究中世纪欧洲以外地区的性别、性和欲望主题。对于那些想要广泛地探索这一主题的读者，可以阅读[18]，这本书研究了本章讨论的所有文学体裁中出现的性变异问题。

关于抒情诗，[19]和[20]对中世纪爱情诗歌的最大主体进行了深入剖析。与此同时，[21]对抒情诗的介绍已经超出中世纪普罗旺斯地区。故事诗的读者会发现[22]对于故事诗的介绍很有价值。[23]将为中世纪最粗俗的文学流派提供翔实的背景材料。

[1] Chrétien de Troyes. (1991) *Arthurian Romances*. Trans. William Kibbler, Carleton W. Carroll. London: Penguin.

[2] *The Lais of Marie de France*. (1995) Trans. Robert Hanning, Joan Ferrante. Grand Rapids, MI: Baker Books.

[3] *The Lancelot-Grail Reader: Selections from the Medieval French Arthurian Cycle*. (2000) Ed. Norris J. Lacy. New York: Garland.

[4] *Gottfried von Strassburg's Tristan*. (2004) Trans. Arthur Hatto. London: Penguin.

[5] Silence: A Thirteenth-Century Romance. (1999) Ed. and Trans.

Sarah Roche-Mahdi. East Lansing, MI: Michigan State University Press.

[6] Nizami. (1997) *The Story of Layla and Majnun.* Trans. Rodolf Gelpke. New Lebanon, NY: Omega Publications.

[7] *Lyrics of the Troubadours and Troveres.* (1973) Ed. and Trans. Frederick Goldin. New York: Anchor.

[8] *The Women Troubadours.* (1980) Ed. and Trans. Meg Bogin. New York: W. W. Norton.

[9] *The Fabliaux.* (2013) Trans. Nathaniel E. Dubin. New York: W. W. Norton/ Liveright.

[10] Eugene Vinaver. The Rise of Romance. (1971) Oxford: Oxford University Press.

[11] Robert W. Hanning. *The Individual in Twelfth-Century Romance.* (1977) New Haven, CT: Yale University Press.

[12] *Cambridge Companion to Medieval Romance.* (2000) Ed. Roberta L. Kreuger. Cambridge: Cambridge University Press.

[13] Corrine Sanders. (1993) *The Forest of Medieval Romance.* Cambridge: D. S. Brewer.

[14] *Pulp Fictions of Medieval England: Essays in Popular Romance.* (2004) Ed. Nicola McDonald. Manchester: Manchester University Press.

[15] Richard E. *Ziekowitz's Homoeroticism and Chivalry: Discourses of Male Same-Sex Desire in the Fourteenth Century.* (2003) New York: Palgrave Macmillan.

[16] Louise M. *Sylvester's Medieval Romance and the Construction of Heterosexuality.* (2008) New York: Palgrave MacMillan.

[17] *Islamicate Sexualities: Translations across Temporal Geographies of*

Desire. (2008) Ed. Kathryn Babayan and Afsaneh Najmabadi. Cambridge, MA: Harvard University Press.

[18] Tison Pugh. Queering Medieval Genres. (2004) New York: Palgrave Macmillan.

[19] Sarah Spence. *Rhetorics of Reason and Desire: Vergil, Augustine, and the Troubadours*. (1988) Ithaca, NY: Cornell University Press.

[20] *The Voice of the Trobairiz: Perspectives on Women Troubadours*. (1989) Ed. William D. Paden. Philadelphia: University of Pennsylvania Press.

[21] Peter Dronke. (2002) *The Medieval Lyric*. Cambridge: Boydell and Brewer.

[22] Charles Muscatine. (1986) The Old French Fabliaux. New Haven, CT: Yale University Press.

[23] R. Howard Bloch. (1986) *The Scandal of the Fabliaux*. Chicago: University of Chicago Press.

第四章

触摸天堂：宗教文学

欧洲的中世纪时期一直被认为是有信仰的时代，无论农民还是贵族都虔诚地信仰基督教教义和他们的上帝。这常常使人们认为中世纪是一个压抑、发展缓慢的时期，但实际上当时的宗教热忱推动了大量文学作品的诞生。不过在单一的基督教信仰背景下，这一时期的文学作品却在形式和内容上表现出了多样性。就算是神学著作的读者，他们也会发现在认识和理解基督教教义时，人们的处理方法不尽相同。在很长一段时间里，教会是教育的中心，更是文化普及的中心。因此，至少从某种程度来看，宗教文学作品构成了欧洲中世纪文学的主体。同一时期的犹太教和伊斯兰教没有修道院体制对文学创作进行相似的统一化管理，但是两种宗教中一些关于神学问题的重要辩论仍然被记录下来。不过，关于宗教教义的著作，以及对于宗教教义的哲学思考这一类的著作，都不是本书关注的重点。从广义上来说，它们当然属于文学范畴，但是本书关注的重点是那些更能反映个人经历、受众面更广、更受大众欢迎的作品。

中世纪宗教文学体裁丰富，表现手法多样，主题涉及面广，从精神自传到宗教戏剧，从神秘异象描写到宗教抒情诗和布道文都包含在内。人们创作了许多赞美诗，其中一些一直被吟唱至今。中世纪有一群人，这一群体包括神秘主义者(男性和女性)、圣徒、朝圣者，甚至一些异教徒。他们的经历并不符合广义的教义规定，他们的活动也不属于任何神学范畴的宗教机构和神学研究，但是中世纪宗教文学却能让这一类人发声，这是中世纪文学最有趣的现象之一。中世纪宗教文学常常游走于现实主义和漫无边际的想象之间，这一点与骑士文学和史诗相似。如果要说出区分宗教文学与世俗奇幻文学的主要标准，那就是它们与神的关系。一位圣人或潜修者所表现出的超凡能力可能比一位神奇的魔术师的魔法更加离奇。人们常常认为他们的超凡能力源于他们虔诚的宗教信仰，甚至可能是上帝直接赐予的。在当代读者看来，中世纪的宗教文学作品常常会迷失于极其遥远和奇异的世界中，但同时还一直能传达正统的宗教观点。从某种意义上说，宗教文学展现了教会牧师们记录的普遍的神学经历，同时也展现了宗教的亲民性，让读者知道凡是虔诚信教的人都可以得到神的眷顾。这些文学作品可能是虚构故事，也可能是奇幻故事，但就其传达的道德观念和宗教思想而言，这些作品既深刻严肃，又颇具感染力。

奥古斯丁的《忏悔录》和精神自传

圣·奥古斯丁(Saint Augustine)的经典作品《忏悔录》(*Confessions*)(公元397—401年)可以说是归信文学的典范，他为后人的创作奠定了基础，在此之后有许多作家以他作品中对内心挣扎和精神至高点的描述方式作为模版进行文学创作。弗雷德里克·范·弗莱特伦(Frederick van Fleteren) 把奥古斯丁描述为“据犹太教-基督教圣经教义阐释的古希腊思想和中世纪之间沟通的桥梁”①，他认为奥古斯丁把柏罗丁和波菲利(Plotinus 和 Porphyry，希腊新柏拉图主义演说家)哲学与宗教信仰的皈依交织在一起，指出虽然“《忏悔录》对作者的生活进行了细致的描述……但它不仅仅是一部自传……(它)用作者的生活来阐释普遍的人性哲理”②。它“可以被看作一部文学巨著，一部深入探索人类精神世界

---

① “a bridge between the thought of Ancient Greece, interpreted in the light of the Judeo-Christian Scriptures, and the Middle Ages”, Fleteren, 1992: 57.

② “*Confessiones* gives precise details of the author’s life... it is much more than an autobiography... [It] uses the author’s life to illustrate a universal theory of humanity”, Fleteren, 1992: 63.

的作品，一部哲学专著，一部神学奇才的作品”①，它已经作为一部经典作品存世 1600 多年。

奥古斯丁的《忏悔录》从古至今一直受到读者的喜爱，这是因为在作品中，作者确实在为自己所发现的自身的错误和失败进行忏悔，作品内容与作品名称保持了一致。作者忏悔的内容包括淫荡的行为(导致私生子降生)、傲慢的态度、内心的矛盾，以及向宗教异端妥协的挣扎。这些宗教异端教义貌似合理，极具诱惑力，在奥古斯丁时代广泛流传。这本自传把作者描述为这样一个人：一个在生活的道路上艰难前行的人，一个与折磨着全人类的欲望和人性缺陷做斗争的人。文中许多文字被广为传颂，时至今日仍然受欢迎。其中一段就是奥古斯丁对上帝的祈求“da mihi castitatem et continentam, sed noli modo”②，意为“请赐予我贞洁和自制吧，但不是现在”。对于一位想成为圣人但是又暂时不想放弃世俗乐趣的少年，奥古斯丁是对他进行戏谑，

> 奥古斯丁在第八卷中也这样说：“他们(他曾经的世俗乐趣)拉着盖在我肉体上的衣衫，低声说：‘你要抛弃我们吗?’还说‘从今往后我们可就再也不能陪伴你了，再也再也不能了’。”③

---

① “can be read as a literary masterpiece, as a work of profound psychological insight, as a philosophical treatise, and as a work of theological genius”, Fleteren, 1992: 63.

② “make me chaste and celibate, but not yet”，参见 Augustin, *Confessions*, trans. Chadwick, 1991: 145.

③ They (his old habits) tugged at the garment of my flesh and whispered: “Are you getting rid of us?”...from this moment we shall never be with you again, not for ever and ever. 参见 Angustine, *Confessions*, trans. Chadwick, 1991: 151。

还是对于意志和宿命进行深入的探讨(毕竟如果上帝决定了每个人的人生道路，那么奥古斯丁(或任何人)在皈依时到底有多大自主性)，通过反复的祈祷将奥古斯丁的人性特征凸显出来，让读者认识到他所经历的挣扎可能存在于许多中世纪(甚至现代)基督徒的生活中。亨利·查德威克(Henry Chadwick)介绍《忏悔录》时指出，“当今读者可能觉得这部作品大部分内容是如此‘现代’，以至于在发现作者写作的背景和语境原来那么古老的时候，常常会感到惊奇”①。

中世纪后期的文学作品往往失去了这一根基，只描绘一些在圣迹显现后皈依基督教的典型人物，同时掩饰了皈依者在努力平衡古典哲学(如与各种基督教教义相冲突的新柏拉图主义)和新兴宗教思想的过程中所需要忍受的混乱的思想经历。正如弗莱特伦所说的那样，每当奥古斯丁面临这种思想冲突时，他都会果断地站在基督教一边。② 但是这并不意味着奥古斯丁的心中对世界的认识模式和对基督教权威的信仰之间不曾发生冲突，相反在整个作品中，奥古斯丁在一个矛盾和冲突的世界中巧妙而深刻地“捕捉着人类对幸福和宁静的追求，以及这一过程中内心的挣扎”③。

反映宗教皈依的虚构故事，例如乔叟的作品，大多结构精巧，写作初衷各异，受众面广，但这些故事常常集中于对皈依瞬间的描写，而忽略个人内心的冲突和挣扎。皈依是一种自发的行为，而不是跟着许多其他信徒(尤其是奥古斯丁)从众地皈依基督教。丹·克劳福德(Dan

① “contemporary reader today may find much of it so ‘modern’ that at times it is a shock to discover how very ancient are the presuppositions and the particular context in which the author wrote”, Chadwick, 1991: ix.

② 参阅 Fleteren, 1992: 60.

③ “capture[s] the human search and struggle for happiness and rest”, Fleteren, 1992: 64.

Crawford)指出，“从整体上看，信仰转变的程度，是(奥古斯丁的)努力和选择的结果，这是他的成就”①。在之后的虚构故事中，对于撒拉逊人、异教徒和非信徒皈依的描写都出于不同的目的，许多文学作品不是个人经验的反映，而是出于扩充基督教作品内容的目的。与此同时，许多其他文学作品，如但丁的《神曲》(*Divine Comedy*)，受到了奥古斯丁风格的强烈影响。在基督徒使灵魂走向上帝的蜕变之旅中，奥古斯丁总是会反映情感关系并作出深度思考，奥古斯丁的这些典型写作风格在这些作品中都得到了表现。

在《忏悔录》中，奥古斯丁探讨的另一个中心就是“意志”(will)这一概念。克劳福德再次思考了奥古斯丁所描述的“旧意志，它要世俗的快乐，而同时一种‘新意志降临到奥古斯汀的生活中，……但还没有强大到足以战胜旧意志’”②。在《忏悔录》完成之前的几年，奥古斯丁写了一篇题为“De Libero Arbitrio”(《意志的自由选择》，388—395年)的文章，思考作为意志创造者的上帝为何没有创造罪孽和邪恶。

总体来说，从奥古斯丁对文学界的贡献可以看出，他是一位深度关注人性考验和人性本质的宗教学者。对于奥古斯丁众多作品的永恒意义，弗莱特伦指出：

> 在中世纪鼎盛时期，当人们在寻找处理教会和国家之间关系的方法时，上帝之城的奥古斯丁为他们带来了启发。在宗教改革之时

① “To the extent that the conversion process, considered as a whole, is a product of [Augustine's] effort and choosing, it is his accomplishment”, Crawford, 1988: 301.

② “old will that wills earthly pleasures, and also a ‘new will which had come to life in [Augustine]... [but] was not yet strong enough to overcome the old’”, Crawford, 1988: 298.

和宗教改革之后，佩拉吉亚时期关于恩典和基督作为精神导师的教导性作品成为最重要的著作。在文艺复兴时期，奥古斯丁是基督教教义的代表……现在《忏悔录》的作者奥古斯丁仍然主宰着人的思想。①

自奥古斯丁诞生以来，他的作品无论是出现在大学课程中，还是作为宗教教义的理论基础存在，在各个时代都能引起人们的共鸣。他探讨人性和认识上帝的方法为现代读者提供了一个通道，经由这个通道现代读者可以了解一个生活在数世纪前的人，并与他产生共鸣。

宗教教规和布道

除宗教传记作家和自传作家外，还有努尔西亚的圣本笃（St. Benedict，约480—约553年）等人制定了修道院教规，用以规范修道士们在修会中侍奉上帝的行为。《圣本笃法规》（*Rule of St. Benedict*）制定于约公元530年，具体日期尚不清楚。对于这部作品究竟是在一段时间中逐渐完成，还是在短时间内一次性记录完成的，学者们还有一些争议。这部作品由序言和73个章节构成，围绕贫穷、贞洁、顺从、虔诚和劳动等戒律展开，“由查理大帝时期在西方僧侣中已存在的十分成熟的行

① in the High Middle Ages, when the relations between Church and state were being worked out, it was the Augustine of De Civitate Dei (The City of God) that was influential. During the Reformation and post-reformation, the works of the Pelagian period on grace as well as the teaching of Christ as the interior master became paramount. During the Renaissance... it was the Augustine of the De Doctrina Christiana... Today it is the Augustine of the Confessions who reigns. Fleteren, 1992: 66.

为规范构成，为后来的新生修道院奠定了基础，如克吕尼修道院和西多会”①。

如对中世纪僧侣的日常事务不感兴趣，《圣本笃法规》的大部分内容可能显得枯燥乏味，不过作品中仍贯穿着一些微妙有趣的细节，例如有一个详细描写僧侣应该如何睡觉的段落：

> 他们应该各自睡在不同的床上，小房间中应该点一支蜡烛，并一直燃烧到天明。他们要和衣而睡，腰束腰带或绳子；他们睡觉时不应把刀放在身边，以免在梦中误伤其他睡觉的人……当他们要起床侍奉上帝时，如有僧侣因困倦找理由不起床，他们应该适度地相互敦促。②

同样，对于“僧侣能否接收信件或其他东西”，本笃要求：

> 没有修道院院长的许可，僧侣是绝不允许……接收或送出信件、礼物或任何礼品，无论礼物多么小……但如果(修道院院长)下令接收，那么院长有权将其交给任何他指定的人。被指定接收物

---

① “constituted by the time of Charlemagne the well-established practice of Western monks, and later became the basis of new orders like those at Cluny and Citeaux”, Contemporary Civilization Staff of Columbia College, 1960: 175.

② They shall sleep separately in separate beds... A candle shall always be burning in that same cell until early in the morning. They shall sleep clothed, and girt with belts or with ropes; and they shall not have their knives at their sides while they sleep, lest perchance in a dream they should wound the sleepers... And when they rise for the service of God, they shall exhort each other mutually with moderation, on account of the excuses that those who are sleepy are inclined to make. Benedict, 1960: 180-181.

品的修道士不应感到烦恼，恶魔是不会得到这样好的机会的。①

本笃希望人们能诚恳地接受这条教规，但这条教规还是不可避免地引起了人们的质疑。本笃用《圣本笃法规》恣意地约束人们内心的情绪，这或许更符合中世纪的思维模式。如果家人送给自己的礼物被没收并转送给别人，人们通常会感到不快。法规中发出的警示表明，无论是对于修道士还是任何其他人，这种情绪都是普遍存在的。

然而对于那些在中世纪选择修道生活的人而言，他们已经做好了放弃这些世间俗物的准备，全身心地向上帝奉献自己的一生，因为：

当任何新人申请皈依(即加入本笃会)时，他们都不会被轻易接纳……因此如果申请者坚持不懈地要求入会，并且在四五天后仍没有放弃，默默忍受着对他的各种侮辱和入会的阻挠之后仍然坚持申请皈依，他将会获得许可进入修会，在客房中待几天。②

本笃接着列出了新人将经受的一系列考验，其中之一是向新人宣读《圣本笃法规》，并告诫他要么选择完全地接受法规，要么选择自行离开。

---

① By no means shall it be allowed to a monk… to receive or to give, without order of the abbot, letters, presents, or any gift, however small… But if [the abbot] order it to be received, it shall be in the power of the abbot to give it to whomever he may will. And the brother to whom it happened to have been sent shall not be chagrined; that an opportunity be not given to the devil. Benedict, 1960: 184.

② when any new comer applies for conversion [i. e. to join the Benedictine Order], an easy entrance shall not be granted him… Therefore if he who comes perseveres in knocking, and is seen after four or five days to patiently endure the insults inflicted upon him, and the difficulty of ingress, and to persist in his demand: entrance shall be allowed him, and he shall remain for a few days in the cell of the guests. Benedict, 1960: 184.

如果他接受了，将被带到新人的房间，六个月之后再次向他宣读法则。如果他再次接受，将再用四个月测试他的耐性，然后第三次向他宣读法则。这次一旦他接受法规，他将被接纳为教堂会众，从此既不得脱离教会，也不能“挣脱法则的枷锁”①。

本笃会中所有的修道士都要接受对贫穷的坚守，法规对这一戒律的表述更加简洁明了：本笃宣称修道士“应该做到真正的一无所有，甚至连一本书、一个本、一支笔都没有，身无分文”②。他同时指出，“所有的东西都应该是大家共有，正如所记录的那样：‘任何人都不能妄想占有或者声称拥有任何的财物’”③。对于“是否应该对所有人平等地分配必需品”，本笃阐明了他的观点，并认可在有些情况下需要“照顾弱者”，并认为既然“弱者因为体弱需要得到更多照顾，那么就应该因自己的无能而感到羞愧”。④

这套法规是一个复杂的系统，作为本笃会教团的一部分，它规范着修道士生活的各个方面。法规制定了许多行为规范，规范的对象包括祈祷仪式、体力劳动、世俗财产、保持举止恭谦的方式，以及饮食起居(吃多少和什么时候吃，睡觉的方式和地点。法规条款规定如果空间足够大，所有人都应该睡在一起；如果空间太小，那么就应该十个人或二十个人一组睡觉)。这一时期，僧院和修道院在西方迅速发展，但对如

---

① “shake free his neck from the yoke of the Rule”, Benedict, 1960: 184-185.

② “should have absolutely not anything: neither a book, nor tablets nor a pen—nothing at all”, Benedict, 1960: 181.

③ “all things shall be common to all, as it is written: ‘Let not any man presume or call anything his own’”, Benedict, 1960: 181.

④ “whether all ought to receive necessaries equally” “a consideration for infirmities” “he who needs more, let him be humiliated on account of his infirmity”, Benedict, 1960: 181-182.

何规范其成员的行为几乎没有任何指导，这些修道士的生活被“中世纪哲学家视为一种理想的生活方式”①。在这种背景下，《圣本笃法规》诞生了。它是一套切实可行的，旨在建立秩序、规范行为的宣言，而不是神秘异象文学或自传体的皈依故事。

虽然本笃会的规则已经很严格，但在中世纪仍有一些人，例如克来佛的圣伯纳德(Saint Bernard)，依然“对本笃会秩序持严厉的批评态度，认为本笃会秩序松散、没有纪律”②。

当然，如果他认为本笃会纪律涣散，那么就不难理解他自己对于戒律的观点常常“使他的追随者疏远他”③。同时代人撰写的名为《维塔·普里玛·伯纳迪》(*Vita prima Bernardi*)的圣徒传记(20世纪由杰弗里·韦布(Geoffrey Webb)和阿德里安·沃克(Adrian Walker)翻译)，就是以圣伯纳德的生活为主题。圣伯纳德以对朋友的忠诚和对敌人的猛烈攻击而闻名。在一封信中他集中表达了对克吕尼本笃会修道院的担忧，因为他认为在克吕尼本笃会的影响下，他年轻的侄子罗伯特(其实是他的堂兄弟)从克来佛西多会叛逃，而担任克来佛西多会修道院院长的正是圣伯纳德本人。“一个无辜的轻信的信徒被引入歧途，基督为拯救众生的灵魂而殉难，而克吕尼本笃会却使这个灵魂迷失方向,”哈拉(Hala)转述伯纳德的反应，并指出伯纳德进一步的挑衅言论，“克吕尼本笃会的错误行为和懈怠态度将会面临严格的审判”。④

---

① “looked upon as the ideal existence by the philosophers of the Middle Ages”, Columbia, 1960: 175.

② “was a severe critic of the Benedictine order, which he regarded as lax and undisciplined”, Hala, 1999: 27.

③ “estranged his followers”, Hala, 1999: 27.

④ “A credulous innocent was led astray so that a soul for whom Christ died was lost to Cluny” “a terrible judgment awaits Cluny for its misdeeds and laxity”, Hala, 1999: 29.

这恶意满满的愤怒来自一个行为自相矛盾的人——伯纳德。一方面他在布道中宣扬爱的中心地位，但另一方面他却是第二次十字军东征的拥护者。伯纳德第一部著名的论著《谦逊与骄傲的步骤》(*Degradibus humilititis et superbiae*)写于1124年或1125年，被认为是对《圣本笃法则》第七章内容的延伸和详尽阐述，概述了谦逊的12个步骤。在这部著作中，伯纳德展示了他对隐喻和修辞手法的偏爱，构建了他神秘的、思想和情感丰富的神学体系。在布道时，他主要阐述他的神学观点，同时展示"他独有的风格：他小心翼翼地将作品的内容与作品的形式和风格保持一致。人的经验一直是其终极愿景的起点。他似乎了解读者的心理，并利用这一点支配他们"①。伯纳德于1153年8月20日去世，他整套著作的修改和编辑工作在生前未能完成。伯纳德于1174年被封为圣徒，于1830年被宣布为权威神学家。他为同时代人以及后人留下了一个印象：他强烈捍卫自己的信仰，不懈努力地倡导他所认同的使人们走向上帝的最好方式。

本笃的法规为修道院行为规范的制定树立了典范。中世纪还有许多其他宗教生活指南。《女隐士指南》(*Guides for Anchoresses*)教导女性如何将世俗欲望转变为对上帝的信仰，如何象征性地或真实地从世俗世界逃离。女隐士指选择在与世隔绝的狭小空间里过着内心充实的宗教生活的女性(一些在教堂内的隐修士的小房间内，另一些在教会之外)。13世纪的《安克雷内·维塞》(*Ancrene Wisse*)或《安克雷内·里维尔》(*Ancrene Riwle*)(《女隐士之路或规则》)由八个章节组成，是写给三位试图进入冥

① "distinctive traits: [he] scrupulously matches his form and style to his content; human experience is almost always the starting point for even his loftiest visions; and he seems to know the minds of his readers, using that knowledge to manipulate them", Hala, 1999: 36.

想生活的女性的作品。作品的第一章和第八章是关于“外部规则”或女隐士外在生活主题的，它们支撑着中间章节——中间章节关注更重要的“内心规则”或内心生活。与本笃简洁明了的风格相比，安克雷内·维塞的风格寓意更加丰富，她将女隐士比作具有各种寓意的鸟，这些寓意代表着规范内心生活的法则，对于致命七宗罪的诱惑，作品也提供了抵御方法。肉体的感受必须转变为精神的、内在的感受，这样才能将积极的体验传递下去，而不是对外部世界所有的体验。文中指出上帝的爱就像希腊之火、像中世纪毒气，能够摧毁道路上所有的敌人，并用极其文雅又有些色情的文字描述上帝之爱，指出上帝之爱是一种宗教崇拜，这种崇拜的影响力更加巨大，是忏悔所带来的任何折磨或痛苦都无法比拟的。《哈利·麦萨德》(*Hali Meðod*, *or Holy Method*,《神圣的方法》)写于1182年至1998年，是一篇有启发性的布道，为女隐士认识贞洁和精神婚姻(放弃世俗婚姻，与上帝实现精神上的结合)的价值提供指导。《凯瑟琳诗集》(*Katherine Group*)的开篇是一组赞颂贞节的作品，赞颂的对象包括尼科美底亚的圣朱利安娜、安提俄克的玛格丽特和亚历山大的凯瑟琳，这些作品激励着女隐士们成为完美行为的典范。

宗教法规不仅仅为人们的宗教实践提供方法，还有许多其他意义。在规范宗教活动的同时，宗教法规展现了一种真实的行为模式，培养对中世纪生活的认知，使人们了解当时选择不同宗教信仰的人们的生活状态；此外，还能让读者接触中世纪人们的思维，了解他们对身体和灵魂、物质和精神世界，以及对两者交集的认识，这是最重要的。

圣徒传记、圣母的神迹和类圣徒传

圣徒传记早期记录基督教殉道者的事迹，但随着在中世纪的发展，越来越多修会圣徒和历史圣徒出现其中，为文化休闲和教育活动提供了通俗的素材。这些传记通过记录神圣团体的生活、事迹、殉道行为和神迹，为读者提供了接触历史、获取灵感和了解传说的途径。雅各布斯·德·沃拉金(Jacobus de Voragine，约1230—1298年)搜集多方资源，编写了《圣人传说》(*Legenda Aurea*)，又名《黄金传奇》(*Golden Legend*)。这是一部标志性的圣徒传集，这部百科全书式的作品在整个中世纪时期都很受欢迎。故事通常从对圣徒名字的词源学角度的深刻思考拉开序幕，接着介绍他们的生活故事、他们生活中出现的神迹以及他们身后留下的圣物。雅各布斯的作品激励了整个中世纪的世俗作家和宗教作家，影响了白话圣徒传系列文学作品的发展，其中包括充满诗意的《英格兰南部的传奇文学作品》(*South English Legendary*，13—14世纪)，也对但丁、纪尧姆·德·马肖(Guillaume de Machaut)、克里斯蒂娜·德·皮桑(Christina de Pizan)等一批作家产生了影响。

然而，圣徒传记并不局限于记录早期基督教殉道者的事迹，它是一个从未间断的文化传统，一种用来认定当地圣徒和宗教人物(不是所有人都被封圣)并突出其影响力的方式。圣徒传记会讲述与所保留的历史遗迹相关的神迹故事，还会把当地的历史、人物和社会传统紧密结合起来，使朝圣地鲜活地展现在人们眼前，成为人们了解宗教活动的重要途径。

在13世纪，雅克·德·维特里(Jacques de Vitry，约1160/70—1240年)和他的门徒托马斯·德·坎蒂普雷(Thomas de Cantimpré，1201—1272年)写了一系列关于神圣的列日伯格音运动的“传记”作品，其中对瓦尼的玛丽(Marie of Oignies)的记录尤其多。传记由雅克起笔，由托马斯完成。伯格音是13至16世纪出现的女性的宗教平信徒团体，活跃于欧洲低地国家，主要活动和影响范围都在教会之外。雅克和托马斯把这些伯格音团体和当权的牧师进行对比，旨在表达对这些团体的活动的认可，并保存这段女性先驱的历史。托马斯的传记作品《伊普尔的玛格丽特》(*Margaret of Ypres*)、《阿维耶尔的卢特加德》(*Lutgard of Aywières*)和最著名的《令人惊讶的圣·克里斯蒂娜》(*St. Christina the Astonishing*)记录了女信徒极度虔诚的宗教实践、精神领导力以及经历的奇迹故事。这一系列传记的最后一部名为《克里斯蒂娜·米拉比利斯传记》(又名《令人惊讶的圣·克里斯蒂娜的一生》)(*Vita Christina Mirabilis*, *Life of St. Christina the Astonishing*)，讲述了克里斯蒂娜看到地狱的景象后死而复生的故事。她似乎在世间遭受涤罪忏悔的折磨，做出很多怪异的举动，比如站在河中让冰冷的河水没过她的脖子，将自己投入烤箱，或者当磨轮在水中转动时把自己绑在上面哀嚎、哭泣，并把自己蜷曲成一团向上帝祷告。当地人所有阻止她怪异行为的尝试都以失败告终。在监狱里，她用自己乳房滴出的油脂充饥。只有人们对上帝的祈祷能缓和她的行为。这当然不足为奇，但她这种追求自我实现和他人救赎的方式仍然显得很怪异。在又经历两次起死回生之后，克里斯蒂娜最终去世，于1224年被安葬。托马斯的传记虽然可能存在一些缺陷，但的确讲述了一个扣人心弦的故事，并在故事中认定她的一系列行为是神圣而非邪恶的，为她后来被教会封为圣徒提供了可能(她还是精神病患者的守护神)。1992年，摇滚音乐家尼克·凯夫(Nick Cave)和坏种子乐队(Bad Seeds)将她的传奇故事谱写成了一首流行歌曲。

类圣徒传也为世俗作家提供了创作模式。乔叟的《坎特伯雷故事集》中第二位修女讲述的关于圣·塞西莉亚的故事就来源于《英格兰南部的传奇文学作品》；在他的其他几个故事(律师关于罗马公主的故事、医生关于维吉妮亚的故事、学者关于格丽西达的故事、女修道士关于小克勒吉翁的故事)中，虽然没有一个角色在故事中真的被封为圣徒，但因为故事所具有的虚构性，因此都至少在一定程度上继承了圣徒传的创作模式。

幻境、神秘主义和宗教抒情诗

中世纪异象文学的权威学者伊丽莎白·阿维达·彼得罗夫(Elizabeth Avilda Petroff)指出：

> 神秘主义被称为“关于上帝之爱的科学”和“旨在与上帝结合的生活方式”。神秘主义者可能存在于每个宗教传统中，他们有时是中心参与者，但有时又往往处于人们认知活动的边缘，这是因为他们描绘了人们所不熟悉的神圣经历。①

梦境是中世纪神秘主义经历的文学表现形式之一，既有宗教梦境，也有世俗梦境。这种文学形式指作者入睡后在梦境中完成整个故事，故事常常但也不一定总是源于现实世界的经历。中世纪的梦境文学的代表作是波爱修斯(Boethius)的《哲学的慰藉》(*Consolation of Philosophy*)。在故事中波爱修斯被诬陷入狱并等待处决，当他哀叹自己被命运抛弃时，哲学女神出现在他面前，安慰了他并将他的思想引回正途。虽然这不是典型的基督教文学作品，却花了大量篇幅讨论了许多关于怎样做好准备面临死亡的问题，许多中世纪作品都探讨过这个问题。哲学女神的话语

---

① Mysticism has been called “the science of the love of God”, and “the life which aims at union with God”. Mystics may be found in every religious tradition, sometimes as central participants but often on the periphery of accepted practice, for they map out new experiences of the divine. Petroff, 1991: 6.

引导波爱修斯去审视荣誉之本、世界之根，并最终探究神圣之源。但丁的《神曲》遵循了幻境的模式，然而诗人但丁坚持认为想象本身不是梦，这一点与玛丽·德·法兰西的作品不同。玛丽·德·法兰西的《圣帕特里克的炼狱》(*Saint Patrick's Purgatory*，12 世纪)是但丁生活的时代之前的人们对来世的想象。其他例子包括《十字架之梦》(*Dream of the Rood*，10 世纪)，该故事中耶稣的木制十字架会说话，它讲述了耶稣受难的故事；还有 12 世纪阿兰·德·里尔(Alan de Lille)用拉丁文创作的《自然的抱怨》(*De Planctu Naturae*)，故事中作者梦见大自然解释他在上帝之下的卑微感。

最著名的宗教梦境之一出现在威廉·兰格兰(William Langland)的作品《农夫皮尔斯》(*Vision of Piers the Plowman*，1270—1290 年)中。该故事中威尔(Will)(是作者的名字，也是对人性的隐喻)进入梦乡，在一座高塔(对天堂的隐喻)和深谷(对地狱的隐喻)中间看到“在一片美好的田野里有各式各样的人”。威尔遇到了许多人，有叫作“圣公会”的女子、“贿赂”夫人、“良心”和“理性”。在第二个梦中，农夫皮尔斯出现了，他敦促田野里的人帮助他耕地。皮尔斯为人们的罪孽特别是懒惰行为寻找救赎，然后与“真理”见面。充满寓言意义人物的梦境继续着，直到人们发现皮尔斯就是基督耶稣，而威尔在“良心”和“恩典”与“敌基督”的战斗中发现了他们的力量。故事存在三个版本，即所谓的 A、B 和 C 版，证明了故事的流传度和受欢迎的程度。在整个中世纪，许多作品表现了这种故事形式，如纪尧姆·德·洛里斯(Guillaume de Lorris)和让·德·梅恩(Jean de Meun)的《玫瑰传奇》(*Roman de la Rose*)，乔叟的《公爵夫人之书》(*Book of the Duchess*)、《声誉之宫》(*House of Fame*)、《百鸟会议》(*Parliament of Fowles*)和《贤妇传说》(*Legend of Good Women*)，克里斯蒂娜·德·皮桑的《长期学习之路》(*Chemin de Long*

Estude)。

神秘主义者详细地描述他们的异象经历，所以从梦中或者宗教幻境中醒来的过程也被仔细地表现出来。虽然推动异象发展的因素会因为作者对异象体验的不同而发生变化，但他们都有一种与上帝深刻交融的意识，这种意识能以理智和本能的方式启发神秘主义者对神圣意义的理解。异象既包括神与灵魂之间的如痴如醉的交融，还包括对经文和祈祷的冥想。神秘主义者既存在于教会内部，也存在于世俗之中。神秘主义是教会人物经历的一部分，这些人物因神学知识考试而闻名，如奥古斯丁(Augustine)、克来佛的伯纳德(Bernard of Clairvaux)和托马斯·阿奎那(Thomas Aquinas)。

神秘主义体验提供了一个空间，整个中世纪的宗教女性，包括修女、伯格音和女性平信徒，都能在这里找到一个表达思想的渠道。当然她们文学创作的方式和传播方法各不相同。异象体验给女性提供了一个接触世间权利的途径，这可能就是这类作品产量颇丰的重要原因。虽然一些幻想的女性形象是被书写的对象(例如一些最早的神秘主义者，如圣佩蓓图(Saint Perpetua)和圣麦克丽娜(Saint Macrina))，但渐渐地，这个时期有越来越多的人直接书写或口述她们的经历。像意大利的一位三级女修道者弗里诺的安姬拉(Angela of Foligno，约1240—1309年)和宾根的希尔德加德(Hildegard of Bingen，1098—1179年)这样的人物记录了她们的神秘经历。在《西维亚斯》(*Scivias*，1151—1152年)中，希尔德加德经历了三位一体、创世纪、教会和圣礼的幻境，所有这些都加深了她对即将到来的上帝之国的理解。

这本书有35幅微型插图，用图像和文字描述了希尔德加德的经历。在前言中，希尔德加德说，在42岁的时候，她受命于上帝，写出本书并分享她一生中经历的大部分异象。希尔德加德对这项文学创作保持了谦逊的态度，表达了她的焦虑，她需要咨询教会权威，例如克来佛的伯纳德。这证明了她对公开自己的私人经历的担忧，同时她还担心作为一名女性，会受到严苛的批评。这些作家中许多人开始创作时都保持着一种谦卑的态度，因为他们相信神秘主义者仅仅是上帝话语的记录器和传话筒。

前面提到的伯格音运动造就了像克里斯蒂娜·米拉比利斯(Christina Mirabilis)和瓦尼的玛丽(Marie of Oignies)这样的圣人形象，她们也把神秘主义者算作自己团体的成员。其中一个突出的例子是马德堡的美契黛(Mechtild of Magdeburg，约1207—1294年)，她在1250—1280年创作了《流动的神性之光》(*Das fließende Licht der Gottheit / Flowing Light of Divinity* (*or Godhead*))。她以白话文写作，展示了德语是一种适合表达神性、传达神圣思想的语言，并因此而闻名。当她将自己的异象经历展示给男性宗教权威并寻求认可时，她没有像希尔德加德、玛格丽·坎普(Margery Kempe)和其他人那样邀请男性抄写员写稿，而是自己以原始形式记录下来。她的幻境以其传神的描写和炽热的激情而著称，尤其是她所描绘的地狱景象，与此同时她将灵魂女性化，自始至终称之为"她"。在她经历的第一次异象中，12岁的她遇到了圣灵。在她余生中，圣灵一直来探望她，在圣灵的影响下她第一次参加马格德堡的伯格音团体，后来又加入西多会修道院。她说，这些邂逅"就像流动的神性之光从四面八方流进贫瘠的灵魂，从此不断地带来新鲜的知识和神圣的启示"①。虽然缺乏明确的依据，但是人们仍普遍认为她对地狱幻境的描写影响了但丁，《神曲》"炼狱"中的人物玛泰尔达(Matelda)就是

① 英译为"from the Flowing Godhead by many channels into the arid soul, ever bringing fresh knowledge and holier revelation". 参见 *Mechtild*, trans. Petroff, 1986: 214。

以她的名字命名。

英国也有浓重的异象文学传统。《无名之云》(*Cloud of Unknowing*，约1375年)等无名作品为潜修行为和祈祷冥想活动提供指导，而理查德·罗尔(Richard Rolle，约1300—1349年)和沃尔特·希尔顿(Walter Hilton，约1340—1396年)则描述了他们特别的异象经历。在作品《爱之火》(*Incendium Amoris/Fire of Love*)中，理查德·罗尔(Richard Roll)讲述了三种不同的神秘经历：身躯的温暖、甜蜜和天籁之音。通过幻境，罗尔向人们揭示了人走向上帝所必经的一系列阶段：敞开之门、温度、歌声和甜蜜。

与罗尔同时代的英国人诺维奇的朱利安(Julian of Norwich，1342—1420年)撰写了一部题为《神圣之爱的启示》(*Revelations of Divine Love*)的文集，描写她在1373年5月8日患重病期间经历的一个神奇的异象。这也许是人们对于诺维奇的朱利安所了解的唯一具体的信息，甚至连“朱利安”这个称呼都不是作者的名字，而是她所居住的城市里一座教堂的名称。她最终隐居在那里，住在圣朱利安教堂附楼的一个房间里。人们对于她的了解仅限于一些模糊的信息，比如她一生中大部分时间是作为修士隐居在一个封闭的房间里，与外界接触很少。她从未成为修女，也从未正式加入任何教派或宗教组织，一直保持着她平信徒的身份过着隐居生活。

有很多人是诺维奇的朱利安的座上宾，其中最著名的要数玛格丽·坎普，她是朱利安同时代的伙伴，也是一位神秘主义和精神主义作家。坎普在《玛格丽·坎普之书》(*The Book of Margery Kempe*)中记录了她拜访朱利安的经历。这本书与朱利安的书既相似，但又截然不同。尽管朱利安仍然过着与世隔绝的隐居生活，但坎佩却在英国游历，同时布道、哭泣，常常被视为“巴斯妇艾莉森的宗教化形象，对父权制保持异议，充满了反父权制的热情和活力”①。另一方面，朱利安更注重向她的读者表现上帝之爱，记录在异象中感受到的上帝对她的悲悯，并对造物主上帝充满慈爱的谦逊态度发表自己的感想。她记录了一个特别的异象，在这个异象幻境中首先出现的是基督流血的头像，随后立即出现的是她手掌中的一颗榛子。她将这一幻境意象理解为对一种平衡的展示：脆弱性被强大的认知抵消了。这种强大的认知就是指万物都存在于三种属性中：“第一，上帝创造了他们。第二，上帝爱他们。第三，上帝保佑他们。”②

朱利安进一步推动了这个概念的发展，提出上帝之爱就是母性之爱。虽然在之前的宗教文学中出现过把上帝刻画成母亲的情况，但朱利安的作品“并没有像以前的传统那样，将上帝分割成严厉的父亲和善良的母亲两个形象”③。作品第59章介绍了一篇新的祷文，用于理解希伯来律法书中“我是”的意义：“我是父性的美德；我是母亲性的智慧；我是光和恩典，是受祝福的爱。我是三位一体。我是统一体。”将男性和女性融合为一个上帝形象，用一种独特的方式将两性结合在一起，正如布拉德丽(Bradley)在其著作《朱利安的路》(*Julian's Way*，1992)中所说的那样，她重新提出了“男性和女性构成完整的人性”④的观点。

玛格丽·坎普的生活状态与诺维奇的朱利安有些不同，尽管她的自传“符合在她那个时代影响力巨大的，偶像化的、虔诚的、神秘主义文

---

① “a religious type of Alison of Bath, filled with the vitality and vigor of antipatriarchal dissent”, Armstrong, 1994: 213.

② “The first is that God made [them]. The second is that God loves [them]. The third is that God keeps [them]”, Armstrong, 1994: 215.

③ “does not divide God into the stern father and kind mother, as earlier traditions had done”, Armstrong, 1994: 215.

④ “men and women to full humanity”, Armstrong, 1994: 215-216.

学作品所展示的各种宗教生活方式”①。尽管她自己不识字，但她向两位牧师口述了自己的生活故事，两位牧师将故事分为两卷记录下来。在书中，她描述了她与约翰·坎普(John Kempe)的婚姻，以及之后她想要背离中世纪婚姻生活规范的欲望。最终在结婚20年后，当她大约40岁开始作为朝圣者独立生活时，她和丈夫正式宣誓禁欲。直到她60岁以后，在没有笔记、地图和日记等资料的情况下，玛格丽开始正式记录自己的生活。② 因此，虽然在时间上显得混乱，但这部作品和其他中世纪精神自传保持一致风格，包括前面提到的《忏悔录》，采用了“三重神秘结构……并且以生病和皈依的经历拉开故事的序幕，这是圣人传和神秘主义文学著作中常见的模式”③。它还模仿了中世纪骑士文学故事，将坎普自己的“宗教追求”“朝圣之旅”和“生死轮回”融入故事中，甚至模仿了基督耶稣的一生，包括他受圣职、受难，以及最终死亡的经历。

这些宗教异象的描写中搭配了大量的宗教抒情诗，包括诗歌、冥想录、献给上帝的歌，涉及圣母玛利亚、圣徒、十字架和其他宗教主题。这些作品常常从典雅爱情传统中汲取元素，来表达作者对上帝的热爱；故事中的耶稣被描述为爱人和丈夫，而圣母玛丽亚则得到了与那些有教养的女士一样的赞许。中古英语抒情诗以“Swete Jesu, King of blisse / Min herte love, min herte lisse / Thou are swete mid iwisse”(Luria, Hoffman, 1974：99；trans. Angela Jane Weisl)开头(挚爱耶稣，上帝/我心所爱，我心所愿/你是我的挚爱)。尽管使用了第一人称，但抒情诗并

---

① “conforms to various patterns of religious life set forth in the hagiographic, devotional, and mystical writings that were so influential in her day”, Despres, 1994：217.

② 转译自 Despres, 1994：217.

③ “tripartite mystical structure… [and] open[ing] with the experience of sickness and conversion—a common pattern in hagiography and mystical writings”, Despres, 1994：220.

不特别局限于个人经历；相反，叙事所使用的第一人称可以指代教区中任何一位歌唱、讲述或朗读它们的成员，让他们参与到共同的经历中。早期中古英语组歌，如13世纪的凯瑟琳系列和乌音系列诗体散文（Wohunge/Wooing Group），表现了文学形式的多样性，同时也表现了它们的影响力，因为这些文学作品成为了女修士的行为指南，教会她们如何将爱集中于上帝而不是世间俗物。对于那些选择宗教生活的人来说，这些诗歌将世俗语言宗教化，为他们提供了一个发泄情绪的安全途径。

宗教戏剧

至少在中世纪晚期之前，戏剧主要都是宗教性的。戏剧起源于一所教会，该教会想在特定的节日和斋戒日的讲道活动中，通过把圣经故事搬上舞台表演的形式来教导大量的文盲群众。公元476年罗马帝国灭亡后，古典戏剧传统基本消失了，人们的戏剧活动被教堂的圣礼表演所取代，剧院被看作对基督教的一种威胁。包括奥古斯丁在内的各种教父都将戏剧视为魔鬼的工具，认为它有可能腐蚀人们的灵魂，而表演则被视为对上帝创造物的嘲弄。因此在教会内部出现了一种新的传统，它将圣经故事和礼拜仪式戏剧化地表演出来，把这魔鬼的工具转变成教导的手段。戏剧表演可以教授圣经历史和神学知识，也可以给会众提供一种方式，让他们在精神上与宗教节日实现共情。

最早的宗教剧通常被认为是《奎姆奎瑞提斯》（*Quem Quaeritis*）（“Whom do you seek”，《你在找谁？》），于公元925年的复活节演出。在这部戏剧中，两个唱诗班站在教堂内不同的地方彼此对唱，吟唱的内容就是在耶稣受难三天以后，天使和三位玛利亚在基督耶稣墓前的对白。《协议规章》(*The Regularis Concordia*)，由温彻斯特的埃塞沃尔德(Ethelwold of Winchester)约于公元965年完成。这部作品中出现了舞台指导和这一隐喻的脚本，表明宗教剧表演作为一种礼仪表演方法的迅速流行。

欧洲最早的剧作家之一是甘德斯海姆修道院(Abbey of Gandersheim)中的一位女牧师——甘德斯海姆的赫罗茨维特(Hrotsvit of Gandersheim，约935—973年)。鉴于修道院的地位，她可能是贵族出身，奥托一世(Otto I)曾授予修道院完全摆脱世俗统治的自由，赫罗茨维特曾为他写过一首赞美诗。在尊贵的格贝加修道院院长(Abbess Geberga，约940—1001年)的管理下，甘德谢姆修道院成为了文化、文学和宗教生活的中心。正是在这种氛围下，赫罗茨维特创作了她的戏剧和诗歌。这些戏剧都是以宗教为主题，是对罗马剧作家特伦斯(Terence)的回应，因此赫罗茨维特被誉为为基督教观众保留了古典传统遗产的中世纪宗教作家之一。正如凯瑟琳娜·威尔逊(Katherina Wilson)在她的《赫罗茨维特作品集》(*Collection of Hrotsvit's Works*)中所指出的那样，"她认为隐居生活(独自一人的敬拜与修行)和殉道是基督教徒表现虔诚的最有力的两种表现形式"①，她的戏剧表现了这两者都是世间罪孽的救赎方式。有一类戏剧，如《萨皮安提亚》(*Sapientia*)和《达尔西提乌》(*Dulcitius*)，讲述了年轻的贞女挑战伟大国王，以此继续追求她们的基督教信仰，最终通过荣耀的殉道实现升天，并在升天前成功使众人皈依的故事。而另一类戏剧，如《帕夫努提乌斯》(*Pafnutius*)和《亚伯拉罕》(*Abraham*)关注的则是那些沦为妓女迷失自我的女性，她们被有学识的人带回了信徒的团体

---

① "she considers hermitic life (total solitude in worship) and martyrdom as the two most privileged manifestations of Christian devotion", 1998: 3.

里，让她们认识到自己的错误并在隐修者的小房间里反思自己的罪孽，最终她们将被释放。这一切使她们能够得到改变、重生并升入天堂。其他的戏剧则表现了另一些有意义的主题，这些主题包括皈依基督教和道德欲求。《卡利马库斯》(*Callimacus*)表现了圣职志愿者宁可选择死亡而不愿意受辱，最终被引向重生——先在人间复活，然后升入天堂。

这些戏剧关注女性的灵性和潜能，展现了女性传播信仰的潜力，同时倡导童贞和贞节这些美德。尽管这些戏剧的标题很男性化，但如果考虑到赫罗茨维特自身的生活状态和兴趣，她的作品对于女性精神和潜能的关注也许就不令人感到奇怪了。然而在赫罗茨维特的戏剧中，只要愿意接受和忏悔自己的罪孽，都不算真正的堕落。妓女玛丽和塔伊能够通过恢复信仰和深深的忏悔来实现救赎，而引诱者卡利马库斯则通过与德鲁西亚纳采取相同方式获得救赎：后者真的是借死亡来逃避他的勾引，这样她就可以升入天堂，而卡利马库斯在她的坟墓里的经历使他得到了恩典。然而，福图纳特斯将卡利马库斯带到了德鲁西亚纳的尸体旁，让他侵犯尸体，但当看到德鲁西亚纳复活和卡利马库斯皈依时，福图纳特斯接受了真正的死亡并被罚入地狱。在这部戏剧以及《卡利马库斯》和两部殉教戏剧中，女性都是皈依的使者，用她们的德行和节操影响观众，引导众人皈依基督教信仰。

关于赫罗茨维特的戏剧是否上演过，存在很多争论而且没有一个令人满意的结论。剧里有些非常戏剧化的情节，比如达尔西提乌怀抱罐子和锅，却以为自己在侵犯监狱里的年轻处女或者破坏德鲁西亚纳的复活。事实上，这些戏剧使用了大量复杂的象征主义表现手法，使用音乐和数学的相似性来阐释混乱与和谐的主题，考察善与恶的本质，探究基督教美德。赫罗茨维特显然接受过她那个时代有关经典著作、哲学和神学的教育，“像圣奥古斯丁一样，在对立的背景下展现出罪恶的问题”①。威尔逊（Wilson）在谈到赫罗茨维特的作品时指出，“她的作品在寻求对修道理想的坚持，对认识论的坚持。这种认识论证实那些被揭示的真理是可识别的、绝对的、永恒的和可模仿的。用一种令人信服的方式传达真理是为了达到对读者们进行道德说教的目的”②。

12 世纪和 13 世纪，宗教礼仪戏剧在欧洲广泛传播，可以在俄罗斯、斯堪的纳维亚半岛和意大利等广大地区找到历史痕迹。诸如《圣尼古拉斯之谜》（*Jeu de Saint Nicholas*）（约 1200 年）和《亚当之谜》（*Jeu d'Adam*）（约 1150 年）等戏剧，起到了教化和娱乐民众的作用。《亚当之谜》提供了舞台指导，说明该剧在室外表演，这使它成为规模最大的宗教戏剧作品——系列戏剧的过渡形式。这些戏剧讲述了从创世到启示录的整个基督教历史系列故事。与之前的宗教戏剧不同，这些戏剧不是由教会组织表演，而是由平信徒在公众场合表演，使戏剧的受众面更广，观众越来越多。

在中世纪鼎盛时期，贸易协会承担了戏剧表演的工作，他们的戏剧表演通常以《圣经》的内容为基础。表演的戏剧往往以某种方式与他们所从事的特定行业相关，例如，面包师经常表演《最后的晚餐》，而金匠经常表演《耶稣诞生》，因为他们有能力造出一颗耀眼的星形饰物。在类似于现代拖车的大型马车舞台上表演的戏剧，成为公众的文学体验的主要表现形式之一。舞台的流动性使在不同地点进行戏剧表演成为可能，马车舞台既可以增强表演的戏剧性，又可以尽可能扩大戏剧的受众

---

① “like St. Augustine, presents the problem of evil within the context of opposites”, Wilson, 1985: 11.

② “her texts seek adherence to the monastic ideal and to an epistemology which confirms that truth, that is revealed truth, is recognizable, absolute, eternal and imitable; a truth persuasively conveyed for the moral edification of her readers”, Wilson, 1998: 15.

范围。这些系列戏剧被称为不列颠群岛神秘剧，被广泛表演并被分为四个系列保存下来：约克(48部戏)、考文垂卢杜斯(有时称为考文垂)(42部)、威克菲尔德(32部)和切斯特(24部)。许多其他剧目，如《诺维奇杂货店剧目》(*Norwich Grocers' Play*)或《亚伯拉罕和以撒》(*Abraham and Isaac*)在其他剧目消失的情况下依然保存了下来。

这些戏剧都具有基本的教育和教导功能，例如，它们都有共同的对于道德的关注和有益的说教，但这些戏剧通常不像赫罗茨维特的戏剧那样充满象征意义。也就是说，他们并非没有戏剧性的情节，比如《威克菲尔德系列剧之第二牧羊人》中对耶稣诞生的戏仿，或者《威克菲尔德诺亚》中诺亚和他的妻子之间的冲突。《亚伯拉罕和以撒》表演的献祭场景再加上十字架受难的剧情，无疑在观众中激起了深切的悲痛和恐怖情绪。显然，剧作者和演员也看到了喜剧的价值，剧中通常有魔鬼和恶魔的角色，这既能娱乐观众，也能表现在神的面前撒旦的力量是多么渺小。

这一时期戏剧中现存的大部分是英国的神秘剧系列，许多来自欧洲大陆的戏剧也保存下来。实际上，有证据表明宗教戏剧几乎存在于欧洲各国家。演员不再是神职人员，而是全面参与演出的普通民众。

除了宗教系列剧外，这一时期还上演了道德剧。这种戏剧为平信徒提供了指导，教会他们如何升入天堂。就像赫罗茨维特的戏剧一样，这些戏剧给人们传达了一种思想：无论罪孽有多么深重，只要能够真诚悔改，任何罪人都可以获得救赎。这一类型戏剧中最著名的一部就是《普通人》(*Everyman*)，它讲述了一个普通人的故事。这位普通人听到了死亡的召唤，想寻找一个人陪伴他参加最后的审判。被金卓、卡什和古德斯(分别象征他的家人、亲友、尘世的财产)拒绝后，他发现古德迪斯(善行)仍然像往常一样软弱和不起眼，只有他才能陪着他一起走向坟墓。古德迪斯对普通人的失败经历真诚的解读帮他实现了救赎。相似风格的戏剧还有《曼金德》(*Mankinde*)和《坚毅城堡》(*Castle of Perseverance*),后者描绘了人类从出生到死亡的旅程,是大规模系列剧的缩影。或许中世纪戏剧与当代戏剧存在许多差异,但从其悠久的历史和教育影响力来看,它都是一个巨大的成就。

圣杯传奇

宗教题材会成为世俗化文学体裁的主题。现在寻找圣杯被认为是中世纪和亚瑟王故事的一个重要隐喻,在从《神剑》(*Excalibur*)到《巨蟒与圣杯》(*Monty Python and the Holy Grail*)的中世纪电影中都很流行。公元1190年,寻找圣杯的故事首次出现在克雷蒂安·德·特罗亚(Chrétien de Troyes)未完成的骑士传奇作品《帕西瓦尔或圣杯的故事》(*Perceval, or the Conte de Graal*)中。圣杯,一种具有神秘力量的杯子或盘子,并没有被赋予神圣性。虽然没有存世文献可以明确证明,但是人们仍然认为圣杯神话可能起源于凯尔特人,因为凯尔特人传统中有许多有魔法的大锅和其他器皿,而布列塔尼的籁诗使它与典雅爱情的话题产生了联系。克雷蒂安的故事吸引了许多编剧、演员和故事的续写者,他们对十二、十三世纪的圣杯都有自己的诠释。其中最著名的是德国诗人沃尔夫拉姆·冯·埃申巴赫(Wolfram von Essenbach),他把圣杯想象成一种从天空坠落的陨石,而且是一颗神圣的陨石。沃尔夫拉姆将克雷蒂安的故事与罗伯特·德·波隆(Robert de Boron)于12世纪晚期创作的《亚利马太的约瑟》(*Joseph d'Arimathie*)的故事结合起来,圣杯与耶稣的联系似乎由此而生。据波隆的记载,圣杯是在最后的晚餐上使用的容器,之后耶稣被钉在十字架上受难,亚利马太的约瑟(Joseph of Arimathea)放下十字架上受难的耶稣后，用圣杯盛放了耶稣基督的血液。约瑟被投入监狱，在那里耶稣降临并带给他神的指引。约瑟获释后向西行前往欧洲，建立了一个守护圣杯的王朝。这使得圣杯传说和圣杯的形象相结合，将克雷蒂安作品中象征性物件所传达的神秘主义与圣餐的神秘性联系起来，在后来的文学作品如《兰斯洛特系列故事通行本》《后兰斯洛特系列故事通行本》和托马斯·马洛礼的《亚瑟王之死》关于帕西瓦尔的故事中，圣杯成为明确的基督教标志。

克雷蒂安的传奇故事里，帕西瓦尔拜访了渔王的家，看到了一系列神奇的藏品，包括一支流血的长矛、烛台，还有一个圣杯(值得注意的是，克雷蒂恩并没有称之为“圣杯”)。盘子里只放了一块薄饼，这是渔王的餐食，它与流血的长矛有关，这可能就是在表现与基督教的关联。此外，帕西瓦尔并没有询问他所看到的东西，这使他治愈渔王伤口的尝试失败，这一切其实是对基督拯救世界的职责和基督第二次降临的一种隐喻。总而言之，从这些故事中不难看出克雷蒂安的圣杯是如何变成一件宗教圣物的。

寻找基督教圣杯的任务在《寻找圣杯》(*Quest de Saint Graal*，约1210年)中得到了最好的展现，它是亚瑟王主题传奇文学中大型作品《兰斯洛特和圣杯》或者《兰斯洛特系列故事通行本》的一部分。把基督教的象征意义融入亚瑟王故事并贯穿始终，圣杯成为衡量基督教骑士真正价值的核心。一个新的圣杯英雄由此诞生。大卫王的后裔兰斯洛特与圣杯守护者的后裔渔王的女儿伊莲结合，诞下圣洁的加拉哈德。虽然帕西瓦尔仍然是重要的人物，但是加拉哈德却成为唯一有幸找到圣杯并解开圣杯奥秘的人。所有骑士包括兰斯洛特、加文、博尔斯、帕西瓦尔和加拉哈德都会在旅途中接受现实的和神秘的考验，并对他们在考验中所表现的行为和举止进行评判。《寻找圣杯》融合了世俗的骑士传奇、悲剧和神秘主义等因素，使其与克雷蒂安的《帕西瓦尔》，与它的续写故事，甚至是与那些通过基督教视角解读圣杯的作品都截然不同。在随后的圣杯传奇中，寻找的对象变成一种宗教的不可言喻性，它难以企及并成为一种标志，代表了人类对上帝恩典艰苦不懈的追求。因此，它对典雅爱情传奇和造就它的世界发起了挑战。就像保林·马塔拉索（Pauline Matarasso）在企鹅出版社的诗歌译本的前言中所说的那样：

> 《寻找圣杯》旨在揭示宫廷理想的缺陷和危险。通过让他的英雄们保留他们的传统角色和性格，作者能展示出英雄们被吹捧的特质是如何导致他们取得最不想得到的结果。最终结果可能不会第一个出现，但是他毫不忌讳地表现最初的理想就是终极追求。①

马塔拉索指出，这首诗表明圣餐的奥秘就是关于圣杯的秘密；恩典不受限制，可以降临在所有人身上，但是只有有一定能力的个体才能接收到它。只有像加拉哈德那样拥有圣洁的心与躯体的人，才能与神灵达到完美的结合，“在爱中沉思‘人类无法想象也无法言语的感受’”（2005：16）。诗中的骑士展示了不同层次的心路历程。如果加拉哈德是一位圣人，那么佩西瓦尔就像孩童般天真单纯，这让他把自己交给上帝，但同时也让他做出一些非常不明智的决定，陷入近乎绝望的境地。鲍斯心地善良、谦虚谨慎，接受过神学教义的熏陶，只会做出理性的选择，但因

① *The Quest* sets out to reveal the inadequacies and the dangers of the courtly ideal. By allowing his heroes to retain their traditional roles and character, the author is able to show how their much-vaunted attributes lead them to the outcome one would least have looked for; the last are perhaps not first, but he makes no bones about showing how the first are last. Matarasso, 2005: 15.

此也从未有过完整的情感体验。兰斯洛特和加文的经历表现出，哪怕是骑士精神的典范也未必是完美的基督徒。兰斯洛特无法逃脱他曾经犯下的罪孽所带来的重担，加文尽管有强烈的意愿和渴望继续寻找圣杯，但他无法从骑士价值观中摆脱出来，去拥抱基督教价值观。他对英勇表现和冒险精神的追求最终导致了毁灭性的流血事件的发生，当发现自己屠杀的不是敌人而是他的圆桌骑士同伴时，他感到了恐惧。因此，《寻找圣杯》及其中世纪的续写故事是一种传奇作品，破坏了骑士文学价值观；它是一首诗，这首诗表明最伟大的精神价值是神圣而不可言喻的；它还是一个文本，最终以一种复杂的方式实现自我毁灭。

当代有许多关于圣杯的理论。在一段时间里，目前收藏在大都会艺术博物馆(Metropolitan Museum of Art)的安提俄克圣杯(Antioch Chalice)被认定为传说中的圣杯，因为它是第一件在外壳上描绘基督及其门徒的基督教艺术品，外壳覆盖着内部一只古老的杯子。像丹·布朗(Dan Brown)的《达芬奇的密码》(*The Da Vinci Code*, 2003年)这一类的小说作品把圣杯和圣殿骑士团联系在一起。《寻找圣杯》和这些当代小说都保持着对代表神的历史的象征物影响力的关注，相比而言，这些当代小说作品更能成功地吸引当代读者的兴趣。

《洁本奥维德》

如果以某一本书的现存手稿的数量作为精确的衡量标准，那么中世纪最受欢迎的书籍之一就是《洁本奥维德》(*Ovide Moralisé*)，即《道德化的奥维德》。也许你从未听过这部作品，但它是最重要的文化和文学作品之一。奥维德的《变形记》有很多版本，如白话和拉丁语版本(参考了其他奥维德作品以及其他古典的和中世纪的文献)，而在但丁创作《神曲》的同一时期，法语版的《洁本奥维德》也由一位匿名方济各会作家编辑完成。它是关于异教神和古典神话的信息的主要来源之一，作品内容被“道德化”改造，使之融入基督教世界。奥维德的文本中增加了约60000行注解，从哲学和神学的角度进行解释，使大多数注释比其评论的故事本身更长。法语版与其他版本的风格一脉相承，延续了早期的评论家如富尔根提乌斯(Fulgentius，约公元前5—前6世纪)和伯纳德·西尔维斯特里斯(Bernardus Silvestris，约1140年)的风格，他们详尽地解读了《埃涅阿斯纪》(*Aenied*)的道德、哲学和基督教内涵。这些由宗教的、世俗的、古典的和中世纪的权威对其从基督教教义的角度进行的解读，是把奥维德的文学传统融入基督教世界的重要途径。在这本书中，每一个角色、符号和故事都被用来实现一种说教意义。作者表示，阅读和理解奥维德的作品会给人们带来一种美好的天堂愿景。如果读者克服那些影响奥维德作品人物角色的世俗欲望和错位情感，这一愿景是可以实现的。米兰达·格里芬(Miranda Griffin)贴切地描述了该作品：

> 《洁本奥维德》将中世纪和古典文献中的引文和故事相融合，是中世纪晚期系列丛书故事的浓缩，表现了对神话和教义的理解，展现了一种阅读实践，这种阅读既依赖于当时的权威解读，又需要对其进行重新评估。①

---

① … fusing references to and tales from diverse medieval and classical sources, the *Ovide moralisé* is a microcosm of the late medieval library, offering a digest of myth and doctrine, and manifesting a reading practice aware of its reliance on, and reassessment of, previous instances of authority. Griffin, 2015: 201.

非基督教文学

中世纪的宗教世界不仅仅只有基督教。虽然这种说法显而易见，但是在罗马教会的统一管辖下，在统一的宗教言论中，这种说法常常被西方中世纪传统的统一表述所掩盖。对上述作品的研究表明，在东正教中，仍然存在着广泛机会可以去表达、体验、从事宗教敬拜活动。事实上，这一时期早期的阿尔比根派(Albigensians)和 14 世纪英格兰的洛拉德派(Lollards)等异教派别的文学作品表明，虽然罗马教会可能施加了政治压力，但其他本质上属于基督教的宗教经验和思想的变体仍然存在。然而，要全面了解中世纪的宗教文学，有必要将自己的阅读和思考范围扩展到基督教欧洲之外的领域。

12 世纪，在基督教神秘主义传统在欧洲发展的同时，苏菲派或伊斯兰神秘主义在埃及兴起，14 世纪它的影响范围持续扩大并得到了广泛传播。宗教哲学家们，如伊本-西纳(Ibn-Sina，980—1037 年)和伊本-路世德(Ibn-Rushed，1126—1298 年)，在西方分别被称为阿维森纳(Avicena)和阿威洛伊(Averroes)，将亚里士多德主义的原则应用于伊斯兰神学，并撰写关于形而上学、逻辑学和医学的著作。面对伊斯兰神秘主义传统，尤其是安萨里(Al Ghazali，1058—1111 年)的传统，两人都对理性主义感兴趣。波斯苏菲诗人贾拉拉丁·鲁米(Jalaladdin Rumi，1207—1273 年)的六卷诗集 *Matnawīye Ma'nawī*(《精神双行体诗》)将日常生活中的场景、古兰经注释、预言、歌曲和故事相结合，构成一幅复杂的挂毯画面，这与他的伊斯兰信仰的细节密切联系，并表现出了统一的风貌，表明神的存在不会忘记信仰其他宗教的人。他的文学作品主要由他的学生收集的教义组成。在他的诗歌和散文作品中，他提倡一种深刻的神秘的灵性，它将灵魂引向对神的爱。然而，对鲁米来说，这段旅程本身并无终点。灵魂被自我净化，并被自己的经历所启迪，然后回到世间去激励他人。他主张把唱歌和跳舞作为灵魂靠近上帝的途径，至今人们仍然会从音乐的角度对他的诗歌进行诠释。他在当代的受欢迎程度跨越了宗教传统和语言界限，最近被称为美国最受欢迎的诗人。①

犹太教有着悠久的抒情诗传统，7 世纪至 8 世纪，尤其是在"圣地"，诞生了大量的宗教诗歌(piyuut)。西班牙的耶胡达·哈列维(Yehuda Halevi，约 1075—1141 年)和西蒙·本·耶胡达赫·伊本·加布里奥(Simon Ben Yehuda ibn Gabriol，11 世纪)将阿拉伯诗歌形式应用到希伯来语的宗教(和世俗)诗歌中。哈列维最初对理性哲学感兴趣，后来他的兴趣转向信念信仰和上帝的启示，并认为对于上帝的真知只能在以色列这片土地上得到，因为在这里人们可以最强烈地感受到上帝的存在。他在《卡札尔人书》(*Kuzari*)中大致描绘了他的思想，尽管其中许多思想在他的诗歌中表达得更为真挚。在他生命的尽头，他前往以色列并留在那里直到去世。诗歌启发他踏上旅程，并且全面地表达了他对于朝圣和旅行的思考。

犹太中世纪文学也包含卡巴拉神秘主义传统。卡巴拉试图揭示万物的神圣结构，并将《托拉》(*Torah*)及其文字视为上帝的同义词。他们认为十个球体构成了神圣的宇宙。人类主要通过异象体验进入这个宇宙。尽管对与《佐哈尔》(*Zohar*)和《塞弗·耶齐拉》(*Sefer Yezirah*)等主要作品的创作日期仍然存在争议，但其背后的神秘和幻境概念提供了一种不同于摩西·迈蒙尼德(Moses Maimonides，1135—1204 年)的认识方法。摩西·迈蒙尼德与伊本·路世德、伊本·西纳一样，将神学与亚里士多德

① 参阅 Ciabattari，2014.

主义原则结合在一起。迈蒙尼德既是医生，又是犹太法典的注释者和圣经学者，他的著作在犹太社区内外广泛传播。他最著名的著作《困惑者指南》(*The Guide to the Perplexed*)广泛运用经院哲学，并采用了“否定神学”理论，即对事物的一种认识方法，特别是对于上帝的认识，这种理论认为人对上帝的认识只能通过判断上帝不是什么来展开。

他还因构建上帝的十三属性而闻名。十三属性也被称为信仰的十三原则。尽管他表现了知性型神秘主义的一种形式，但他是诗歌的反对者，认为诗歌的存在是建立在创作而不是真理的基础上，因而他认为诗歌的本质是虚无的。

结语

宗教在中世纪文学中的作用不容低估，但如果认为宗教文学就是这一时期文学的单一存在形式，那就低估了这一时期所产生的精神财富的广度。中世纪宗教文学在形式上具有高度的多样性，发展的社会历史基础各异，与该时期宗教权威的关系也很复杂。它对世俗世界的辐射面很广。像《古希腊智者》(*Ancrene Wisse*)这样的作品可以从典雅爱情传奇中借鉴语言、隐喻等文学风格，汲取灵感，却同时拒绝产生这些文本的世俗世界，而但丁的《神曲》(见第 6 章)却可以同时作为神学作品和政治文献。如果认为这是一个纯粹的基督教文学时期，就会忽略犹太教和伊斯兰教世界所展示的强大的文学表现力，就会有把中世纪宗教文学缩小为表达单一主题的单一作品主体的危险。更广泛地说，人们应该考虑《古挪威散文埃达》(现存于 13 世纪手稿中)或《沃卢森传奇》(也是 13 世纪)这些诞生于基督教在斯堪的纳维亚出现之前的作品。或者

《贝奥武夫》(*Beowulf*)，它们提供了欧洲异教徒存在的证据，表达了不同的、更加宿命论的宗教观点，拓展了中世纪文学触及天堂的范围和方式。

延伸阅读

这里所列举的大量文学作品表现了中世纪宗教文学的广度和多样性。读者可以从[1]和[2]开始阅读，因为这两部作品被公认为是这一时期大部分宗教文学作品创作的基础。这些作品的影响贯穿于基督教作品创作的整个时期。关于隐修士灵性的背景文化，读者可以从阅读[3]入手。对于修道院生活，[4]言简意赅地介绍了僧侣自我约束的修道生活，为读者带来了一些惊喜，挑战了人们对隐修生活的看法。

[4]是一套重要的圣徒传系列故事，在整个中世纪，它都在影响圣徒的生活。在神秘主义传统的影响下，大量中世纪文学作品诞生，[6][7][8]就是重要的代表。希尔德加德(Hildegarde of Bingen)和朱利安(Julian of Norwich)从修道院和隐修士传统的内部进行文学创作，而玛格丽·坎普则展示了一位平信徒在官方教会之外的神秘经历。

赫罗茨维特的戏剧使用古典罗马喜剧讲述宗教故事，可以在[9]中找到。系列戏剧是中世纪最强大的表演传统之一，[10]很好地表现了这一传统。这个系列包含几个著名且非常有价值的剧。梦中幻境在中世纪是一种非常流行的表现方式，[11]就是最典型的代表之一。那些对挪威传统故事感兴趣的读者可以在[12]中找到这种传统的起源。

时至今日仍然受欢迎的中世纪宗教诗人中，首屈一指的当数贾拉洛丁·鲁米，可参阅[13]，他的精神探索可以与摩西·迈蒙尼德斯相提并论，可参阅[14]——12 世纪发展起来的知性型宗教传统的代表之一，被称为12世纪文艺复兴。

[15]收录了权威学者们从有趣的视角解读中世纪宗教的系列文章，为了解中世纪宗教提供了广阔的视角，是了解中世纪宗教的极好资源。[16]为认识中世纪基督教提供了一个历史的和广阔的地理背景。[17]打开了一扇窗户，让人们可以了解神秘主义女性文学的世界及其与圣徒传文学的交集。[18]探讨了圣徒崇拜，尤其是对圣徒遗体的崇拜的现象，以及这种行为如何成为中世纪灵修实践的核心的问题。对于造就上述许多中世纪作家的修道院制度感兴趣的读者，[19]提供了广泛的背景知识。[20]研究了三种信仰在中世纪是如何碰撞、互动，以及对彼此的看法，探讨了这些联系对当今世界的影响。[21]研究了当时流行的宗教实践活动，其中许多活动成为中世纪宗教文学的写作素材。[22]与文学的关系不是那么紧密，但却是一部令人着迷的著作。该书展示了圣髑价值是如引发牧师和教士频繁地侵吞教堂财物、盗墓和劫掠地下墓穴的行为，而[23]探讨了食物尤其是禁食，在1200—1500年对宗教女性的信仰提升和最终赢得宗教尊敬过程中的作用。虽然这些作品中的大多数和重要宗教作家没有直接的关系，但是对于有晦涩难懂的隐含历史文化的文学作品的理解和诠释，它们为现代读者提供了真正有价值的背景知识。

[1] Augustine of Hippo. (2008) *Confessions*. Trans. Garry Wills. London: Penguin and Boethius.

[2] Augustine of Hippo. (2000) *The Consolation of Philosophy*. Trans. Victor Watts. London: Penguin.

[3] *Ancrene Wisse: A Guide for Anchoresses*. (1994) Trans. Hugh White. London: Penguin.

[4] *The Rule of St. Benedict.* (1981) Ed. Timothy Fry, Timothy Horner, and Imogen Baker. Collegeville, MN: Liturgical Press.

[5] Jacobus de Voragine. (1999) *The Golden Legend: Selections.* Trans. Christopher Stace. London: Penguin.

[6] Hildegarde of Bingen. (2001) *Selected Writings.* Trans. Mark Atherton. London: Penguin.

[7] Julian of Norwich. (1999) *Revelations of Divine Love.* Trans. Elizabeth Spearing. London: Penguin.

[8] Margery Kempe. (2005) *The Book of Margery Kempe.* Ed. and Trans. Barry Windeatt. London: Penguin. Hrotsvit of Gandersheim.

[9] *A Florilegium of Her Works.* (1998) Ed. and Trans. Katherina M. Wilson. Cambridge: D. S. Brewer.

[10] *The Wakefield Mystery Plays: A Selection.* (1969) Ed. Marshall Rose. New York: W. W. Norton.

[11] William Langland. (2009) *The Vision of Piers the Plowman: A New Translation of the B-Text.* Ed. and Trans. A. V. C. Schmidt. Oxford: Oxford University Press.

[12] Snorri Sturluson. (2005) *The Prose Edda.* Trans. Jesse Byock. London: Penguin.

[13] Jalaloddin Rumi. (2007) *Spiritual Verses.* Ed. and Trans. Alan Williams. London: Penguin.

[14] Moses Maimonides. (1956) *A Guide to the Perplexed.* Trans. M. Friedlander. New York: Dover.

[15] *Medieval Religion: New Resources.* (2005) Ed. Constance Hoffman Berman. London: Routledge.

[16]Karen Louise Jolly. (1996) *Tradition and Diversity: Christianity in a World Context to* 1500. London: Routledge.

[17] Elizabeth Avilda Petroff. (1994) *Body and Soul: Essays on Medieval Women and Mysticism.* Oxford: Oxford University Press.

[18]Peter Brown. (2014) *The Cult of the Saints: Its Rise and Function in Latin Christianity.* Chicago: University of Chicago Press.

[19] C. H. Lawrence. (2015) *Medieval Monasticism: Forms of Religious Life in Western Europe in the Middle Ages.* London: Routledge.

[20]David Nirenberg. (2014) *Neighboring Faiths: Christianity, Islam, and Judaism in the Middle Ages and Today.* Chicago: University of Chicago Press.

[21]Rosalind and Christopher Brooke. (1984) *Popular Religion in the Middle Ages: Western Europe* 1000-1300. London: Thames and Hudson.

[22]Patrick Geary. (1991) *Furta Sacra: Thefts of Relics in the Central Middle Ages.* Princeton, NJ: Princeton University Press.

[23]Carolyn Walker Bynum. (1988) *Holy Feast, Holy Fast: The Significance of Food to Religious Women.* Berkeley, CA: University of California Press.

第五章

遇见地图上的怪物：时间与空间里的中世纪文学

简介

在《幻想的地图：作家就是制图师》(*Maps of the Imagination*: *The Writer as Cartographer*)一书中，皮特·图奇(Peter Turchi)回忆说："给我一张地图，就是'给我讲一个故事'。"①皮特·图奇说的大概就是中世纪的地图。与其他地图相比，这样的地图更能以一种虚构的方式呈现真实的地理空间。这种呈现方式强调的是意识形态，而非准确性。中世纪最著名的地图之一——《赫里福德世界地图》(*Hereford Mappamundi*)创造了自己的宇宙：上帝和天使在地图上方，人类在下方探索和绘制地图。该地图的制作过程本身就反映了该地图所描画的主题。地图中既描绘了尘世的城市、城镇和河流，也展示了神话和历史中的奇幻生物和人类。在亚洲，鹈鹕用自己的乳房喂养幼崽；在撒马尔罕，一只长着鸟头的雌天鹅坐在奥克苏斯河边。伊塞多内斯在金羊毛旁边吃它们父母的尸体。地理空间和虚构故事之间的模糊创造了一个由空间和叙事构成的宇宙，地点本身和这儿发生的故事同时呈现。此外，这些地图以通过展示切特·范·杜泽(Chet van Duzer)所说的"奇妙的地理"②的方式，让人联想起一系列不同的历史。

中世纪地图也代表了基督教的历史，以视觉的形式将现实和超验的东西联系在一起。中世纪的T-O结构(T代表十字架，O代表世界)，以耶路撒冷为中心，创造了一个服从上帝的世界，讲述了救赎的故事。丽萨·蒂姆(Lisa Deam)评论说，中世纪地图"画的是世界，表达的是世

---

① "To ask for a map is to say, 'tell me a story'", Turchi, 2004: 11.

② "geography of the marvelous", Van Duzer, 2013: 10.

界观”①。这些相同的世界和世界观在中世纪的地方文学中都表现出来了。表现的方式要么是把旅行与叙事结合起来的旅行叙事(朝圣者叙事中灵魂走向上帝的旅程),或者是通过在史学和编年史中将真实的地点与或真实或虚构的历史联系起来。

撰写中世纪文学的挑战之一就是要涵盖相当广阔的空间和时间结构。本章试图通过对游记、史学和编年史的探索,来思考中世纪文学本身如何处理地理和历史问题。民族认同,在某种程度上是存在的。民族认同最初出现在中世纪的历史著作中,例如蒙茅斯的杰弗里的《不列颠国王史》(*History of the Kings of Britain*, 1137 年)或《古老的挪威文兰德传奇》(*Vinland Sagas*, 13 世纪)。这些著作都讲述和证实了特定的族群会出现在特定的地方。这就是说,不同族群间人与人之间的互动——包括冲突和遭遇——经常被记录在编年史故事中。编年史故事经常记录不同族群间人与人的互动,包括冲突和遭遇,这些故事通常从历史上的某个时刻开始,比如十字军东征;对比狮心王理查(14 世纪)和弗罗瓦萨尔编年史(14 世纪),可以发现历史和小说在中世纪模式下如何相互作用。诸如《约翰·曼德维尔爵士游记》(*The Travels of Sir John Mandeville*, 约 1357—1371 年)、马可·波罗(Marco Polo, 1254—1324 年)或伊本-白图泰(Ibn-Battuta, 1304—1368 年)的航行,以及《东方奇迹》(*The Marvels of the East*, 约 1100 年)等作品展示了中世纪人民如何相互理解(或不理解),以及如何构想他们的地理世界和历史世界。

旅行的故事

中世纪人们对旅行和邂逅的态度可以从当时最著名的两本欧洲游记

---

① “world to worldview”, Deam, 2015: 12.

中得到很好的体现：《约翰·曼德维尔爵士游记》(*The Travels of Sir John Mandeville*)和马可·波罗的《世界描述》(也叫《游记》，*Description of the World*, *or Travels*)。关于尼科巴群岛，曼德维尔说：

从那里，人们乘船前往另一片陆地，名为纳图梅兰[尼科巴群岛]。那是一个巨大而美丽的岛屿，周长近千里。岛上的男女都有狗一样的头，他们被称为赛诺西菲斯人。这些人尽管外形怪异，却理性而聪明。他们把牛当作神来崇拜。他们每个人的额头上都带着一头由金或银制成的牛形饰品，以示对神的热爱。除了私密部位盖着的一块布，他们几乎赤身裸体。他们是身材高大的优秀战士；他们一只手拿着大盾罩住身体，另一只手持长枪。他们以这样的穿着，勇敢地与敌人作战，抓到俘虏就会吃掉。岛上的国王是一位伟大、强悍而富有的领主，而且对他的信仰非常虔诚。①

然而，马可·波罗对同样一个岛屿的讲述却有所不同：

离开爪哇岛和兰布里王国，向北行驶约150英里，会发现两个

---

① Thence one travels by sea to another land, called Natumeran [Nicobar Islands]. It is a large and a fair island, whose circuit is nearly a thousand miles. Men and women of that isle have heads like dogs, and they are called Cynocephales. These people, despite their shape, are fully reasonable and intelligent. They worship an ox as their god. Each one of them carries an ox made of gold or silver on his brow, as a token that they love their god well. They go quite naked expect for a little cloth around their privy parts. They are big in stature and good warriors; they carry a large shield, which covers their body, and a long spear in their hand, and dressed in this way they go boldly against their enemies. If they capture any man in battle, they eat him. The king of that land is a great and mighty lord, rich, and very devout according to his creed. Mandeville, 2005: 134.

岛屿，其中一个岛称为尼科巴岛。这个岛上没有国王，人就像动物一样，完全赤身裸体地四处走动，不管男女，都一物不着；他们崇拜偶像。我告诉你，他们所有的树木都是非常有价值的高贵树木：有红檀香、印度坚果树、丁香、巴西木和许多其他名贵树木。

其他没什么好说的了。我们就此将离开，并会告诉你另一个岛屿，名为安达曼。①

尽管这两段描述都不能完全代表作者的写作动机，但曼德维尔对奇妙事物的迷恋以及马可·波罗对商品和贸易的兴趣都可以从这些描述中看出来。曼德维尔看到的赛诺西菲斯人和其他奇妙的人类(布雷米人的头长在胸脯上，而有些种族的人一只腿大到可以作为伞来遮挡阳光，另一条腿则用来蹦跳移动)表明他旅行的目的就是要看到不同的东西：奇迹、奇观和奇地。他在神奇的“长老约翰之地”结束了旅行。长老约翰是一位基督教皇帝，控制着穆斯林和其他人失去的土地。因此，他的旅程从熟悉的基督世界转向异国情调，变得越来越奇幻。虽然学者们不太肯定自称约翰·曼德维尔爵士的人(他本人是虚构出来的，因为游记似乎不是他本人写的，而且历史上没有一个名叫约翰·曼德维尔的骑士)是否真的去过他描述那些地方。很明显，在越过中东后，他就进入了想

① When one leaves Java and the kingdom of Lambri and he goes north about 150 miles, then one finds 2 islands, one of which is called Nicobar. On this island they have no king and are like animals and I tell you that they go around completely naked, males and females, and don't cover themselves with anything in the world; they are idolators. I tell you that all their woods are of noble trees of great worth: they are red sandal, Indian nuts, clove, brazilwood, and many other good trees.

There is nothing else worth mentioning; for this we will leave and will tell you about the other island, called Andaman. Polo, 2016: 155.

象的世界。包括《贝奥武夫》和有《米拉比拉》(*Mirabila*)传统的其他例子在内的三份手稿都是关于遭遇奇异生物和奇幻之地的信件或游记。从这三部手稿中找到了古英语版《东方奇迹》(或称《东方奇观》, *Marvels/Wonders of the East*)等作品。曼德维尔从中吸取营养,但他描述的不是现实,而是虚幻。虽然在书的前面部分,他发现自己和中东的伊斯兰居民之间有相似之处,并且经常说伊斯兰教徒在信奉宗教方面比许多基督徒更殷勤和忠诚,但他很快就发现,伊斯兰居民与他在旅行中观察到的并不一样。

尽管马可·波罗的作品有时被称为"世界奇迹之书",但他似乎对可以交易的东西更感兴趣。这些游记由比萨的鲁斯蒂谦(Rustichello de Pisa)撰写。鲁斯蒂谦是马可·波罗在监狱中遇到的浪漫主义作家。这些游记似乎出于与曼德维尔不同的兴趣点而写。商业热情让他更关注人与人之间的相似点而非不同点。尽管他和其他人一样喜欢奇幻的国度,但他似乎将他的大量观察简化为一种公式化写作,对马拉巴尔西南部奎隆的描述可以证明这一点:

> 当离开马拉巴尔并走了500英里时,就会在西南方向发现一个叫奎隆的王国。他们崇拜偶像;那儿还有基督徒和犹太人。他们有自己的语言;国王不向任何人进贡。现在我想告诉你在这个王国里发现了什么,在那里生长了什么。①

---

① Quilon is a kingdom one finds toward the southwest, when one leaves Malabar and has gone 500 miles. They are idolaters; there are also Christians and Jews. They have their own language; the king pays tribute to no one. Now I want to tell you what is found in this kingdom and what grows there. Polo, 2016: 172.

在马可·波罗看来，人们总是有内在的相似性——他们都有宗教信仰和语言，他们吃本地的农产品，也都生产有贸易价值的东西。他们的宗教和语言不同，但他有时会重复发现特别不一样或有趣的习俗。他的主要感觉似乎是，各地的人都在做同样的事情，但最令人兴奋的是他们制造的商品和产品。马可·波罗的故事在中国结束，虽然他不是第一个到达中国的西方人，而且学术界仍在讨论他到底去了哪里，或者怀疑他是否去过中国，但很明显，他叙述这个故事的目的与曼德维尔不一样。当然，他的许多记录都得到了验证，例如镇江景教的存在、制盐方法以及该地区使用货币的具体细节。他没有记述奇怪的东西，尤其是那些离欧洲较近的怪事，反而是经常揭穿它们，更不会去描述奇异的布雷米和赛诺西菲斯人，他更喜欢记录与他自己相似的人。波代诺内的方济各会修士和旅行者奥多里克(1286—1331 年)在游记里描述了许多奇妙的中国民族，而马可·波罗似乎将中国人视为拥有自身语言、宗教、政府、食物和商品的另一族群。不管他是否去过那里，他的旅行记述更侧重真实的(或至少是现实的)和商业，而不是幻想。

马可·波罗远比他的书出名。他作为探险家和商人被广泛谈论，有人说他把面条带到意大利(意大利人几乎不相信这个)。同名的两季电视节目(2014—2015)由洛伦佐·里切尔米(Lorenzo Richelmy)饰演马可·波罗，本笃·王(Benedict Wong)饰演忽必烈汗，但这档节目忽略了书中提到的细节，编造了各种浪漫和阴谋，不过蒙古总统察查希亚·额勒贝格道尔吉因节目对蒙古人民的描绘对其进行了奖励。

这两个特别的游记，以及它们所代表的两种传统，在那个时代都非常流行。克里斯托弗·哥伦布(Christopher Columbus)于 1492 年开始寻找通往印度的新路线时，船上就有曼德维尔和马可·波罗的书。

其他志在全面描述一个现实的世界的旅行者包括伊本·白图泰，他是行程最广的伊斯兰旅行者，他撰写的《瑞拉》(或《游记》，*Rihla or Travels*)涉及了整个穆斯林世界，而且他也可能去过中国。虽然有学者认为他也编造了一些地方，并借鉴了其他历史上的伊斯兰旅行记录来进行创作，但很明显他确实游历了他所描述的相当大一部分的地方，而且他似乎也对追踪伊斯兰教的传播更感兴趣，而不是关注奇事和异国情调。他对异国事物的描述可谓相当忠实，比如他对犀牛的描述——"它比大象小，但头比大象大很多。两眼之间有长着一个角，长约三肘，大约一个跨绳的长度"①——更精彩的是对塔纳废墟的描述：

> 阿拉·阿木克告诉我，历史学家断言在这个地方有一个伟大的城市，其居民因为太堕落所以变成了石头，国王就曾住在我们所描述的平台的房子上，它仍然被称为"国王的宫殿"。②

在中国，由于大多数人信仰不同，伊本·白图泰对中国没什么印象，但他仍然对当地各种商品和美景感兴趣，并表现出类似于马可·波罗的商业热情。在10世纪，作为巴格达阿拔斯哈里发王朝使节团成员出使伏尔加保加尔的艾哈迈德·伊本·法德兰（Ahmad Ibn Fadlān）写下了他的游记，名为《里萨拉》(*Risala*)。书中详细阐述了他的两条旅行路线并记述了他在路上遇到的人——北极光是他目睹的最重要的奇迹。

---

① "It is smaller than an elephant but its head is many times larger than an elephant's. It has a single horn between its eyes, about three cubits in length and about a span in breadth", Ibn-Battuta, 2002: 151.

② "Ala al-Mulk told me that the historians assert that in this place there was a great city whose inhabitants were so given to depravity that they turned to stone, and that is their king who is on the platform in the house we have described, which is still called the 'king's palace'." Ibn-Battuta, 2002: 154.

尽管他主要对伊斯兰教的传播感兴趣，但他的作品因对他称为“罗斯”的维京人的描述而闻名，他发现他们虽不太讲究卫生，但是体格完美。在描述他们的习俗时，他记录了维京人的船葬，其描述与斯堪的纳维亚作品的描述以及在挪威和英国的萨顿胡(Sutton Hoo)发现的船葬考古证据有很多共同之处。伊本·法德兰的旅行是迈克尔·克莱顿(Michael Crichton)的小说《食死徒》(*Eaters of the Dead*, 1976年)和随后的电影《第十三勇士》(*The Thirteenth Warnor*, 1999年)的灵感来源。

在马可·波罗之前一个世纪，犹太旅行家本杰明(Benjamin of Tudela, 1130—1173年)造访过非洲、亚洲和欧洲。凭借深厚的语言知识和对制图的长期兴趣，他在游记中提供了整个犹太地区的人口资料，并表达了对宝石贸易，尤其是珊瑚贸易的持续兴趣。他对城市人口、犹太人和非犹太人的描述以及对当地习俗的描述因其准确性而著称。特别不同于其他的旅行家的地方在于，他提及了他的信息来源。

其他人的旅行虽然离自己的家乡不远，但其与当地文化碰撞的经历往往非常戏剧化。当然这些当地文化与他们自己的本土文化是非常不同的。威利博尔德(Willibald)8世纪在《圣博尼法斯传》(*Life of St. Boniface*)讲述了一段旅程，其双重目的是神圣和皈依。英国神职人员圣博尼法斯(St. Boniface，约675—754年)的作为让他被封为圣徒，他让日耳曼尼亚(该地区包括日耳曼中欧的大片地区，由罗马帝国命名)中的许多人皈依基督教。他选择大胆砍倒异教的圣橡树，这种对特定地方的观察是他成功的原因：

> 在后人的忠告和建议下，博尼法斯在一个叫做盖斯米尔的地方砍伐一棵巨大的圣橡树，异教徒古老语言将其称为朱庇特橡树。他鼓起勇气(因为一大群异教徒站在旁边看着，并在心中苦苦诅咒他

们的神的敌人)砍下了第一斧。但是还没等他继续深砍，橡树巨大身躯被突如其来的从上空吹来一阵强风吹动，然后倒在地上，它最上面的树枝在下落时碎裂成片。仿佛出于上帝的明确旨意(因为在场的基督教友并没有参与行动)，橡树裂成了等长的四部分。看到这一非凡的景象，那些一直在诅咒的异教徒停止了辱骂，相反地开始相信并祝福上帝。于是，圣主教与教友们商议，用橡木建造一座教堂，并将其献给使徒圣彼得。然后他开始前往图林根州，在上帝的帮助下完成了先前提到的事情。到了那里，他向当地的长老和平民的首领讲话，呼吁他们放下盲目的无知，回归他们从前所信奉的基督教。①

与其他喜欢异国情调的旅行家不同，博尼法斯的目标似乎不仅仅是观察，而是做出改变。通过把橡树变成教堂，博尼法斯既扩充了基督教

---

① With the counsel and advice of the latter persons, Boniface in their presence attempted to cut down, at a place called Gaesmere, a certain oak of extraordinary size called in the old tongue of the pagans the Oak of Jupiter. Taking his courage in his hands (for a great crowd of pagans stood by watching and bitterly cursing in their hearts the enemy of the gods), he cut the first notch. But when he had made a superficial cut, suddenly, the oak's vast bulk, shaken by a mighty blast of wind from above crashed to the ground shivering its topmost branches into fragments in its fall. As if by the express will of God (for the brethren present had done nothing to cause it) the oak burst asunder into four parts, each part having a trunk of equal length. At the sight of this extraordinary spectacle the heathens who had been cursing ceased to revile and began, on the contrary, to believe and bless the Lord. Thereupon the holy bishop took counsel with the brethren, built an oratory from the timber of the oak and dedicated it to Saint Peter the Apostle. He then set out on a journey to Thuringia, having accomplished by the help of God all the things we have already mentioned. Arrived there, he addressed the elders and the chiefs of the people, calling on them to put aside their blind ignorance and to return to the Christian religion that they had formerly embraced. Willibald, 1916: section 6.

经文集，又让读者熟悉了陌生的异国事物。虽然比上面提到的任何作品都更早，但博尼法斯把这两种方法进行了最有趣的融合。

除了上文所提到的以外，还有其他中世纪旅行者也记录了自己的经历；但这些旅行者之所以脱颖而出，是因为他们体验周围世界和与人打交道的方式有所不同。这些作品提供了一个了解他们所见和想见事物的窗口。所有中世纪的旅行者都让人感觉到这个世界非同寻常，无比舒适：伊本-白图泰可能觉得在中国的旅行收获不大，但是他很高兴受到那里穆斯林同胞的热烈欢迎；马可·波罗或许觉得罗布泊沙漠的鬼魂很迷人，但他对保存水果的方法更感兴趣。

中世纪最常见的旅行是朝圣之旅，大多数民众都可以参与。作为旅行，它既是真实的，也是象征的。在前往当地神庙或更远的圣地亚哥·德·孔波斯特拉或耶路撒冷时，朝圣者展开了从出生到救赎，从尘世到天堂耶路撒冷的旅程。然而，在出发之时，朝圣者也面临着艰巨而漫长的旅行，无论是在陆地上还是在海上。正如唐纳德·霍华德在《作家和朝圣者》(1980：14)中指出的那样，朝圣融合了“危险、冒险和好奇心”几种元素。旅行非常耗时，它让朝圣者脱离了日常生活，拥有各种体验，有的很平凡，有的富有启发性；既有令人厌恶的当地食物和朝圣者徽章形式的纪念品，也有在神庙朝圣的真正超越性体验。

由此出现了大量的朝圣文学作品，例如指南、日记、叙事等，就不足为奇了。霍华德指出，“作家们为这样一个受欢迎的机构写书并不奇怪。但与关于类似的中世纪机构的作品相比，有关朝圣的作品更多，而且多得多”①。这些游记通常与宗教和道德相关，也为了让读者间接体

---

① “it was not surprising that writers wrote books about such a popular institution. More—many more—were written about the pilgrimage than about comparable medieval institutions”, Howard, 1980: 16.

验到朝圣经历。其中最著名的包括法国史学家雅克·德·维特里(Jacques de Vitry)的《耶路撒冷史》(*History of Jerusalem*，1180年)和德国多米尼加人威廉·冯·堡登斯勒(Wilhelm von Boldensel)的《旅行记》(*Itinerarium*，1285—1338/1339年)；朝圣故事收录在《马格丽·坎普》(*Margery Kempe*)中，当然还有乔叟的《坎特伯雷故事集》；但丁的《神曲》也是一次朝圣之旅。当然，作品中描写的独特的旅行和挑战，夸大了真正的朝圣者在前往沃尔辛厄姆、坎特伯雷、圣地亚哥和圣地的路上所面临的挑战。在堡登斯勒的作品中，除了实用的路线推荐和旅行建议之外，还描述了一切值得记录的东西，包括香蕉、大象、金字塔和坟墓。旅行的过程与目的地一样有趣，也许更有趣。

史书、历史和编年史

虽然上述游记都是关于跨越空间的活动，但中世纪作家同样对以时间顺序记录特定空间感兴趣。这些史学著作不仅仅是中世纪历史的来源，还具有政治和社会功能：说教和道德教育。他们常常相信历史是由天意决定的，就像上面讨论的旅行叙事一样，他们欣然接受超凡和奇迹是一个地方或家族历史的一部分。

蒙茅斯的杰弗里在《不列颠诸王史》中将英国历史追溯到布鲁图斯。布鲁图斯是一名在战争中幸存下来的特洛伊人，他启程到了英国并以他自己的名字命名该岛；他的追随者科里纽斯南下，以自己的名字将当地命名为康沃尔。一到那里，布鲁图斯就反复与居住在这片土地上的巨人搏斗。除了一个名叫戈格玛戈的巨人，其他的都被布鲁图斯征服了。但布鲁图斯让戈格玛戈活着，这样他就能观看他和科里纽斯之间的摔跤比赛。科里纽斯终于战胜了巨人：

> 他将戈格玛戈扛在肩上，在负重下以最快的速度奔跑，赶往附近的海岸。他爬到了一个巨大的悬崖上，把扛在肩上的危险的怪物扔到了很远的海里。巨人摔落在一块锋利的礁石上，被砸得血肉横飞，鲜血染红了水面。这个地方因巨人被扔到那里而得名，直到今天它一直被称为“戈格玛戈的飞跃”。①

杰弗里的历史著作中有很多关于各个地方的故事，上文中给一个地方命名，以及论述某个地方的重要性，都是如此。他的作品没有涉及关于罗马人入侵英国，但他撰写了《梅林的预言》，最早对亚瑟王做了详细的描述。杰弗里的政治观点非常明确；作为后诺曼征服时期的作家（尽管他将自己与蒙茅斯联系起来，但他自己的出身却模糊不清——他可能是威尔士人，或者是在诺曼征服期间与威廉一起来到布列塔尼家族），他想书写一段历史，表明早在1066年之前，英国就与欧洲大陆相连，并将盎格鲁-撒克逊入侵时期视为该岛历史的低谷。这样，他通过塑造一个冗长而神奇的故事来使该国当前的统治者合法化。

他的威尔士同胞杰拉德（约1146—1223年）对杰弗里进行了批评，他认为杰弗里的作品充满了难以置信的奇迹。然而，他自己的作品也展

① … heaved Gogmagog up on to his shoulders, and running as fast as he could under the weight, he hurried off to the nearby coast. He clambered up to the top of a mighty cliff, shook himself free and hurled this deadly monster, whom he was carrying on his shoulders, far out into the sea. The giant fell on to a sharp reef of rocks, where he was dashed into a thousand fragments and stained the waters with his blood. The place took its name from the fact that the giant was hurled down there and it is called Gogmagog's Leap to this day. Geoffrey, 1966: 73.

示了许多相同的特点，尽管这些作品更多的是以地图形式呈现的。他的《爱尔兰的地形》(*The Topographica Hibernica*，1188 年)和《威尔士的描述》(*Descriptio Cambriae*，1194 年) 都描述了自然景观、植物群、动物群、地名和历史，也有一些神奇的故事。在《爱尔兰的地形》一书里，杰拉德讲述了一位神父长期与两个奥斯里狼人相处的故事，他们被奥博特·那塔里斯诅咒从人形变为狼。如果他们活下来，就可以回家并被两个新的狼人取代。女狼人患了重病，神父为她举行临终仪式并剥下她的狼人皮，显露出她狼皮下的人形。接受圣餐后，她的同伴将她的皮肤拉回来，他们又回到了狼人的外形。这让杰拉德开始思考奥古斯丁在《上帝之城》(*City of God*)中关于狼人和变形的讨论。该作品说变形只能通过神的干预在外部发生，而且是一个幻化出的形象。这一部分被解读为谴责野兽般的爱尔兰人，但他们仍然具有人性，可以通过圣礼来救赎，以此证明他们被诺曼人征服是合理的。①《威尔士的描述》一书似乎对如何让威尔士人屈服特别感兴趣。杰拉德认为，他们天性易怒，如果让他们相互对抗，就会有人从中获利。杰拉德可能不同意杰弗里的方法，但他们的共同点多于分歧。

其他编年史家，例如《英国教会和人民的历史》(731 年)的作者比德(Bede)和《编年史》(*Chronicles*)的作者让·弗罗萨特(Jean Froissart，约 1337—1405 年) 似乎更希望呈现实事求是的历史。比德专注于研究盎格鲁-撒克逊时期英格兰的基督教化，倾向于记录从罗马时期的不列颠到他自己的时代的真实事件和神学冲突，例如复活节的日期。作品中确实包含一些诗意的时刻，包括凯德蒙(Caedmon)的故事(他因为不会唱歌而避开宴会和庆祝活动)。凯德蒙躲在羊圈里，但被上帝召唤为其

① 参阅 Karkov，2003：95.

歌唱一首关于创世的歌，从而创造了第一首古英语诗。

弗罗萨特对百年战争(约1326—1400年)部分的记载包含了以下内容：对战争的生动描绘和对这一时期末的骑士文化的考察，查理五世国王的加冕典礼(1380年)和1389年贝里公爵约翰与让娜·德·布洛涅的婚礼，以及法国王后巴伐利亚的伊莎贝尔进入巴黎等事件。弗罗萨特记录了从英格兰到西欧再到北非的一系列事件，并描述了大量有关军事战略、战争准备和那些战役本身，全面记述了一个特定时间段的长期冲突。和杰弗里和杰拉德一样，弗罗萨特的政治倾向很明显，在编纂这本中世纪编年史的过程中没有保持中立的态度。

中世纪时期，几乎每个地区都有各种形式的编年史。有些特别关注当地历史，例如《盎格鲁-撒克逊编年史》(9世纪)，讲述了从罗马人自不列颠撤离到当时的古英国的历史。尽管书中许多叙述相互矛盾，偏见也很突出，但仍然是有关该时期知识的主要来源之一。一些拉丁文编年史详细介绍了修道院的历史，例如布拉克隆德的乔斯林（Jocelin of Brakelond)写的《伯里圣埃德蒙兹修道院编年史》(*Chronicle of the Abbey of Bury St. Edmunds*，12世纪)，提供了对中世纪宗教团体生活的深入介绍。这些宗教历史涵盖了发明和翻译。这些关于特定团体起源的故事，通常基于圣人的圣迹或脑海里的幻想。这些圣人会提出需要某些特定财产的要求。当这些故事涉及发现遗物时，通常描写将遗物带到修道院中的指定位置的过程，也会描写发现遗物的神奇故事，诸如遗物会说话(或至少成为天堂圣人在人间的一种传声筒)，然后召唤僧侣去发掘遗物，或从一个不同的(显然是不正确的)寺院取回遗物，并将它们带到应在的地方。

用民族语所写的编年史一般会追溯皇室的血统或国王的事迹，例如让·德·儒安维勒（Jean de Joinville）的《法王圣路易斯传》（*Life of St.*

Louis, *King of France*, 1309 年)就是国王的传记，记录了第七次十字军东征。有些编年史追溯从圣经时代到现在的历史，包括人类和精神的历史，例如哈特曼·谢德尔(Hartmann Schedel)的《纽伦堡编年史》(*Nuremberg Chronicle*, 1493 年)。该书插图非常丰富。从中世纪的开始到结束，编年史家都试图记录他们认为重要的东西，以供后人参考。他们保留了事实证据、地方性的故事和口述的历史。也许对文学最重要的是，他们保存了关于叙事重要性的思维习惯和观念。虽然编年史一直是中世纪历史学家的主要兴趣所在，但在叙事选择、故事的结合、文体以及与对观众的吸引方面，文学研究者也会收获颇丰。

传奇故事

尽管我们在第二章中对冰岛传奇进行了详细的讨论，当时重点关注"暴力"这一叙事核心，但值得注意的是，许多传奇也是编年史。在描述冰岛、格陵兰岛、挪威等地族群的建立过程时，有些是事实，有些是虚构，二者融合在一起，即使看似与所描述的地点脱节的传奇也讲述了某个家族的故事。《维兴加传奇》(*Saga of the Volsungs*, 13 世纪)叙述了维兴加的起源和衰落。书中有狼人和会说话的龙、女术士、咒语和遗忘药水等奇幻之物，奥丁也时不时地出现并影响着故事的结果。里面也有历史人物，包括匈奴王阿提拉，也包括 5 世纪勃艮第人的毁灭等事件。故事按主题探究了报复的必要性和破坏性、男性和女性的行为，以及惩罚恶行的必要性。在现存的手稿中，还有另一个主题——部落社会在外部趋势的影响下发生了改变。这一点可以在以传奇故事形式出现的大陆文学中找到。

还有更加典型的传奇描述了一些戏剧性的故事，这些故事叠加在一个特定地方的历史进程中。《奥克尼伯爵的传奇》(*Orkneyinga Saga/Sage of the Earls of Orkney*，约1230年)就是一个鲜为人知的故事，讲述了三个世纪前挪威人在哈拉德·法尔哈尔(Harald Fairhair)国王统治下征服奥克尼群岛的故事。与许多中世纪史学作品一样，这部传奇融合了神话、历史、传说和真相。故事的背景带有神话色彩。该传奇提到了以下问题：对农民征税，一个人如何成为伯爵，当两个贵族同时要求获得这个头衔时会发生什么，以及充当甩手掌柜的国王所具备的权力。该书还有另外两种叙事形式，它将罗格瓦尔德伯爵前往耶路撒冷和君士坦丁堡的朝圣与旅行叙事结合起来。远比朝圣本身更吸引人的是，这段旅程包括与纳邦女王的浪漫故事、将加利西亚土著人从压迫性的领主手中解放出来、直布罗陀海峡惊人的海盗行为、对圣地景点的描述，以及大量关于如何从一个地方到另一个地方的路线信息。

《艾博亚加传奇》(*Eyrbygga Saga*，13世纪)里的故事主要发生在申克法森斯半岛，在追溯当地社会形成和家族建立的同时，记录了皈依基督教时期大量的异教仪式、活动和信仰。两种宗教之间的紧张关系可以从富有的女占卜师托拉古纳之死中看出。她预言自己将要离开人世，并坚持必须将她带到斯卡尔霍特(冰岛第一位主教的所在地)，因为那里很快就会成为一个备受尊崇的地方，会有神父为她的灵魂唱弥撒。在她生前前往斯卡尔霍特的旅途中，基督教和异教进一步融合了。当旅行者在途中受到农夫粗暴对待时，她赤身裸体地从棺材里爬起来，为他们带去食物做晚餐。尽管旅途轻松，但回家路上的不祥之兆预示着死亡，信徒们真的开始死亡，一只海豹幽灵开始出现。这些黑暗的力量似乎都是因为他们没有按照索拉古娜的意愿处理她的床而造成的。其实书中暗示的幽灵正是索拉古娜。她公开承认自己既是基督徒，也是异教徒的鬼魂。托拉古纳体现了这个传奇故事的混杂的特点，就像本部分讨论的其他传奇故事一样，融入了挪威和冰岛地区从异教过渡到基督教的历史。这是一个强大的传说和神话体系。

大多数传奇故事都将神迹融入地方和民族的历史中。《酒地传奇》(*Vinland Sagas*)由13世纪完成的两部独立作品组成，分别是《埃里克：红色传奇》(*Erik the Red's Saga*)和《格陵兰人的传奇》(*The Saga of the Greenlanders*)。两部作品都描写了挪威人航行到北美的故事，他们把北美称为"酒地"(酒的国度)——显然，他们在那里发现了葡萄藤。该书提供了有关莱弗·艾瑞克森(Leif Ericson)旅行的最完整的信息，记录了在那里发现的商品和自然资源，以及他们与美洲原住民(他们称之为"斯科拉林人(skraelings)"，即外国人)的冲突的信息。早期他们的关系相对友好，他们自由交易，用乳制品交换毛皮。不过，他们最后变成了敌对关系，导致北欧人返回格陵兰岛，并停止了这次旅行。与其他一些传奇相比，该书对神迹的描写较少。该书既描述了异国商品，也记载了古德里奇与美国原住民妇女之间的一次著名的邂逅。对于这样的交往，文本注释经常有合乎逻辑的解释，但该书将这次交往作为超自然的事件来介绍。其实在所有传奇中经常出现这类事件。《酒地传奇》的历史准确度不高，而且组成该作的两部作品在某些地方相互矛盾，但它们确实提供了大量关于北欧人探索北美的证据，并帮助考古学家安妮·因格斯塔德(Anne Stine Ingstad)和探险家海尔格·因格斯塔德(Helge Ingstad)于20世纪60年代在加拿大定位和挖掘了维京时代在纽芬兰兰塞奥兹牧草地(l'Anse aux Meadows)的定居点。该遗址上现在重建了一座中世纪维京人的长屋，现已被联合国教科文组织列为世界遗产。

结语

在《魔法帝国》(*Empire of Magic*)中，杰拉尔丁·亨(Geraldine

Heng)评论蒙茅斯的杰弗里说，他的“故事对于许多示范性的表达来说都是非凡的：其中最主要的可能是，在一个灵活包容的文化媒介中，历史现象和幻想如何在精确的位置上相互碰撞和消失，彼此相互碰撞，无需解释或道歉，而这两者都可以随时挖掘出最佳优势”①。在这段描述中，他概括了中世纪文学在时间和空间上的变化。将神话、传说、奇迹和神迹融合在一起，实质上是在重构历史。这些元素让不同事件，以及文化欲望和兴趣得以融合，它提供了洞察了人们思考的复杂方式，也许我们可以称之为历史与文学的融合。虽然形式不同，但游记、史学、编年史和传奇在尝试囊括时间和空间时，都发现自己融合了真实和幻想。这些论述涉及了政治、社会和宗教问题，是当代许多关于国家、集体身份、政治关系和社会行为的思想的来源。其中一些论述，例如有关民族主义和种族的观点，已经通过不同的种族优越论演变成为我们今天看到的危险观念。然而，中世纪的著作往往有潜力让我们从其衍生出的极端言论中解脱出来。伊本·法德里安可能会发现“罗斯人”的个人习惯令人厌恶，但他仍然可以看到他们美的一面；约翰·曼德维尔爵士赞美埃及人对信仰的忠诚和崇拜的真诚，当然他最后说埃及人的信仰和崇拜是错误的。这两位旅行者基本上都能遇到对方的族群，对对方既有钦佩，也有批评，二者之间找到平衡点。这表明任何单一的总体评价基本不可能实现，并提醒读者，所有的故事都有多个侧面，代表多种声音。中世纪地图赋予海怪和魔法生物一定的历史地位，并在人类和超验历史之间建立起视觉联系。同样，这些作品说明了“现实”和虚构是如何结合起

① “story is remarkable for many exemplary demonstrations: chief of which perhaps is how, in a resourcefully accommodating cultural medium, historical phenomena and fantasy may collide and vanish, each into each other, without explanation or apology, at the precise locations where both can be readily mined to best advantage”, Heng, 2003: 2.

来产生不同类型的意识形态的。不了解过去，就无法理解现在，这种陈词滥调这里有所体现——这些作品表明，重新审视过去，看看它如何真正构建起自己的故事，是有益的。

延伸阅读

对于那些想和这些中世纪旅行者一起旅行的人来说，阅读这些作品的收获是巨大的。马可·波罗通常被认为是标杆，因为他的影响广泛，尽管对现代读者来说，他的作品重复之处很多，可参阅[1]。约翰·曼德维尔爵士对奇迹、字母和奇特的事物更感兴趣，他的作品给读者带来了更多的乐趣，尽管对中世纪世界的真实情况感觉较少，可参阅[2]。伊本·法德兰最受关注的是他对北方罗斯人或维京人的描述，尽管他的旅行和他为寒冷天气做准备的经历也很吸引人，可参阅[3]，这本书不仅讲述了伊本·法德兰自己，还有其他几个阿拉伯旅行者的冒险经历。[4]里有对中世纪文明详细而多样的描述，还有当马可·波罗和曼德维尔去了一些印度次大陆的相同地方时他们之间的有趣比较。[5]汇编了中世纪犹太旅行者的冒险经历，以及对中东、欧洲和北非的不同看法。

对于那些对中世纪作家如何构建他们家乡的历史更感兴趣的人来说，比德是一个很好的开始，可参阅[6]，这本书讲述的是盎格鲁-撒克逊人如何征服英格兰和在那儿发展的故事，这个故事在[7]中以不同的方式重新讲述。杰弗里的历史可以追溯到特洛伊战争，并将亚瑟王的故事融入到他对这个岛的广泛历史的研究中。[8]讲述了类似的法国历史，虽然不那么神奇，但也对百年战争有着生动的描述。不幸的是，哈特曼·谢德尔的《纽伦堡编年史》似乎很难有价格实惠的英文版，尽管[9]确实提供了一个机会，让我们看到其中一个版本的丰富性以及中世纪世界是如何看待自己的，这是从本章的出发点来看，而不是从传播媒介的角度。如果要更细致地了解情况，读者可能会喜欢[10]。

对冰岛作品感兴趣的读者会喜欢[11]，它讲述了四五世纪沃尔松家族兴衰的故事。关于冰岛的故事，请参阅[12]，里面有大量故事，包括《拉克萨达尔人传奇》》和《文兰传奇》。[13]特别描述了在全国范围内皈依基督教带来的影响。

通过贸易和交换实现经济一体化的过程中，朝圣者、外交使者、商人、传教士和冒险家们带着不同的目的进行了大规模的流动。尽管旅行困难重重，费用高昂，但关于这些经历的大量叙述探索了人类流动性的新概念，可参阅[14]。这些在游记中描述的中世纪民族的互动在中世纪学术圈中以各种重要的方式进行了探讨。玛丽亚·罗莎·梅诺卡尔专注于中世纪的西班牙，一个不同宗教的人能共存的地方，可参阅[15]。[16]提到西方看待东方的方式，其中一些是由本章讨论的旅行者构建的。综上所述，本章第一部分的作品搭建了一个比当代读者想象得更加全球化的世界。有两部作品探索了这些政治制度：[17]和[18]，后者回顾了中世纪是第一个真正意义上的全球经济体时期。[19]虽然主要是讲述浪漫故事，但也探讨了中世纪文学创造的奇幻世界，其中许多涉及历史、旅行和“另外那个”想象的异国世界。对朝圣感兴趣的读者会发现唐纳德·R·霍华德(Donald R. Howard)特别关注朝圣文学，参阅[20]。[21]对朝圣者及他们的路线和他们在整个中世纪时期的经历进行了整体的历史概述。

[1] Marco Polo (2016) *The Description of the World*. Ed. and Trans. Sharon Kinoshita. Indianapolis, IN: Hackett Publishing.

[2] *The Travels of Sir John Mandeville* (2005) Ed. and Trans. C. W. R. D. Moseley. London: Penguin.

[3] Ibn-Fadla-n (2012) *Ibn Fadla-n and the Land of Darkness: Arab Travellers in the Far North.* London: Penguin.

[4] *The Travels of Ibn Battutah* (2002) Ed. and Trans. Tim Mackintosh-Smith. London: Picador.

[5] *Jewish Travellers in the Middle Ages: 19 Firsthand Accounts* (1987) Ed. Elkan Nathan Adler from the Translation by J. D. Eisenstein. New York: Dover.

[6] Bede (2003) *An Ecclesiastical History of the English People.* Ed. D. Farmer and Trans. Leo Sherley-Price. London: Penguin.

[7] Geoffrey of Monmouth (1966) *The History of the Kings of Britain.* Trans. Lewis Thorpe. London: Penguin.

[8] Jean Froissart (1978) *Chronicles.* Ed. and Trans. Geoffrey Brereton. London: Penguin.

[9] *Medieval Woodcut Illustrations: City Views and Decorations from the Nuremberg Chronicle* (1998) Ed. Carol Belanger Grafton. New York: Dover.

[10] Jocelin of Brakelond (1989) *Chronicle of the Abbey of Bury St. Edmunds.* Ed. and Trans. Diana Greenway, Jane Sayers. Oxford: Oxford University Press.

[11] *The Saga of the Volsungs.* (2004) Ed. and Trans. Jesse L. Byock. London: Penguin.

[12] *The Sagas of the Icelanders* (2001) Ed. Robert Kellog with multiple translators. London: Penguin.

[13] *Eyrbygga Saga* (1989) Trans. Hermann Palsson, Paul Edwards. London: Penguin.

[14]Shayne Aaron Legassie (2017) *The Invention of Medieval Travel.*

[15]Maria Rosa Menocal (2002) *Ornament of the World: How Muslims, Jews, and Christians Created a Culture of Tolerance in Medieval Spain.* Boston: Little, Brown.

[16]Suzanne Conklin Akbari (2009) *Idols of the East: European Representations of Islam and the Orient*, 1100-1450. Ithaca, NY: Cornell University Press.

[17] Janet L. Abu-Lughod (1989) *Before European Hegemony: The World System A. D.* 1250-1350. Oxford: Oxford University Press.

[18]Parag Khanna (2011) *How to Run the World: Charting a Course to the Next Renaissance.* New York: Random House.

[19]Geraldine Heng (2003) *Empire of Magic: Medieval Romance and the Politics of Cultural Fantasy.* New York: Columbia University Press.

[20]Donald R. Howard (1980) *Writers and Pilgrims: Medieval Pilgrimage Narratives and their Posterity.* Berkeley, CA: University of California Press.

[21]Dianna Webb (2002) *Medieval European Pilgrimage* c. 700-c. 1500. London: Palgrave.

第六章

最杰出的中世纪标志性作家

《特洛伊罗斯和克里塞德》(*Troilus and Criseyde*)是特洛伊战争故事的传奇故事版，或史诗版，是乔叟对乔瓦尼·薄伽丘的《菲洛斯特拉托》(*Filostrato*)的粗略改译。在书稿完成后，邮寄这本"小册子"时，他的愿望是，自己的书稿会"臣服于所有的诗篇；/亲吻你们所踏过的足迹/维吉尔、奥维德、荷马、卢坎、史泰乌斯"①。

乔叟没有想到，他将成为中世纪作家中的一员，后人会对他顶礼膜拜。他可能还会惊讶地发现，自己同但丁和薄伽丘(这些对自己作品产生了重大影响的作家)一起被后人崇敬。作为文学上的向导，维吉尔和斯塔提乌斯带领但丁一起穿越《地狱》和《炼狱》，并带他在遗落之境遇到奥维德、荷马与其他善良的异教徒作家。但丁向维吉尔和斯塔提乌斯表示敬意。薄伽丘讲授但丁，巩固了但丁的名声；而克里斯蒂娜·德·皮桑则在她的作品《女性之城》中回应了薄伽丘的作品《关于著名女性》。托马斯·马洛礼爵士和《高文爵士和绿衣骑士》的作者对亚瑟王故事的悠久历史发表了看法，表达了对已经处于尾声的中世纪传统骑士制度的意见。这样的作家还有很多——西波的奥古斯丁、宾根的希尔德加德、特鲁瓦的克雷蒂安、玛丽·德·法兰西、斯诺里·斯图鲁松、让·德梅恩，以及《贝奥武夫》《尼伯龙根之歌》《罗兰之歌》等作品的作者——作为中世纪的文学代表，这些作家在经典中占有一席之地。当然，他们受欢迎的程度因地而异：在意大利，薄伽丘比乔叟更受关注；马洛礼的作品在法国可能很少有人读，因为法国更重视强大的亚瑟王传统。但当谈及中世纪时期最为杰出的作家或"最伟大的书籍"，或是联想到中世纪文学时，首先印入人们脑海的肯定会是这些作者的名字。

---

① "subit be to alle poesye；/And kis the steppes where as thow seest pace/Virgile, Ovide, Omer, Lucan, Stace". Chaucer, 1987：V 1790-1792. [subject be to all poetry/and kiss the steps where you have seen pass/Virgil, Ovid, Homer, Lucan, Statius].

我们在本书的大部分章节里探讨了不同流派的中世纪文学。虽然这些不同流派是课堂上阅读和大部分中世纪文学研究的基础，但仍有几位作家无法被归类到某个通用的类型。这些作家的作品属于某个类型或同时属于多种类型——或者说，它们的影响力和重要性使其作品值得特别关注——他们仍然在持续地影响着当今的世界，因此我们决定为这些作家的作品、传记和才华单独写一章。当然，本章所写的都是中世纪文学的“大牌”作家——但丁·阿利吉耶里、乔瓦尼·薄伽丘、杰弗里·乔叟、克里斯蒂娜·德·皮桑、托马斯·马洛礼和被称为“珍珠诗人”的高文诗人。虽然我们在选择关注的焦点时，通常试图回避例外论，但这些作家之所以杰出，比如说但丁和乔叟，是因为他们能够取得如此的成就并在很长一段时间内保持他们的地位，而且自中世纪以来，他们的作品经历了时间的考验和各种方式的检验。虽然其中一些作家在他们自己的时代和最近几年被冷落，例如克里斯蒂娜·德·皮桑，她的复兴与20世纪80年代女性对文学的兴趣和女权主义理论的兴起相一致。而其他作家在当代的名气似乎比他们在中世纪时的还要大，例如高文诗人、乔叟和但丁在他们所处的时代获得了“主要作家”的地位，并且从那时起一直保持着很高的知名度（尽管有一些中断）。薄伽丘以其本身的实力而闻名，而且在宣扬但丁的作品、在帮助但丁获得其标志性地位中也发挥了重要作用，同时薄伽丘的作品也为乔叟的作品提供了重要的素材（即使乔叟没有直接声明这一点）。相对而言，读者阅读的马洛礼的原作可能较少，并且马洛礼也不是第一个将亚瑟王作为话题的人，但他催生出了一个仍在不断增长的以亚瑟王为题材的文化产业。

之所以这些作家在今天仍然非常重要，仍然很受欢迎，原因之一是它们的复杂性。我们希望通过整本书让读者体会到这一点：中世纪文学总体上来说是非常复杂的，读者会发现他们的作品非常吸引人，其原因就在于这些作品有的含义模糊，有的很难读懂且充满疑问，有时甚至令人烦恼。乔叟的作品经常以模棱两可而著称；但丁深入研究复杂的神学和寓言，以及政治思想的评论；克里斯蒂娜·德·皮桑以参与“女性问题论战”而闻名；薄伽丘则以行文老练著称；高文诗人以他的游戏而闻名，尤其是那些暗藏于作品《高文爵士和绿衣骑士》中的游戏。本着这种戏谑的态度，我们编写本章并邀请读者参与其中：从开始阅读到最后一章，希望你用自己对中世纪及作家的了解，加入讨论，并用自己的标准对这些作家进行评分。你会把这些作品用同样的方式进行归类吗？你会为某个作家评不同的分数吗？你是否认为某个中世纪作家被遗漏了？你是否同意我们的最终评价？让我们一起来看看哪个中世纪作家对你来说是最杰出的。

背景

2002年，美国电视网“动物星球”发布了名为《最杰出的动物》(*The Most Extreme*)的系列节目。节目每一集都专注于某个动物的特征，例如速度、生存能力、力量、聪明程度、伪装、毒性——甚至更为独特的特征，如强盗行为、美食准备、装死的能力和通灵倾向。然后，该节目根据十类动物的表现和符合某种特点的程度对它们进行排名。在本章，我们的目标是对这些中世纪著名作家进行类似的实验。这一章旨在对中世纪最具代表性的作家进行一项类似的实验：这些多才多艺的作家长期以来徘徊于各种分类之间，因此我们为他们单独设立了一个章节。

我们的方法与“动物星球”略有不同，我们将重点放在一组作家而不是单个作家特征上。我们的评估包括这些作家所展示的各种写作才能，包括：(1)作品的多样性和作者的多才多艺(包括作品的主要话题和主题，以及作对史诗、抒情诗和故事诗等各种体裁的熟练程度；作家是否写过散文、诗歌和/或戏剧，以及对其他语言的熟悉程度）；（2）已知作品的数量；（3）受欢迎程度（一些作家在他们自己时代的受欢迎程度可以从他们作品的手稿数量或同时代人和近代学者对其引用次数中看出，但有些作家很难评估，如高文诗人和马洛礼作品都有一份现存手稿，但两位作家身后却有着颇高的声誉，因此我们还考虑他们在当代观众中的流行程度，包括在不同地域内，作家作品的传播情况，还有在当今世界上的受欢迎程度，这些从当今影视媒体的改编，以及在学生、公众中的知名度可以看出）；（4）侧重于作家或其作品的学术研究成果的数量；（5）获取的便利性——作品是否还在高中和大学中教授，或者能否让普通读者喜欢。

考虑到所有这些因素，本章最后将揭示哪位著名的中世纪作家是“最杰出的”。虽然我们试图尽可能多地提供关于每位作家的背景知识，但不可能在有限的篇幅内涵盖所有相关细节。一些作家，如但丁和乔叟，在百科全书里有完整的条例专门介绍他们的生平事迹和作品，此外本章涉及的每一位作家都有大量关于其作品的评论文章可供查阅。无论作品在中世纪创作时是否最流行，我们把在学校里中世纪作品的教授情况作为确定其在中世纪的流行程度的依据——学校里教授最多的作品就是最受欢迎的。与前面的每一章一样，如果某些作家特别受青睐，我们建议进一步阅读其作品。

但丁·阿利吉耶里

但丁·阿利吉耶里的作品被美国诗人学会称为“世界文学杰作”。但丁，1265年出生于意大利佛罗伦萨，原名为杜兰特·德利·阿利吉耶里，以创作《神曲》(*La Divina Commedia*，约1308—1321年)而闻名。该书最初由但丁命名为“Commedia”(“喜剧”)，后来薄伽丘将其改名为“Divina”(“神曲”)。但丁除了学习荷马和维吉尔的古典拉丁诗歌外，早年还了解了许多学科，包括托斯卡纳诗歌、绘画和音乐。但丁是佛罗伦萨较高社会阶层的成员，他接受了拉丁语教育，加入了效仿“西西里学派”诗人社区的佛罗伦萨文学圈，痴迷于充满宫廷爱情和女性升华的游吟诗。在此期间，但丁与当地的一群作家和哲学家联系密切，他们奉行“甜蜜的新风格”。“‘甜蜜的新风格’(dolce stil nuovo)，简称‘新风格’，其托斯卡纳成员被称为斯蒂尔诺夫主义者(stilnovisti)”①。这一文学运动受吟游诗人诗歌中宫廷爱情传统以及托马斯主义、柏拉图主义和亚里士多德主义哲学教义的影响，重点是使用本族语，并把爱情和女性写作理想化。

但丁参与政治活动后，1289年起放弃了学术研究。在圭尔夫-吉伯林冲突中，他参与了坎帕尔迪诺战役(可能作为骑兵军官)。该冲突源于支持神圣罗马帝国皇帝和支持教皇权的人之间的分歧。圭尔夫人(忠于教皇)赢得了这场战斗，但随后分为两个派别——白党(但丁所在的党)和黑党。黑党控制了这座城市，但丁最终于1302年被流放。在1293—1294年，但丁写下了他的第一部主要作品《新生命》(*Vita Nuova*)，该书被评价为“一本充满了他对爱的思考的诗选，尤其是对爱的精神层面的思考”②。

大约在1308年，但丁开始创作《神曲》。这部作品带有自传性质，

---

① “dolce stil nuovo (or novo), the ‘sweet new style’ or just ‘new style,’ whose Tuscan members were called stilnovisti”, Hunt, 2011: 21.

② “a poetic anthology filled with his musing about love, especially its spiritual dimensions”, Hunt, 2011: 23.

不同于荷马和维吉尔的史诗民族历史传统。但丁时代，佛罗伦萨弥漫着政治纷争和暴力。受此影响，但丁创作了《神曲》。该作品反映了罗马教皇与贵族、腐败与道德、高尚与平庸之间的冲突。但丁属于主张独立于罗马教廷的政党，这种思想主张贯穿整部《神曲》。书中有些人物是基于历史上的教皇（或直接以某个教皇命名）创作的。他们在地狱中因罪行受到惩罚，要么被困在地狱之门的旋风之中，要么头朝下埋在泥土中，火焰燃烧着他们露出地面的双脚。

尽管 1315 年佛罗伦萨有条件地对但丁提出特赦，但他再也没有回到佛罗伦萨，他坚决拒绝承认曾经对这座城市犯下任何罪行。也正是在这一年，他在前一年出版的《地狱》的基础上又继续出版了《炼狱》。1321 年，他完成了《天堂》（至此《神曲》三部曲全部完成），不久之后于同年 9 月 13 日在拉文纳去世。佛罗伦萨后来试图将他的遗体运回，还在圣十字教堂为他建造了一座空墓碑。他生前没有获得“桂冠诗人”之类的正式荣誉，但在他死后的一些知名的肖像中，他经常被描绘成戴着桂冠的诗人。根据彼得·霍金斯（Peter Hawkins）的说法，但丁精通诗歌、散文、文学史和理论、哲学和政治学；他还“具备多重身份：他是诗人、回忆录作家，也是自己作品的文学评论家”①。但丁与很多同时代的人有书信往来，包括主教、伯爵、参议员、王子、红衣主教，甚至还留存着与英格兰国王亨利七世的信件。他写过很多政治论文，如《君主论》（大约 1308—1318 年）；批判性/学术性作品，如《康维维奥》（大约 1304—1307 年）；他写的《新生》（1295 年）结合了多种风格，被描述为“世俗抒情传统与经院哲学的习俗和兴趣的融合……尽管叙事路线足

① “wears many hats: he is poet, memoirist, and literary critic of his own efforts”, Hawkins, 2006: 7.

够简单，但寓言的含义、精心规划的模糊性和一些相当有策略性的缄默为多种作品的演绎开辟了新的道路"①；宗教和社会讽刺作品中，最著名的就是《神曲》，该作品被芭芭拉·雷诺兹(Barbara Reynolds)评论为"部分叙述、部分描述、部分戏剧、部分史诗、部分劝诫、部分讽刺和部分抒情"②。

《神曲》被许多人视为但丁最具革命性的作品。它展示了风格和结构的创新，创造了三行诗节押韵法(ABA、BCB、CDC)，并在叙事中展示了各种不同的声音。书中甚至使用了拉丁语、希腊语、希伯来语和普罗旺斯语。这种语言上的广度是但丁之后的许多作家无法比拟的。它由三部曲组成(分别是《地狱》《炼狱》和《天堂》)，每个部分由 33 个颂歌(章节)加上 1 个序曲组成，总数达到了 100 个章节。雷诺兹评论说：

> 《天堂》的结尾几节代表了但丁的文学技巧的最高境界：叙事的多样性，引人注目的对话，惊奇、空灵的形象比喻，丰富而多彩的想象，对宇宙的展望，以及风格上惊人的对比，从崇高到谩骂的突然变化。③

---

① "a fusion of secular lyric tradition with the conventions and interests of scholastic philosophy... [W]hile the narrative line is simple enough, the implications of allegory, the carefully planned ambiguities, and some quite strategic reticences open the way to a great variety of interpretations", Bergin, 1965: 67.

② "part narrative, part descriptive, part dramatic, part epic, part exhortatory, part satiric and part lyric", Reynolds, 2006: 116.

③ The concluding cantos of *Paradiso* represent Dante's literary skills brought to their highest pitch: variety of narrative, compelling dialogue, surprise, ethereal pictorial similes, rich and colourful imagery, visions of the universe, together with startling contrasts in style, changing suddenly from the sublime to invective. Reynolds, 2006: 372.

在但丁的同时代作品中，他的“《神曲》大受追捧，其读者早已超出占总人口7%的文人”①。该作品主要用白话意大利语写成，因此是为大众而写但丁最初尝试用拉丁语创作，因为拉丁语是当时作家的首选语言。但最终但丁试图用新的方式与大众建立联系，并且成功了。这种抛弃高雅的拉丁语的写作让一些受过高等教育的人感到诧异，因为史诗类型通常是用拉丁语或希腊语写成的(维吉尔和荷马为这种风格奠定了基础)，所以有些人，如乔瓦尼·德尔·维尔吉利奥(Giovanni del Vergilio)认为，《神曲》的读者应该仅限于拉丁语读者，因为他们受过足够的教育，能够理解典故、寓言和言语所指(无论是明显的还是暗含的)。

事实上，非专业人士呼吁公众阅读《神曲》。乔瓦尼·薄伽丘“在圣斯特凡诺·迪·巴迪亚教堂开始了对这首诗的循环讲解和诠释。尽管只讲解了‘地狱篇’大约一半的内容，但他的尝试成了一种惯例”②。薄伽丘本人从但丁的作品中获得了灵感，不仅创作了赞美但丁的作品，还创作了结构与《神曲》近似的作品，如《大鸦》。根据霍金斯的说法，“(薄伽丘)著名的意大利语故事集《十日谈》中的许多故事都源于首次出现在《神曲》中的人物和片段”(2006：26)③。

---

① “The *Commedia* was an immediate hit, and not only among the 7 percent of the total population who were the literati”, Hawkins, 2006：24.

② “began a cycle of performance and exegesis of the poem at the church of San Stefano di Badia. Although he covered only about half of the *Inferno*, his effort became an institution”, Hawkins, 2006：26

③ “Many of the stories in [Boccaccio's] renowned vernacular collection, the *Decameron*, owed their origins to characters and episodes that first appeared in the *Commedia*”, 2006：26.

直到今天，仍有一些团体继承了薄伽丘的传统，致力于讲解和诠释但丁的作品。霍金斯写道：“根据旧金山著名的圣弗朗西斯神殿教堂的网站……‘阅读但丁(Lectura Dantis)小组每周三晚上 7：30 在教堂地下室举行非正式讨论’”①。除了非正式阅读，但丁已成为高中和大学英语和文学课程里的内容，更不用说对但丁作品的无数次改编。这些改编包括拉里·尼文和杰里·波内尔的小说《地狱》(1976 年)、丹·布朗的小说《地狱》(2013 年，丹·布朗是《达芬奇密码》和《天使与恶魔》的作者)、几部电影(来自但丁的作品及其文学改编作品)。EA 游戏公司 2010 年制作的电子游戏的主角名字就是“但丁”，甚至在 2010 年制作的一款视频游戏中还出现了但丁作品的影子。可以肯定地认为，美国和欧洲的大多数大学生和高中毕业生听说过但丁·阿利吉耶里、《地狱》或《神曲》。

作为中世纪一位极其多元化和有影响力的作家(当然，他可能不是那么高产的作家)，但丁在多样性和受欢迎程度等类别中得分很高，而在数量等方面则得分较低。他的评分(满分 10 分)是：

多样性：9
著作数：6
人气：10
学术性：9
易懂性：9

---

① “according to the website of San Francisco’s venerable Shrine Church of Saint Francis... ‘The Lectura Dantis group meets Wednesday evenings at 7：30 PM in the basement of the church for informal discussion’”, Hawkins, 2006：27.

乔瓦尼·薄伽丘

乔瓦尼·薄伽丘于1313年出生于意大利托斯卡纳，父亲是富有的商人，母亲不为人知。他从但丁手中接过了中世纪意大利文学的衣钵。薄伽丘的父亲薄伽丘·迪·切利诺后来又娶了玛格丽特·德·马尔多利，她的家族与但丁传记中的贝雅特丽齐有血缘关系。因此，乔瓦尼·薄伽丘可以夸耀，自己非常钦佩的诗人但丁是他的远房亲戚。1330年，薄伽丘开始学习教规，然后于1332年移居巴黎，开始探索文学中的人文主义。他早期的一些拉丁文散文和第一首白话诗都记录了这一点。在巴黎，他培养了百科全书式的兴趣。薄伽丘进入了一个学术圈子，大家相约定期在皇家图书馆聚会，这样他得以接触到古典拉丁文学，如奥维德和维吉尔，普罗旺斯和古老法国的罗曼司，以及讨论神话、占星术、历史，甚至魔法和炼金术的学术汇编资料。因此，薄伽丘具有双重文化特质：兼有进步思想和人文主义的诗人气质和中世纪百科全书式的学识。

因此，薄伽丘成为了一个极其多元化的作家。他的作品包括用拉丁文写的书信、知识散文、白话诗、抒情诗、传奇文学(具有传奇史诗特点)、家谱和百科全书文本、传记、叙事框架、挽歌、社会讽刺、批评和学术论文、人文民族志和寓言颂歌。像但丁一样，薄伽丘有时也为他的作品增添了自传体的色彩，这在他的小说《菲洛科洛》(*Filocolo*, 1335—1336年)以及《戈巴乔》(*Il Corbaccio*，约14世纪五六十年代)中表现得尤其明显。《菲洛科洛》有五卷，第一次用意大利散文体叙述了拜占庭国王马尔莫里纳之子弗洛里奥和比安西菲奥雷(一个有着不知名罗马王族血统的可怜女孩)的传奇故事。《戈巴乔》是一部讽刺剧，描述了一个遭遇不幸爱情的主人公。该作品与但丁的《神曲》非常相似。长期以来，学者和评论家一直在思考这部作品到底有多少自传性质，但没有明确的答案。无论是回忆录还是伪自传小说，《戈巴乔》都保留了薄伽丘作品的某种范式，展示了他作为作家的多样性以及他的文学创作能力。他可以创作出这样一部作品："开头是报道性的自传叙述，中间是想象出来的现实体验，结尾是对不同文学形式的自我意识下的操控。"①

薄伽丘的代表作是《十日谈》(*Decameron*，约 1348—1353 年)。在《十日谈》中，他运用了各种形式和体裁。该作品是一个框架式的叙事，描绘了当时的社会、贵族和资产阶级生活方式等主题，以及瘟疫肆虐的欧洲，还讨论了人类如何努力对抗命运并学会克服命运，发表了宗教评论，显得既庄严又欢快。该书既有博学的装饰，又有通俗的叙述，对当代学者来说具有批判性的意义，对大众来说是一种文学上的享受。

薄伽丘追随但丁的脚步，不仅采用古典形式和拉丁语写作，还用意大利语写作，这使他的作品同时为外行和学者所接受。翁贝托·博斯科(Umberto Bosco)说：

> 《十日谈》涉及的内容十分广泛，掺杂着悲喜交错的人生观，因此被认为是薄伽丘的巅峰之作。在风格上，它是意大利古典散文最完美的例子，对整个欧洲的文艺复兴文学影响巨大。②

---

① "a reported autobiographical account at one end, through an imagined realistic experience in the middle, and a self-aware manipulation of literary forms at the other", Brown University Italian Studies Department, 2014.

② In the broad sweep of its range and its alternately tragic and comic views of life, the *Decameron* is rightly regarded as [Boccaccio's] masterpiece. Stylistically, it is the most perfect example of Italian classical prose, and its influence on Renaissance literature throughout Europe was enormous. Bosco, 2014.

此外，19 世纪的评论家弗朗西斯科·德·桑克蒂斯（Francesco de Sanctis）将《十日谈》视为但丁《神曲》的继承者，并因此而闻名。他称《十日谈》为“人间喜剧”，并将薄伽丘视为新道德秩序的先驱，认为这一秩序可以取代欧洲中世纪的道德秩序。在薄伽丘时代进行的人文主义和文艺复兴研究中，人们认为他不仅将自己和其他人的注意力转向希腊和拉丁经典，而且更多地转向了当时的意大利文学，尤其转向他的前任——但丁的文学。然而，尽管后来薄伽丘获得了批评界的赞誉，但他和但丁一样，也面临着来自博学派的批评。

朱塞佩·马佐塔（Giuseppe Mazzotta）解释说，“当《十日谈》中的一些故事开始流传的时候，《十日谈》在意大利和欧洲文学界就被视为丑闻”，而且它面临着更显著的意大利人文主义知识分子“居高临下的评论”①。薄伽丘“家常小事”式的故事叙述不那么符合学术标准。当时的学者“从不掩饰他们对人文主义者薄伽丘的偏爱，或者对他的百科全书式博学著作《异教诸神谱系》的惊讶”②。

然后，薄伽丘游离于学术界和幻想之域，并因此面临批评。他本人对《十日谈》的看法也并不清晰，不时变化，“从为中篇小说的热情辩护……到他认为这些故事只不过是用来愉悦女性而无伤大雅的文学作品，再后来，他在写给曼纳多·卡瓦尔康蒂的信中，极力否认该书危险

① “From the time when just a few of its stories were circulating… the *Decameron* has been viewed as something of a scandal in the canon of Italian and European letters” and that it faced a “patronizing reception… by the more conspicuous intellectuals of Italian Humanism”, 1986: 3.

② “never hid either their preference for Boccaccio the humanist or their astonishment at his encyclopedic erudition that would find its way into works such as the Geneology of the Gentile Gods”, Mazzotta, 1986: 3.

的道德准则”①(马佐塔，1986：4)。《十日谈》要么被认为是是颓废的小品、反映商业利益增长的“现实模仿”、“支持自然主义的激进论战”，要么被当作“审美上的逃避，好像进入了怡人的景区”②，但《十日谈》无疑在历史上经久不衰，它显示了薄伽丘“对事实与价值之间距离的认识，对我们共同假设的不稳定性的认识，以及对道德和知识体系投资危机的认识”③。正如马佐塔所说，这部作品：

> 在没有脱离现实世界的情况下，对这个现实世界有更深刻的理解，将我们推入想象的领域。在那里，我们目睹了小说人物为他人，进而也是为自己所构建的错觉陷阱。④

《十日谈》无疑是薄伽丘最著名的作品。当然，他还有其他作品，例如《爱的摧残》(*Il Filostrato*，约 1338 年)，这部作品后来成为杰弗里·乔叟的《特洛伊罗斯和克里塞德》以及莎士比亚同名戏剧的灵感来

---

① “passionate defense of the novella… to his narrative posture that the stories are nothing more than innocuous pieces of entertainment for ladies, to the equally passionate rejection, in [a] letter to Mainardo Cavalcanti, of the book's dangerous morality”, Mazzotta, 1986: 4.

② “mimesis of reality” that mirrors rising mercantile interests, a “militant polemic in favor of Naturalism,” or an “esthetic escape into a pleasant landscape”, Mazzotta, 1986: 5

③ “awareness of the distance separating facts from values, the recognition of the instability of our common assumptions, as well as of the crisis investing moral and intellectual systems”, Mazzotta, 1986: 6-7.

④ without ever leaving the world of reality and, actually, by sinking into it more deeply than has been acknowledged, launches us into the realm of the imagination where we confront the traps of delusion characters construct for others and, consequently, for themselves, Mazzotta, 1986: 7.

源；《泰赛达》(*Teseida*，约 1340—1341 年)为乔叟的《骑士故事》提供背景；还有《异教诸神谱系》(可能始于 1350 年，并不断修正和修订，直到他去世)、《名女》(1360—1374 年)、《但丁赞美诗》(1357—1361 年)、《短篇田园诗集》(1351—1366 年)等作品。

1373 年，薄伽丘受佛罗伦萨人民公社公会和公社公正公会的贡法罗尼的正式委托，就但丁的神曲进行公开演讲，这对提升但丁的知名度起到了一定作用。正如迈克尔·帕皮奥（Michael Papio）所描述的那样，薄伽丘的"阐述""几个世纪以来一直被认为是对但丁杰作的早期评论中最好的"①。在评论中，薄伽丘巧妙地阐释并强调了但丁的文学才华，思考了诗歌可以"传达关于人性永恒真理"②的方式，并赞扬但丁使用新的诗歌形式来做到这一点。此外，尽管薄伽丘本人对自己的作品颇为挑剔，但他的"阐述"还成为《神曲》中很多段落的解释或评注。在后来给一位身份不明的熟人的信中，薄伽丘"遗憾地承认并接受了这样的抱怨：'展开了但丁《神曲》的诗意面纱，以便贪婪的商人和普通人能够理解其含义。'"③。尽管如此，它们还是影响了后来但丁作品的评论者，并且"无论是对其叙事天赋的洞察，还是一贯努力强调但丁天才……这些都不足以解释如此重要的文学和文化贡献的真正历史重要性"④。

虽然薄伽丘在学术界或流行文化中可能不像但丁那样受欢迎，但凯

---

① "have for centuries been considered the best of the early commentaries on Dante's masterpiece", 2009: 3.

② "transmit immutable truths about human nature", Papio, 2009: 4.

③ "ruefully acknowledges and accepts the blame for having peeled back the poetic veil of Dante's Comedy so that its meaning could be understood by venal merchants and the common man", Papio, 2009: 6.

④ "neither its moments of narrative flair nor its consistent efforts to underscore Dante's genius... are sufficient to explain the real historical importance of such a consequential literary and cultural contribution", Papio, 2009: 3.

瑟琳·亚当斯·布朗(Katherine Adams Brown)认为薄伽丘在他的叙事框架中唤起读者的方式，“弥合了作家与读者、生产者与消费者、文本与想象之间的鸿沟”①，在文学与人之间建立了一种从中世纪一直延续到今天的关系。马佐塔进一步论证说：

>《十日谈》中的每一章都检索了一个特定的知识传统……例如，医学文本和薄伽丘对科学话语危机的感知、宫廷爱情故事中的词汇和价值、法律知识等，以及为了定义叙事的文化参考框架等，对于薄伽丘来说，这些文学以及想象和欲望的源泉(二者是文学的本体)，塑造了《十日谈》中的每一段经历。②

薄伽丘像但丁一样，通过知性写作和讲故事来探索可能性的领域(有时将两种模式结合起来)，经常将道德和人文主义相结合，这让他赢得了中世纪标志性作家的地位。

薄伽丘对中世纪和其他当代以及未来作家的影响使他成为一位标志性的中世纪作家。他使用各种体裁和形式探索了人性。虽然关于薄伽丘的学术研究可能比较有限，但马佐塔很欣赏自己成立的“美国薄伽丘协会”。该协会成立于 1974 年，旨在促进薄伽丘生平和作品的研究和教

---

① “bridges the gap between writer and reader, producer and consumer, text and imagination”, Katherine Brown, 2014: 163.

② ... each chapter [in the *Decameron*] retrieves a particular intellectual tradition... —medical texts, for instance, and Boccaccio's sense of the crisis of scientific discourse, the vocabulary and values of courtly love, legal lore, etc. —in order to define the cultural frame of reference for the narrative... [F] or Boccaccio, literature and the resources of imagination and desire, which are the matter of literature, shape every experience in the *Decameron*. Mazzotta, 1986: xv.

学。我们对薄伽丘的评分是：

多样性：9
著作数：7
人气：5
学术性：6
易懂性：5

高文诗人

这位被学者称为“高文诗人”的匿名作家撰写了五部作品：《高文爵士和绿衣骑士》《珍珠》、《清洁》/《纯洁》、《坚忍》和《厄肯沃德圣者》（*Saint Erkenwald*，1386年）。前四部作品构成了“高文手稿”，即大英图书馆收藏的插图丰富的柯顿·尼禄 A. x 手稿。有人认为这些手稿均出自同一作者。“高文手稿”的作品构成了一系列道德故事。如果这四部作品由同一位诗人撰写，那么他或她就会成为中世纪晚期三位最伟大的英国作家之一。事实上，目前还没有发现确凿的证据可以证明它们的作者是同一人。然而间接证据有力地表明了这一点，其中最有说服力的是这四个故事的手稿本身，且这些故事没有出现在任何其他遗留的手稿中。文体上的相似性以及方言和词汇上的一致性，都可以说明四个故事是由一个作者所写。此外，叙事语言中使用的形态和变化，以及用于描述物品、古物和服装的术语表明这些诗很可能写于1350年至1400年。

许多学术研究力求弄清高文诗人的身份，以及这四部作品是否确实由一位作者所写。一些研究着眼于诗歌中的证据，并认为诗人的身份是约翰·梅西（John Massey）。当然这只是猜测。高文诗人参加了头韵诗复兴运动，从古英语诗歌中带回了传统的诗歌形式，其形式包括头韵、特定的重音模式和断句，或定期的内部换行。高文诗人对这种风格的运用比较自由，在每个头韵诗节的末尾添加了一个五行押韵部分，称为“bob and wheel”。这是一个非常短的两字行（bob），然后加上四个短的押韵诗句（wheel）。《高文爵士和绿衣骑士》采用的正是这个写法。其他三首诗采用更传统的头韵风格，不过《珍珠》被分成了诗节和章节。

本章采用大部分学者的观点，将所有四部作品归为一位作者。这四个故事本身有着相似的结构和关注点，都是关于人类生活的考验，并经常为读者提供道德教益。《坚忍》和《清洁》都是叙述性的布道。第一个布道着眼于圣马太福音中描述的登山宝训及其宣扬的美德，这一点在《坚忍》中表现得尤为明显。然后，作品将《圣经》中约拿的故事作为反例——约拿无法接受向尼尼微人传教的神圣职责。这首诗也强调了上帝对所有受造物充满爱意，上帝仍然怜悯约拿和那些没有实现理想美德的人。《清洁》，顾名思义，讨论了纯洁的快乐和堕落的危险。这首诗讲述了马太福音和路加福音中的婚宴比喻，以说明婚姻爱情的快乐；而所多玛和基摩拉的故事以及伯沙撒之死（他在巴比伦被占领期间亵渎了圣殿器皿），则用来警示堕落的危险。

《珍珠》由 101 行以四步抑扬格组成的 12 行小节组成，是一则梦境寓言。如果当作自传体作品来读，则可以看成一首挽歌，因为有人认为诗中提到的小女孩是诗人的女儿。书中的主人公在睡梦中看到了站在河对岸的珍珠少女的景象，然后他问她是不是他失去的珍珠。她给了一个神学性的答案，说主人公所指的珍珠是一朵枯萎的玫瑰，然后让他看到了天国之城的景象，并表明自己是基督的追随者，羔羊的化身。主人公想要加入她，然而在梦中跌入河中以后被惊醒。在那以后，他沉思神学美德，并承诺履行上帝的意志，以便他能够追随珍珠少女。然而梦境题材总是有虚构的成分，并且无法确定这首诗的主人公是否就是作者本身。诗人的叙事语态也与该观点相斥。这首诗的主人公（即说话者）的性格有些迟钝，与诗人思想上的神学造诣形成强烈对比，很难将两者混为一谈。这很矛盾，因为诗人不可能是个无知的人，他知识渊博且有能力阐明珍珠少女所宣扬的教义。

与其他三首诗相比，《高文爵士和绿衣骑士》没有那么明显的教条主义色彩，有些人认为这是所有中世纪英国浪漫故事中结构最完美的诗。首先它描述了骑士精神，即关于理想的中世纪骑士应该有的样子。骑士精神是理想主义的，因为骑士体系本身是一种理想的制度，在现实中是无法实现的。根据诗人的描述，高文爵士是最完美的骑士，他在整首诗中经受了保持道德和信守诺言的考验。神秘的绿骑士用斩首游戏挑战他，高文砍下了绿衣骑士的头，并且认为自己赢了；然而，无头的骑士却站起身来，拾起了自己的头颅。绿衣骑士骑出亚瑟大厅时，高喊着要求高文履行他的诺言。后面最大的考验是当面对贝蒂拉克妻子的诱惑时，高文必须保持纯洁。与恩人妻子共眠当然背叛了恩人，这就是灾难。作为完美的骑士，高文仍然保持纯洁，尽管他承诺每天都会送给贝蒂拉克所有的战利品，但他仍然私下保留了一条绿色的腰带。

《高文爵士和绿衣骑士》是一首有着竞赛、游戏、交流和缠结的诗作。高文盾牌上的五角形或众多的缠结可以被视为这首诗的一种隐喻，就像贝蒂拉克的妻子在第三个晚上送给高文的绿色腰带一样。在《绿腰带》的诗中，R. A. 邵夫评论说，“这首诗强调了符号和象征……是对文明秩序和意义的更大关注的一个组成部分”①。五角形，代表基督的五

① “the poem’s emphasis on signs and tokens... is an integral part of its larger concern with order and meaning in civilization”, Shoaf 1984: 4.

个伤口，五个手指，五个智慧，玛利亚的五个悲伤，以及最终的五种骑士美德；腰带(在邵夫的分析中)代表商业交流。在其他的读物中，高文的失败和他的成功都使确定这首诗的意义变得非常困难。对这两个符号的理解需要读者查阅很多材料，而这些阅读材料又经常相互矛盾，使诗歌本身成为一个复杂的缠结。

诗人高文只留下了一份手稿，他在中世纪的流行度不可与乔叟、但丁同日而语，而且这首诗采用的北方方言让当代学生阅读起来更加困难。但阅读乔叟用中部方言写成的作品则相对容易，因为中部方言是现代英语的基础。

将《高文爵士和绿衣骑士》分为四个部分，表明这首诗最初可能是为了大声朗读，但诗人深奥的词汇必然会将其读者限制在使用与诗人方言相同的听众中。此外，作者用生僻词来表达神秘的意义，进一步限制了可能阅读或听这部作品的人。因此许多作家，例如托尔金、约翰·加德纳、W·S·默温和西蒙·阿米蒂奇都对《高文爵士和绿衣骑士》进行了翻译，他们都觉得该作引人入胜。这些译作以及一些强调准确性和诗的头韵风格的学术版译文，使现代观众可以理解这首诗。

早期对高文诗人的学术研究不仅集中在作品上，而且如前所述，还集中在围绕诗人身份的争议上，以及是否可以将柯顿·尼禄 A. x 手稿中的四部作品都归于一个作者。更多的当代读物认为这首诗是很好的研究中世纪的土地和环境、性、欲望、情感、怪物和他异性的材料。除此以外，还有关于这首诗对性别、象征、语言和历史的使用的研究。尽管这首诗的改编次数没有其他亚瑟王浪漫故事多，但诗中的元素出现在小说、电视节目中，尤其是两部故事片《高文爵士和绿衣骑士》(1973 年)和《勇者之剑》(1984 年)，后者由肖恩·康纳利(Sean Connery)扮演绿色骑士。奇怪的是，这两部电影的导演是同一个人。虽然两部电影开头和结尾都与这首诗情节相似，但中间的情节却大不相同。这首诗已被改编成三部不同的歌剧和多部戏剧。

柯顿·尼禄 A. x 手稿中的其他文本没有受到同样的关注，《厄肯沃德圣者》的关注度也不高。有少数关于《清洁》《坚忍》和《厄肯沃德圣者》的学术论文，除了《高文爵士和绿衣骑士》外，《珍珠》受到的学术关注是最多的，其他诗歌都没有受到同样范围的评论和深度研究。迄今为止，还没人把这些作品为现代观众进行改编。对于希望研究这些默默无闻的诗作的学者，有几种译本可供其阅读。即使这些诗作不像《高文爵士和绿衣骑士》那样读起来兴趣盎然，但仍然是英国中世纪最美丽的诗歌之一。

多样性：3
著作数：3
人气：6
学术性：3
易懂性：5

杰弗里·乔叟

杰弗里·乔叟，约 1343 年出生于英国伦敦，是第一位用英语写作的重要作家。他生活丰富，从事过多种职业，曾是国王的侍从，在佛罗伦萨和热那亚等其他外国语言环境地区担任外交官。他的作家和诗人生涯始于 1369 年左右，写出了包括《公爵夫人之书》和一首名为《ABC》的诗歌。两首诗都是用英文写的，对于现代读者来说可能司空见惯。然而，正如杰弗里·赫尔特曼(Jeffrey Helterman)解释的那样：

> 中世纪作家想要别人记住他的作品，首先考虑用拉丁语写作。拉丁语被认为是语法严谨、不会改变并且坚不可摧的语言。①

乔叟追随但丁和薄伽丘的步伐，不仅用拉丁语写作，而且用英语写作。1066 年诺曼征服以后，法国人控制了当时的贵族阶层，英语被认为是英国最常用的语言。乔叟当然精通法语和拉丁语。他娶了菲利帕，从而与法国贵族家庭结亲，因为菲利帕的哥哥——冈特的约翰是当时英格兰最有权势的人，其权力甚至比国王本人还要大。

在写出早期的作品之后，乔叟继续写下梦想中的幻境题材的作品，如《名人堂》(1378—1381 年)、《福尔斯议会》(1378—1381 年)、《金星的控诉》(约 1380—1386 年)和《火星的控诉》(约 1380—1386 年)。还有长篇传奇故事，如《特洛伊罗斯与克丽西达》(1382—1386 年)，该书“分析了爱的技巧以及情人的复杂动机”②；《安妮丽达和阿塞特》(约 14 世纪 70 年代后期)，此书灵感来自但丁和薄伽丘等意大利作家。乔叟可能在 14 世纪 70 年代前往意大利时拜读了他们的作品。有人声称《特洛伊罗斯与克丽西达》是第一部英文小说，这种看法是“基于乔叟描写主角心理的方式。他们总是在口头和智力两个层面作出反应”③。在《好女人的传说》(约 1386 年)中，“乔叟谴责自己公布了女性的不忠行为，从

---

① The first impulse for a medieval writer who was writing something he wanted remembered was to write it in Latin. Latin was considered to be the grammatic, the language which would not change, the indestructible language. Helterman, 1994: 128.

② “analyzes the artifices of love as well as the complex motivations of lovers”, Helterman, 1994: 135.

③ “based on the way Chaucer handled the psychology of the main characters. They are always operating at two levels of response, verbal and intellectual”, Helterman, 1994: 135.

而损害了爱情，（因此诗人）通过讲述忠实女性、爱情殉道者的故事来回应爱神的指责”①。

爱，既高雅又简单，这是乔叟表达的一个重要主题，在他最著名的作品《坎特伯雷故事集》（1387—1400 年）中表现得尤其突出。《坎特伯雷故事集》是一部未完成的框架叙事集（《十日谈》也是如此，不过赫尔特曼说《坎特伯雷故事集》是“薄伽丘框架叙事的巨大进步”②）。根据乔治·莱曼·基特雷奇（George Lyman Kittredge）的说法，书中“大多数故事……都集中在讨论婚姻上”③。对此，赫尔特曼反驳说，“在坎特伯雷故事的框架故事中发生的可能是社会攀比者的报复”④，在“上层阶级”故事与米勒的故事之间取得平衡。米勒的故事“模仿《骑士的故事》中的情节（两个明显相似的男人为同一个女人而战），这个模仿比较拙劣。（并且）米勒的故事主要在回应前一个故事”⑤。《坎特伯雷故事集》大部分内容主要关注社会阶层之间的敌意和阶层之间的微妙区别。除此以外，也涉及婚姻、作者身份以及阅读和写作行为等主题。他在《修女牧师的故事》中建议读者必须“取其精华，去其糟粕”，显然是想逃避向读者解释如何解读故事中的道德问题，以及读者应该如何阅读此书。

《坎特伯雷故事集》中的许多故事都是直接对话，要么回应，要么

---

① “Chaucer castigates himself for doing a disservice to love by publishing the unfaithfulness of women, [and so the poet figure] responds to this charge from the god of love by telling stories of faithful women, love's martyrs”, Helterman, 1994: 136.

② “a brilliant advance on the [genre] as practiced by Boccaccio”, 1994: 137.

③ “most of the tales... center on discussions of marriage”.

④ “what may be occurring in the frame tale of Canterbury storytelling is the social-climbers' revenge”, Helterman, 1994: 137.

⑤ “among other things, a lower-class parody of the plot outlined in the Knight's Tale (two apparently similar men fight over the same woman) [and] becomes the first tale motivated by answering the previous tale”, Helterman, 1994: 137.

继续，要么模仿之前讲过的另一个故事，但有一些故事没有叙述完整，有些故事要表达的意图不明晰。此外，总序言中说，每个朝圣者会讲四个故事，那么理论上总共应该有 120 个故事。然而书中的故事却没有那么多。学者们对故事的顺序也有争议(除了构成开头的固定故事外)。故事最常见的顺序是根据埃尔斯米尔手稿(时间在 1400—1405 年，目前存放在美国加州亨廷顿图书馆)确定的。乔叟本人在他的“撤回”中说明了故事没有完成的理由，声称该作品是不虔诚的、有罪的。学者们对这种“临终忏悔”的真实性存在争议，并怀疑它是否只是一种中世纪的惯例，“发出了道歉的声音，所以乔叟可以展示他所有的作品，同时以一个谦逊的作者的身份出现，这是中世纪喜欢的一种姿态”①。

尽管乔叟无法完成《坎特伯雷故事集》整部作品，但他在作品中采用了各种各样的文学形式和体裁，这使他有可能成为中世纪最多元化的作家之一。这一点，在书中有例为证。例如，《典范》是一个简短而有针对性的故事，用来说明道德观点；《布列塔尼莱》，一个经常涉及爱情和超自然现象的简短浪漫故事(其中一个例子是富兰克林的故事，它本身改编自薄伽丘的《菲洛科洛》)；《书记员的故事》中的宗教寓言(最初也见于薄伽丘的《十日谈》，后来由彼特拉克用拉丁语重述，这是乔叟版本的来源)；总序中的庄园讽刺；《骑士的故事》中的史诗；《巴斯太太的故事》中的浪漫故事；《米勒的故事》中展示的诗体短篇小说，即一种夹杂着幽默和淫秽的故事；《律法之人的故事》中的圣徒传记或圣人生活的故事，可能是真实的，也可能是虚构的；《梅里白的故事》中的布道(散文中经常出现的说教演讲)；《修女讲述的牧师的故事》和《修

① “the apologetic voice allows Chaucer to list all his works while taking on the persona of the humble author, a stance favored in the Middle Ages”, Helterman, 1994: 142.

院食堂管理员的故事》中的寓言；《僧侣的故事》中的悲剧；《索帕斯爵士的故事》和《乡绅的故事》中的讽刺；《牧师的仆人的故事》中的炼金术故事；对经典的改编(《男仆的故事》是对奥维德《变形记》的改写，从《玫瑰传奇》中汲取灵感而创作的《医生的故事》，尽管乔叟称其灵感来源于罗马历史学家提图斯·利维乌斯)；未完成或中断的故事，例如《库克的故事》。以上只列举出部分示例，旨在为感兴趣的读者提供快速参考指南，并非一一列举。

除了乔叟在《坎特伯雷故事集》中使用的各种体裁外，他还采用了不同的诗歌和散文形式，例如对句——这是他大多数作品中使用的形式，将耦合线与尾韵相匹配，皇家韵律遵循 ABABBCC 的形式——由乔叟本人创造并流行起来，《僧侣的故事》中有扩展的皇家韵律，尾韵诗节(托帕斯爵士的故事)，《梅里白的故事》和《帕森的故事》中的散文。他的作品体裁和形式多种多样，作品中人物也同样多样化，既有贵族、商人和工人阶级，也有教士和宗教人士。

乔叟的声望甚至在他有生之年就已传播开来。到 1380 年，他的诗歌就已经广受赞誉，名气甚至传到了法国：法国诗人尤斯塔什·德尚(Eustache Deschamps)称赞乔叟是“伟大的翻译家”和“英国的奥维德”。乔叟还被英国诗人约翰·高尔(John Gower)誉为“爱情诗人”，同时代的年轻作家托马斯·乌斯克(Thomas Usk)称乔叟为哲学家，15 世纪诗人托马斯·霍克利夫(Thomas Hoccleve)和约翰·勒盖特(John Lydgate)称乔叟为有雄辩风格的作家。乔叟的故事和传说，尤其是故事诗，在当代文化中找到了共鸣，比如 2010 年播出的电视连续剧《生活大爆炸》(*Big Bang Theory*)第四季第八集(2010：S4，E8)中出现了米勒的故事。甚至像巴巴·布林克曼(Baba Brinkman)这样的说唱歌手也发现乔叟的诗很容易翻译成当代成语。

多产、多样化、影响力和创新是乔叟为我们留下的跨越中世纪的遗产。乔叟重新定义了作者身份以及作者与读者之间的关系。他采用了各种方法和模式来审视社会、宗教和人性，在但丁和薄伽丘的成就基础上，建造了属于自己的文学王国。他的评分是：

多样性：10

著作数：9

人气：8

学术性：9

易懂性：9

克里斯蒂娜·德·皮桑

学者们对克里斯蒂娜·德·皮桑生平的所有了解都来自她自己的作品，包括她的自传《克里斯蒂娜·德·皮桑的幻象》(*L'Avision de Christine*)(约1405年)。据推断，她于1364年至1365年出生于意大利威尼斯。她的父亲是法国国王查理五世的宫廷星象师。不久后克里斯蒂娜就跟随父亲到法国生活，在那里接受了良好的教育，接触到了伟大的科学和哲学著作以及希腊文和拉丁文经典作品。15岁左右，克里斯蒂娜嫁给了埃斯蒂安·德·卡斯特(Estienne de Castel)，一位法国宫廷公证人，他支持克里斯蒂娜的学术追求。他们共同抚育了三个孩子，她的丈夫于1390年去世(这些信息是从她的一则声明中获取的，她在这项声明中提及丈夫在陪同法国国王查理六世前往博韦时去世，25岁的克里斯蒂娜由此开始了她的寡居生活)。克里斯蒂娜的写作生涯由三个阶段构成，丈夫的去世激发了第一个阶段的开始：文学创作。

《百首歌谣集》(*Les Cent Balades*)是她的第一部主要作品，于1395—1400年完成。这部作品用一首首独立的诗篇完成叙事，典雅的文学样式里包裹着世俗的内容，探讨了个人道德上的荒唐行为和爱情稍纵即逝的凄惨现实。克里斯蒂娜这种将世俗生活融入宫廷诗学的做法预示着她与早期诗歌传统的脱离。在她的抒情作品中，克里斯蒂娜开始用寓言体写作，这是她文学创作的第二阶段。她强大的教育背景和丰富的历史知识成为其作品真实性的有力支撑。在《奥西娅的信》(*L'Epistre d'Othea/The Letter of Othea*，约1400年)中，克里斯蒂娜为100幅古典神话场景插图做了注释，添加了一节韵文、一个注解和一个寓言。1404—1405年，克里斯蒂娜撰写了《女性之城》(*The Book of the City of Ladies*)，标志她成为了一位早期的女权主义作家。她的作品表现出对女性权利的关注，并对宗教、宫廷和文化领域中存在的"厌女主义"的影响进行了探讨。

克里斯蒂娜参与了"女性问题"的公开辩论，她抨击教会和国家中的厌女主义者对女性的攻击，捍卫女性地位。克里斯蒂娜受此启发创作了《女性之城》及其后续作品《淑女的美德》(*The Treasure of the City of Ladies*)，又称《三德之书》(*The Book of the Three Virtues*，1405年)。她还参与了玫瑰之争，这是一场关于让·德·默恩(Jean de Meun)的作品《玫瑰传奇》(*Roman de la Rose*)的辩论(见第三章)。在辩论中，她驳斥了让的反女权主义的传奇故事。让·德·默恩的传奇故事蔑视典雅爱情，并且认为将女性理想化的爱情与欲望是荒谬的。克里斯蒂娜把作品献给了法国王后，从此她将女性引入公共学术和政治辩论领域。克里斯蒂娜作为女性作家的出现，为女性发展她们的文学才能提供了一个公共平台。

《女性之城》和《淑女的美德》都是寓言体文学，其中理性、正直和正义的女性形象引导克里斯蒂娜和她的读者们正确理解女性，这种认识方法与那个时代的厌女主义文学作品，特别是马修斯的《哀歌》(13世纪)形成对立。在《女性之城》的开场，克里斯蒂娜拿起《哀歌》随意阅读，这部作品中的女性形象令她感到震惊及沮丧，然而当美德三女神出现在她面前，为她纠正错误观念时，她又重新振奋起来。

她们敦促她建造一座女性之城，与奥古斯丁的“人类之城”和“上帝之城”相呼应，城内建筑群内住满了历史上有影响力的女性，圣母玛利亚和女圣徒都是城内的居民。克里斯蒂娜的女性之城的居民由历史、古典神话、文学作品和宗教中的女性人物构成(异教女神以成功的女发明家、女战士和情人的身份出现)。从某种意义上说，她改编了薄伽丘的《仕女录》(*De Claris Mulieribus*，1374年)，尽管这两部作品都认为女性应该在生活中有更多的发言权以及受教育的机会，但克里斯蒂娜对此观点的阐述似乎比薄伽丘的更正式、更有条理。她还从《十日谈》、彼特拉克和其他中世纪作家的作品中汲取了灵感。

在三个部分里，她试图展示女性的发明、成就、美德和贡献。女性以强大的统治者、发明家、教育家和领导者的身份出现。克里斯蒂娜讲述的女性形象往往与其在其他作品中的表现截然不同。例如，美狄亚(Medea)通常被认为是女巫和邪恶的形象，而在《女性之城》中她这样出场：

> 非常漂亮，拥有一颗高贵正直的心、一副讨人喜欢的面庞。此外在学识上，她超越了所有女性。她了解每一种药草的作用和所有

可以调制的药水，没什么技艺是她不清楚的。①

美狄亚对杰森的报复得到了重新诠释——虽然美狄亚“无比坚定地、深深地爱着杰森”②，但杰森“违背了他的诺言，在一切如他所愿之后，因另一个女人抛弃了美狄亚。美狄亚宁愿毁灭自己也不愿伤害他，出于这个原因，她内心充满悲伤，再也无法感到喜乐”③。在改编这些知名女性的故事时，克里斯蒂娜认为故事既是讲述者的作品，也是相关女性角色的作品。她暗示男性创作的故事版本总是会误解女性，对她们作出误判，把她们的美德变成恶习，以掩盖自己的不端行为。因此，《女性之城》为女性提供了一个安全的空间来讲述自己的故事。为了推动女性教育，克里斯蒂娜又创作了续篇。在《淑女的美德》(*The Treasure*)中，还是理性、正直和正义三位女神催促她采取行动(在手稿中的一幅袖珍画像中，她们正把克里斯蒂娜从床上拉起来)，让各种行业、各个阶层的女性都来听她们的训诲，这样女神们可以将智慧的行为方式和文明的举止传授给女性。

读者们会发现《女性之城》的结尾有问题，因为无论丈夫好或坏，克里斯蒂娜都敦促女性在现实生活中忍受并尝试改造他们，同时寻求来世的回报。在对克里斯蒂娜作品的结尾作出评判之前，有必要考虑一下

① very beautiful, with a noble and upright heart and a pleasant face. In learning, however, she surpassed and exceeded all women; she knew the powers of every herb and all the potions which could be concocted, and she was ignorant of no art which can be known. Christine, 1982: 69.

② “loved Jason with a too great and too constant love”, Christine, 1982: 189.

③ “lied about his promise, for after everything went just as he wanted, he left Medea for another woman. For this reason, Medea, who would rather have destroyed herself than do anything of this kind to him, turned despondent, nor did her heart ever again feel goodness or joy”, Christine, 1982: 190.

这部作品的时代背景，以及《淑女的美德》这本书的某种颠覆性，毕竟这本书为从洗衣女工到王后的各阶层女性提供了女性意识的启蒙教育。批评克里斯蒂娜未能提出当代女权主义议题，这一做法有失公允，因为这个议题在1405年的社会背景下是不可想象的，这样的评价将会有损她作品的价值。

玫瑰之争的经历和女性主义写作推动克里斯蒂娜的文学创作于1405年进入第三个阶段——政治文学创作。在这一年，她写信给法国王后，表达了对查理六世精神病发作这一事件的看法。在这封信中，克里斯蒂娜还呼吁依萨博在敌对的宫廷派系之间进行调解。由于查理六世不稳定的精神状况造成了政治真空局面，法国政坛弥漫着阴谋和冲突的烟云，各个派系之间斗争不断。在《人类生命囚牢的信件》(*Letter on the Prison of Human Life*)(约1415—1418年)中，克里斯蒂娜对阿金库尔战役的幸存者以及在战争中失去丈夫的女性表达慰问。在这场战役中，法军被英军打败。她的最后一部作品《圣女贞德的故事》(*The Tale of Joan of Arc*，1429年)，是庆祝圣女贞德战胜英国人的首次军事胜利，并且贞德将在女性之城获得尊贵地位。但实际上，贞德在1431年被捕并被处决，目前尚不清楚克里斯蒂娜在那一年是否仍然在世并得知这个消息，因为在1434年，勃艮第宫廷成员吉勒伯特·德·梅茨（Guillebert de Mets）在一篇文章中提到她(克里斯蒂娜)时使用了过去时。

在克里斯蒂娜的文学生涯中，她从一位抒情诗人和宫廷文学大师，转变为一位专注于和平与正义问题的政治作家。对于带有复杂格律形式的诗歌，如民谣、吟唱叙事诗和回旋诗，她都表现出精湛的技艺，同时还将个人的思想、政治观点、道德规范、宗教信仰和女权主义主题融入这些叙事体系中。和乔叟一样，她的作品种类繁多，从诗歌到散文，再到书信和传记(1403年，勃艮第的菲利普委托克里斯蒂娜为他的父亲查理五世国王写传记），呈现的主题也多种多样。

尽管她的作品属于英国和法国早期印刷出版的第一批书籍，但直到20世纪，整个西欧对克里斯蒂娜作品的接受度都非常有限。尽管如此，在法国文学界她仍被认为是一位富有革新精神的作家，创造了很多沿用至今的词汇。她在写作中将拉丁语句法与法语相结合，反映出她优秀的教育背景。《女性之城》中的场景出现在15世纪勃艮第贵族妇女的挂毯中，表现了克里斯蒂娜的作品受欢迎程度之高，也可以看出她关注的社会问题得到了广泛认同。在19世纪的女权运动中，克里斯蒂娜仍被认为是一位女性主义先锋，因为她勇于对女性遭受的不公待遇和父权社会中的厌女主义现象发表自己的观点。

当《女性之城》的第一部现代英文译本于1982年出版后，法国之外地区的学术界重新燃起了对克里斯蒂娜·德·皮桑作品的兴趣。在克里斯蒂娜的传记中，查丽蒂·坎农·维拉德（Charity Cannon Willard）评论道："在阅读克里斯蒂娜留下的作品时，读者反复被她那希望被后人铭记的强烈愿望所打动。"①尽管她在法国一直广为人知，但直到20世纪80年代，她才真正恢复她曾在15世纪所享有的声望。由于作品内容的特点，她的作品有现代译本，但却没有现代改编版。由于作品的多样性，关于克里斯蒂娜·德·皮桑的学术研究有许多不同的研究方向。如果早期对她的大量研究本质上是从女权主义角度进行的，那么现在研究范围已经扩大到广泛的理论、历史和语言学角度。大部分对皮桑的学术研究由法国学者完成，但英语国家学者关于她的研究成果也越来越多，特别是当女性作家被纳入中世纪文学和文学概况课程之后。威拉德指出：

---

① "In reading the works that Christine left behind her, one is struck repeatedly by her intense desire to be remembered by posterity", Willard, 1984: 211.

人们应该意识到，这个时刻终于来到了：读者终于可以认可皮桑是一个对女性、对法国乃至整个人类都抱有巨大善意的人；读者终于可以认可皮桑是一位作家，只要仔细地阅读她所创作的所有作品，其复杂性就会不断得到揭示。①

作为第一位以写作为生的欧洲作家——是第一位作家，而不是第一位女作家——她在中世纪（和现代）作家中占有重要地位，然而真正成就她"文学上不朽的地位"②的是她的诗歌创作。

多样性：10
著作数：10
人气：7
学术性：4
易懂性：4

托马斯·马洛礼爵士

英国最完整的亚瑟王故事版本《亚瑟王之死》（*The Morte Darthur*）的结尾如下：

我祈望所有从头到尾读过这本关于亚瑟和他的骑士们的书的先

---

① One must know that the time has finally arrived when it is possible to view her as an individual of tremendous good will-towards women, toward France, and toward humanity in general—and as a writer whose complexity is endlessly revealed by a careful reading of all that she wrote. Willard, 1984: 223.

② "her literary immortality", Willard, 1984: 223.

生和女士们，在我活着的时候为我祈祷，祈求上帝及时为我施恩。当我死后，我恳请你们为我的灵魂祈祷。

这本书在爱德华四世统治的第九年，由托马斯·马洛礼爵士完成。托马斯爵士是耶稣基督的忠实奴仆，耶稣因他的大能而施助于他。①

托马斯·马洛礼爵士的身份仍然是个谜，仅仅能确定他约于1400—1410年在沃里克郡出生，他不仅于1436年在加莱作战，后来还在玫瑰战争中与沃里克伯爵理查德·内维尔并肩作战。他曾背叛国王爱德华四世，对于这一罪行的惩罚并没有就此结束：从1451年开始，他曾八次入狱，两次以暴力手段逃脱。他的主要作品——八部传奇故事，通常被组合成一个系列故事并被统称为《亚瑟王之死》，就是在这个时期完成的。然而，对于这些作品究竟是归为一个整体，还是被视为独立的文本，学界一直存在争论。威廉·卡克斯顿（William Caxton，英国首个印刷商）的印刷版文本（1485年首次出版）与现存的唯一手稿（称为《温彻斯特手稿》，发现于1934年，完成于约1475年）存在差异。卡克斯顿印刷版似乎对章节标题进行了修改，为一系列以亚瑟王宫廷为中心展开的各种故事创建了一个更统一的版本。由于温彻斯特手稿完成的时间和卡克斯顿印刷出版的时间非常接近，马洛礼经常被视为最后一位中世纪英国作家。人们通常认为英国的中世纪于1485年结束，这毫无疑

① I pray you all gentlemen and gentlewomen who read this book of Arthur and his knights from the beginning to the ending, pray for me while I am alive that God send me good deliverance. And when I am dead, I pray you all to pray for my soul. For this book was ended in the ninth year of the reign of King Edward the Fourth, by Sir Thomas Malory, Knight, as Jesus help him because of his great might, as he is the servant of Jesus both day and night. Malory, 1971: 726.

问是一个象征性的概念。当涉及历史范畴时，这种概念基本没有意义，但考虑到印刷术出现后的许多文学变化，在文学研究中，对于表现过渡时期文学风格的差异，这个概念还是有意义的。

究竟《亚瑟王之死》是一部“完整作品”还是多种作品的合集，这个问题还有待商榷，但公认的史实是，马洛礼将亚瑟王传奇以最完整的形式带到了英国。即使读者从未读过马洛礼的原著，但几乎所有人对他的故事内容都很熟悉——大多数中世纪之后的亚瑟王故事版本，从阿尔弗雷德(Alfred)、丁尼生勋爵(Lord Tennyson)的《国王的田园诗》(*Idylls of the King*)(1855—1885年)，到T·H·怀特(T. H. White)的《曾经与未来的国王》(1958年)之类的小说，再到《神剑》(1984年)和《巨蟒与圣杯》(1978年)之类的当代电影，还有绘画、戏剧、歌剧和音乐剧……《亚瑟王之死》都是它们创作的重要源泉。

马洛礼的作品内容则来源于前人的多个亚瑟王故事，包括蒙茅斯的杰弗里的《不列颠诸王纪》和许多法国传奇故事，尤其是《兰斯洛特和圣杯》系列故事。从本质上说，马洛礼收录了自亚瑟王传奇第一次于五世纪在吉尔达斯(Gildas)的编年史中出现以来的多个故事脉络。然而，马洛礼并不仅仅是重复以前的故事，他对这些故事素材进行了大量修改，增加了各种细节和背景。马洛礼作品的多样性仅限于以亚瑟王宫廷为中心的叙事范围内，但他在故事中却表现出广泛的兴趣，经常改变源故事的重点，来表现他的叙事主题。马洛礼补充了大量的军事细节，对地理的兴趣促使他在故事中表现在考虑出行条件的前提下，骑士究竟需要多长时间完成他们的远征。例如，当讲述亚瑟王穿越法国前往意大利，与罗马皇帝卢修斯发生冲突时，故事对法国的地理环境进行了详尽的描述，为国王的行进指明了方向。这是马洛礼版本的亚瑟王故事的独到之处，反映出马洛礼对法国地理的精通。他在故事中加入了一些角色，并探究了各种当代问题，特别是军事问题。诗歌中最像十字军东征的事件是罗马战争，故事中亚瑟王的军队与欧洲人和撒拉逊人的联军作战，联军在文本中被刻画为邪恶、野蛮、卑贱的人。尽管如此，他提到的十字军东征——亚瑟在其统治初期击退了一次撒拉逊人的入侵——却暗示了对奥斯曼人入侵的可能性的担忧，他们在马洛礼的职业生涯时期不断扩张自己的领土。借阿金库尔一战，马洛礼将法国视为英国的合法领土，以此作为对英国失去大陆管辖权的回应。不管怎样，亚瑟王的军队保卫自己的土地免受外敌侵犯使这部作品充满了民族主义色彩，这样往往就可以使极端的暴力活动和大屠杀合理化。

马洛礼的兴趣不仅限于军事，他关注的问题还包括成就一位真正英国英雄的必要性及其价值、骑士精神的价值观和规范(以及对于那些盲目接受典雅爱情的骑士，典雅爱情的信念或者爱是如何破坏骑士精神的)、圣杯的传说、宗族王朝的权利和婚姻忠诚问题。吉尔·曼恩(Jill Mann)观察到，一方面马洛礼是一位“传达人类情感的大师，无论是简洁、哀婉、庄重或感人的人类语言，他都可以捕捉到它的节奏”，但另一方面，对于藏在人类语言和行为背后的情绪动机之网上的‘人物性格’，马里洛似乎没有什么兴趣”。① 马洛礼作品对人物性格刻画的缺失，为《亚瑟王之死》在中世纪之后被改编成众多版本提供了空间。众多当代作家都渴望填补马洛礼留下的空白。

马洛礼受欢迎的程度并不是主要表现在他那个时代广泛的读者群体上，而是更多地表现于亚瑟王传奇的广泛传播之中。亚瑟王传奇在英国

① “master at conveying human emotion, and at catching the rhythms of human speech terse or plangent, dignified or touching,” he “seems to have little interest in ‘character’, in the web of emotions and motives that lie behind human speech and action”, Mann, 2014: 235.

历史中占据重要位置，传奇本身已经成为英国文学中不可或缺的经典故事。虽然马洛礼本人并不像本章讨论的其他中世纪作家那样广为人知、作品广泛流传，但亚瑟王传奇各个版本故事无以匹敌的受欢迎程度为马洛礼在文学史上赢得了一席之地。从中世纪到当代，对亚瑟王故事的改编不胜枚举，体裁丰富，包括电影、文学、戏剧、诗歌、音乐、口述文学、伪历史、漫画小说和同人小说。亚瑟王、圣杯、兰斯洛特，甚至桂妮维亚的名字都早已享誉全球，它们不断演变，影响力不断扩大，这些角色几乎全部来自马洛礼版本的亚瑟王故事。例如在日本，粉丝们可以阅读亚瑟王漫画，还可以观看亚瑟王动漫。

对于研究马洛礼的学者来说，卡克斯顿印刷版和温彻斯特手稿之间的差异给他们带来了特别的挑战，但是对于各种当代学术研究方法而言，作品本身都是值得探究的。虽然关于马洛礼的学术研究的产量无法与本章提到的其他几位作家的学术研究成果数量相比，但对于《亚瑟王之死》的各种解读和改编一直都备受期待。最近有学者研究了马洛礼的军事语言、他与衰落中的骑士制度的关系、性别问题、受伤的躯体、历史记忆和意识、马洛礼的身份之谜这一老难题，以及这部作品究竟是诗集还是一部完整的作品等一系列问题。托马斯·马洛礼爵士仍在不断地吸引公众阅读他的文学作品，成为他的读者，同时还吸引公众成为《亚瑟王之死》不计其数的改编作品的消费者。他在去世 530 年后，影响力仍相当不错。

多样性：4

著作数：1

人气：10

学术性：4

易懂性：5

总结

乔叟在《磨坊主的开场白》中告诫读者，“人做游戏不要太较真”(第3186行)，我们在这里也提出了同样的建议。在创建我们自己的“文本游戏”来评估中世纪最著名的作家时，我们试图创建一种方法，不仅介绍他们对多种体裁的运用，还介绍他们在其他方面的影响力(马洛礼除外)。尽管中世纪有许多作者和作品大受欢迎，但本章介绍的每位作家都有自己独到之处，因此他们能成为标志性的作家。有人说他们已经超越了他们自己的时代，但他们所关注的主题、写作方式和探索方法基本上还是中世纪的。由于他们在文学领域的地位，再加上他们通常可以在不同体裁间自由切换，因此很难将他们放在其他章节中，所以似乎有必要让他们独立成章。受到他们对谜语、纠葛、难题、游戏和症结等写作元素的喜好的启发，制定了指导本章文学探索游戏的规则。他们中的每一位似乎都采取了典型的中世纪形式，但又以某些方式使这些典型形式变得复杂，而这些方式就是本章试图探讨的对象。

总而言之，为了结束这些标志性作家之间的竞争，我们将根据之前制定的标准给出一个最终结果，确定哪位中世纪作家可以获得最杰出作家的称号。

以总分 20 分位居末位的是高文诗人。

第五名是托马斯·马洛礼，获得 24 分。

第四名是乔瓦尼·薄伽丘，获得 32 分。

第三名是克里斯蒂娜·德·皮桑，获得 35 分。

第二名是但丁·阿利吉耶里，获得 43 分。

最终，在这本《中世纪文学基础》书籍里举行的作家竞赛中，获得第一名，即获得最杰出中世纪作家的头衔的是：总分为 45 分(满分 50 分)的杰弗里·乔叟。

乔叟的作品种类繁多，几乎涵盖了每一种文学体裁，而且随着时间的推移，他在普通读者和学者中的知名度都不断攀升。他用智慧、独特的方式和对人类生存的洞察，通过喜剧、戏剧、史诗和布道的文学形式不断探索，乔叟是当之无愧的中世纪最杰出的作家。乔叟才华横溢，涉猎广泛，在文学的各个领域都颇有建树，赢得了诗人、文学先驱和传奇人物的美誉。

延伸阅读

这一章里所有这些作者的作品都有其多样性，而且每一位都有自己的代表作。就但丁·阿利吉耶里而言，《神曲》是他的杰作(参阅[1])。但丁精神的传承人乔万尼·薄伽丘一生写了许多作品，最著名的是《十日谈》(参阅[2])，尽管他的其他作品对本章列举的其他作家有更大的影响。

对于乔叟，我们列出了其全部作品，因为我们很难在《坎特伯雷故事集》和《特洛伊罗斯与克里塞德》之间作出选择，尽管《坎特伯雷故事集》更广泛地用于教学(参阅[3])。然而，不想承担这么大责任的读者应该考虑研读乔叟的作品，参阅[4]。我们只提供了中世纪英语的乔叟作品，学习它的乐趣是多方面的，大多数翻译都没有体现出乔叟作品语言的丰富性。

跟乔叟同时代的诗人代表为珍珠诗人或高文诗人，但后者的作品被更广泛地教授和研究，例如《高文爵士和绿衣骑士》(参阅[5])。这些作品都有许多很好的翻译版本，但诗人兼剧作家西蒙·阿米蒂奇最近所作的译本非常诗意，抓住了原作押头韵的特点。托马斯·马洛礼爵士只写了一部作品，它几乎同时出现在手稿和印刷品中，可以被视为两种文学文化之间的过渡。我们在这里提供手稿版本，因为众所周知，卡克斯顿对马洛礼的文本进行了大量修改，参阅[6]。

与薄伽丘一样，克里斯蒂娜·德·皮桑创作了大量不同体裁的作品(其中一些作品确实受到薄伽丘的影响)。然而，她最著名和被教授得最多的作品仍然是《淑女之城》，这本书对于探索她多产的职业生涯来说是个很好的切入点(参阅[7])。

由于这些作家的重要性及其作品的范围，很难在本文中选择合适的作品进行评论。对于一些作家，如乔叟，有很多好的评论作品，而对于其他作家，也存在尖锐的意见，但一般是针对更加具体的文本。在这里，我们为每位作者挑选了一本我们认为有价值的作品。在对但丁作品的评论中，我们选择了[8]。选择这本书的原因是它引导读者从政治和神学的角度来审视作品，并结合但丁类似宗教作品中的非宗教元素进行研读。对于乔叟来说，对他的作品的最佳鉴赏指南是[9]。这本书几乎在这一册书里就完成了对乔叟的全面介绍。另一本有价值的书是[10]，它带领读者对乔叟的作品有更具广度和深度的理解。关于薄伽丘的是[11]，探讨了薄伽丘作为学者、经典诠释者和创新作家的地位，与彼特拉克和但丁不相上下。[12]收集了当代学者的一系列文章，这些文章专注于马洛礼的悲剧和浪漫元素，专注于作品中的人性品质。[13]同样提供了一系列关于这位诗人及其作品的文章。还有[14]，通过对话的方式来分析《高文爵士和绿衣骑士》这首诗，这种方法非常适合本章。最后，对克里斯蒂娜·德·皮桑的介绍可以在[15]中找到。它提供了一条进入克里斯蒂娜·德·皮桑的整个语料库的路线，并研究了她作品中存在的主题和问题。

[1] Dante Alighieri. (2012) *The Divine Comedy: Inferno, Purgatory, Paradise.* Trans. Robin Kirkpatrick. London: Penguin.

[2] Giovanni Boccaccio. (2003) *The Decameron.* Trans. G. H. McWilliam. London: Penguin.

[3] Geoffrey Chaucer. (2002) *The Riverside Chaucer, 3rd Rev. Ed.* Ed. Larry D. Benson. Oxford: Oxford University Press.

[4] Geoffrey Chaucer. (2005) *The Canterbury Tales.* Ed. Jill Mann. London: Penguin.

[5] *Sir Gawain and the Green Knight.* (2008) Trans. Simon Armitage. New York: W. W. Norton.

[6] Sir Thomas Malory. (1998) *Le Morte Darthur: The Winchester Manuscript.* Ed. Helen Cooper. Oxford: Oxford University Press.

[7] Christine de Pizan. (1982) *The Book of the City of Ladies.* Ed. and Trans. Earl Jeffrey Richards. New York: Persea.

[8] Teodolinda Barolini. (1992) *The Undivine Comedy: Detheologizing Dante.* Princeton, NJ: Princeton University Press.

[9] Tison Pugh. (2013) *An Introduction to Geoffrey Chaucer.* Gainesville, FL: University Press of Florida.

[10] *The Cambridge Introduction to Chaucer.* (2014) Ed. Alistair Minnis. Cambridge: Cambridge University Press.

[11] *The Cambridge Companion to Boccaccio.* (2015) Ed. Guyda Armstrong, Rhiannon Daniels, and Stephen J. Milner. Cambridge: Cambridge University Press.

[12] *Malory and Christianity: Essays on Sir Thomas Malory's Morte*

Darthur(2013) Ed. D. Thomas Hanks, Jr., Janet Jesmok. Kalamazoo, MI: Medieval Institute Publications.

[13]Derek Brewer, John Gibson. (1997) *A Companion to the Gawain-Poet*. Cambridge: D. S. Brewer similarly.

[14]R. A. Shoaf. *The Poem as Green Girdle: Commercium in Sir Gawain and the Green Knight*. (1984) Gainesville, FL: University Press of Florida.

[15]Nadia Margolis. (2012) *An Introduction to Christine de Pizan*. Gainesville, FL: University Press of Florida.

网络资源

研究中世纪文学的学者可能不像是一个会自然而然地使用互联网的群体。但事实上，中世纪的资源在其历史早期就已经存在了，而且随着技术的日益成熟，越来越有可能共享相关的图像、思想和文本。中世纪的相关资源也在不断丰富。我们在这里列出了各种资源，这些资源提供了视角、背景和获取中世纪材料的途径。这份清单并不详尽，但与本卷的其他内容一样，它为人们的探索提供了一个起点。

研究中世纪文学的学者撰写了两篇文章，内容是关于中世纪在当代世界的应用(包括滥用)，特别有趣，发表在博客上，分别是：

“探究中世纪”：www.inthemedievalmiddle.com/是一个中世纪研究小组的博客，由该领域的几位主要学者撰写，包括特邀博主；虽然讨论的是当代世界的中世纪，但该博客是对这个领域非常深刻的思考。

“中世纪研究者论坛”：www.publicmedievalist.com/一本网络杂志，关注中世纪历史、现代政治和文化的交叉点。其系列文章和专题涵盖了广泛的主题，由该领域的主要学者撰写。

相关文本和资源：

互联网中世纪原始资料：https://sourcebooks.fordham.edu/sbook.asp/遗憾的是，该网站已经停止更新，但它仍然提供了大量文本和中世纪生活各个方面的资源。

参考文献

Abrams, M. H. and Geoffrey Galt Harpham. (2014) "Fabliau." *A Glossary of Literary Terms*. 11th Edition. New York: Cengage, p. 122.

Armstrong, Elizabeth Psakis. (1994) "Julian of Norwich (1342-circa 1420)." *Old and Middle English Literature*. Ed. Jeffrey Helterman and Jerome Mitchell. Vol. 146. Detroit: Gale, pp. 211-216.

Ashton, Gail, ed. (2015) *Medieval Afterlives in Contemporary Cultures*. London: Bloomsbury Academic.

Auerbach, Erich. (1953) "The Knight Sets Forth." *Mimesis*. Trans. Willard Trask. Princeton, NJ: Princeton University Press, pp. 132-142.

Augustine. (1991) *Confessions*. Trans. Henry Chadwick. New York: Oxford University Press.

Augustine. (2010) *On the Free Choice of the Will, On Grace and Free Choice, and Other Writings*. Ed. and Trans. Peter King. New York: Cambridge University Press.

Batts, Michael S. (1992) "Gottfried von Strassburg (died before 1230)." *German Writers and Works of the High Middle Ages*, 1170—1280. Ed. James N. Hardin and Will Hasty. Vol. 138. Detroit: Gale, pp. 16-26.

Baugh, Albert C. (1967) *A Literary History of England*. London: Routledge. Benedict of Nursia. (1960) *The Rule of St. Benedict*. Trans. E. F. Henderson. *Introduction to Contemporary Civilization in the West*. Ed. The Contemporary Civilization Staff of Columbia College. Vol. I, 3rd Edition. New York: Columbia University Press.

Bergin, Thomas G. (1965) *Dante*. Boston: Houghton Mifflin.

Bloch, R. Howard. (1983) *Etymologies and Genealogies: A Literary Anthropology of the French Middle Ages*. Chicago: University of Chicago

Press.

Boccaccio, Giovanni. (1994) *Il Corbaccio*. Ed. Giorgio Padoan. From *Tutte le opere di Giovanni Boccaccio*, 12 vols, ed. by Vittore Branca. Milan: Mondadori, 1964—, V(ii), pp. 413-614.

Bosco, Umberto. (2014) "Giovanni Boccaccio: Italian Poet and Scholar." *Encyclopaedia Brittanica*. 19 November 2014. www. britannica. com/biography/Giovanni-Boccaccio Accessed: 8 May 2017.

Brown, Katherine Adams. (2014) *Boccaccio's Fabliaux: Medieval Short Stories and the Function of Reversal*. Gainesville: University Press of Florida.

Brown, Katherine DeVane. (2015) "Courtly Rivalry, Loyalty Conflict, and the Figure of Hagen in the Nibelungenlied." *Montashefte* 107: 3, 355-381.

Brown University Italian Studies Department. (2014) "Some Critical Questions About the Corbaccio." *Decameron Web*, *Brown University*. 30 January 2014. www. brown. edu/Departments/Italian _ Studies/dweb/texts/corbaccio/crit.shtml Accessed: 8 May 2017.

Bruckner, Matilda Tomaryn. (1999) "Marie de France (flourished 1160—1178)." *Literature of the French and Occitan Middle Ages: Eleventh to Fifteenth Centuries*. Ed. Deborah M. Sinnreich-Levi and Ian S. Laurie. Vol. 208. Detroit: Gale, pp. 199-208.

Capellanus, Andreas. (1941) *The Art of Courtly Love*. Trans. John Jay Parry. New York: W. W. Norton and Co.

Chabaneau, Camile. (1855) *Les biographies des troubadours en langue provençale*. Toulouse: Eduouard Privat.

Chaucer, Geoffrey. (1987) *The Riverside Chaucer*. Ed. Larry D.

Benson. Boston: Houghton Mifflin.

Christine de Pisan. (1982) *The Book of the City of Ladies*. Trans. Earl Jeffrey Richards. New York: Persea Books.

Christine de Pisan. (1999) *The Book of Deeds of Arms and of Chivalry*. Trans. Sumner Willard, Ed. Charity Cannon Willard. University Park, PA: University of Pennsylvania Press.

Ciabattari, Jane. (2014) "Why is Rumi the Best-Selling Poet in the US?" *BBC Culture*. 21 October 2014. www. bbc. com/culture/story/20140414-americas-best-selling-poet. Accessed: 1 September 2017.

Contemporary Civilization Staff of Columbia College (Ed.) (1960) *Introduction to Contemporary Civilization in the West*. Vol. I, 3rd Edition. New York: Columbia University Press.

Crawford, Dan D. (1988) "Intellect and Will in Augustine's Confessions." *Religious Studies* 24: 3, pp. 291-302.

Deam, Lisa. (2015) *A World Transformed: Exploring the Spirituality of Medieval Maps*. Eugene, OR: Cascade Publishing.

Despres, Denise L. (1994) "Margery Kempe (circa 1373—1438)." *Old and Middle English Literature*. Ed. Jeffrey Helterman and Jerome Mitchell. Vol. 146. Detroit: Gale, pp. 217-221.

Donaldson, E. Talbot. (1970) *Speaking of Chaucer*. New York: W. W. Norton and Co.

Duby, Georges. (1983) *The Knight, the Lady, and the Priest: The Making of Modern Marriage in Medieval France*. Trans. Barbara Bray. New York: Pantheon.

Duby, Georges. (1992) "The Courtly Model." Trans. Arthur Goldhammer.

A History of Women in the West: Silences of the Middle Ages. Ed. Christine Klapisch-Zuber. Cambridge, MA: Belknap Press of Harvard University Press, pp. 250-266.

Fleteren, Frederick Van. (1992) "Augustine (13 November 354—28 August 430)." *Medieval Philosophers*. Ed. Jeremiah Hackett. Vol. 115. Detroit: Gale, pp. 53-67. Gardner, Miranda. (2016) "Imagining Ovid and Chrétien in Fourteenth-Century French Libraries." *French Studies* 70: 2, pp. 201-215.

Geoffrey of Monmouth. (1966) *History of the Kings of Britain*. Trans. Lewis Thorpe. London: Penguin.

Geoffroi de Charny. (1996) *The Book of Chivalry*. Trans. Richard W. Kaeuper and Elspeth Kennedy. Philadelphia: University of Pennsylvania Press.

Giovanni Boccaccio. (1964—) 12 vols, ed. by Vittore Branca. Milan: Mondadori, V (ii). www.brown.edu/Departments/Italian_Studies/dweb/texts/corbaccio/crit.shtml Accessed:8 May 2017.

Goldsmith, Margaret E. (1962) "The Christian Perspective in Beowulf." *Comparative Literature* 14: 1, pp. 71-90.

Griffin, Miranda. (2015) *Transforming Tales: Rewriting Metamorphosis in Old French Literature*. Oxford: Oxford University Press.

Guillame d'Orange. (1974) Ed. Joan M. Ferrante. New York: Columbia University Press.

Hala, James. (1999) "Bernard of Clairvaux (1090-20 August 1153)." *Literature of French and Occitan Middle Ages: Eleventh to Fifteenth Centuries*. Ed. Deborah M. Sinnreich-Levi and Ian S. Laurie. Vol. 208. Detroit:

Gale, pp. 27-36.

Hanning, Robert W. (1977) *The Individual in Twelfth-Century Romance*. New Haven: Yale University Press.

Harlequin Romance Writers Guidelines—Desire Series. Harlequin Romance. https://harlequin. submittable. com/submit. Accessed: 1 August 2016.

Hasty, Will. (1994) "Hartmann von Aue (circa 1160—circa 1205)." *German Writers and Works of the High Middle Ages*, 1170—1280. Ed. James N. Hardin and Will Hasty. Vol. 138. Detroit: Gale, pp. 27-43.

Hawkins, Peter S. (2006) *Dante: A Brief History*. Malden, MA: Blackwell.

Helterman, Jeffrey. (1994) "Geoffrey Chaucer (1340? —1400)." *Old and Middle English Literature*. Ed. Jeffrey Helterman and Jerome Mitchell. Vol. 146. Detroit: Gale, pp. 127-144.

Heng, Geraldine. (2003) *Empire of Magic: Medieval Romance and the Politics of Cultural Fantasy*. New York: Columbia University Press.

Howard, Donald. (1980) *Writers and Pilgrims: Medieval Pilgrimage Narratives and their Posterity*. Berkeley, CA: University of California Press.

Hunt, Patrick. (2011) "Biography of Dante." *Critical Insights: The Inferno*. Pasadena, CA: Salem Press, pp. 20-27.

Ibn-Battutah. (2002) *The Travels of Ibn Battutah*. Ed. and Trans. Tim Mackintosh-Smith. London: Picador.

Kaeuper, Richard. (1999) *Chivalry and Violence in Medieval Europe*. Oxford: Oxford University Press.

Karkov, Catherine E. (2003) "Tales of the Ancients: Colonial

Werewolves and the Mapping of Post-Colonial Ireland." *Postcolonial Moves*: *Medieval Through Modern*. Ed. Patricia Clare Ingham and Michelle R. Warren. New York and London: Palgrave Macmillan, pp. 95-99.

Krueger, Roberta L. (2000) "Introduction." *The Cambridge Companion to Medieval Romance*. Ed. Roberta L. Krueger. Cambridge: Cambridge University Press, pp. 1-9.

Llull, Ramon. (2013) *The Book of the Order of Chivalry*. Trans. Noel Fallows. Woodbridge: Boydell Press.

Luria, Maxwell S. and Richard L. Hoffman, eds. and trans. (1974) *Middle English Lyrics*. New York: W. W. Norton and Co.

Maalouf, Amin. (1984) *The Crusades Through Arab Eyes*. Trans. John Rothschild. New York: Schocken Books.

Mandeville, Sir John. (2005) *The Tales of Sir John Mandeville*. Ed. and Trans. C. W. R. D. Moseley. London: Penguin.

Malory, Sir Thomas. (1971) *Works*. Ed. Eugène Vinaver. Oxford: Oxford University Press.

Mann, Jill. (2014) "Knightly Combat in Malory's Morte d'Arthur." *Life in Words*: *Essays on Chaucer*, *the Gawain-Poet*, *and Malory*. Toronto: University of Toronto Press.

Marco Polo. (2014—2015). Written and Created by John Fusco. Netflix/the Weinstein Company.

Marie de France. (1978) *The Lais of Marie de France*. Trans. Robert Hanning and Joan Ferrante. Durham, NC: Labyrinth Press.

Matarasso, Pauline M. (2005) "Introduction." *The Quest of the Holy Grail*. London: Penguin.

Mazzotta, Giuseppe. (1986) *The World at Play in Boccaccio's Decameron*. Princeton, NJ: Princeton University Press, pp. 9-30.

McKeon, Michael. (1987) *The Rise of the English Novel* 1600—1740. Baltimore: Johns Hopkins University Press.

Muscatine, Charles. (1986). *The Old French Fabliaux*. New Haven, CT: Yale University Press.

Nolan, Barbara. (1992) *Chaucer and the Tradition of the Romans Antiques*. Cambridge: Cambridge University Press.

Papio, Michael, ed. and trans. (2009) *Boccaccio's Expositions on Dante's Comedy*. Toronto: University of Toronto Press.

Parker, Patricia. (1979) *Inescapable Romance: Studies in the Poetics of a Mode*. Princeton, NJ: Princeton University Press.

Petroff, Elizabeth Avilda, ed. (1986) *Medieval Women's Visionary Literature*. Oxford: Oxford University Press.

Petroff, Elizabeth Avilda, ed. (1991) "The Mystics." *Christianity Today* 30. www.christianitytoday.com/history/issues/issue-30/mystics.html. Accessed: 5 May 2017.

Polo, Marco. (2016) *The Description of the World*. Ed. and Trans. Sharon Kinoshita. Indianapolis: Hackett.

Reynolds, Barbara. (2006) *Dante: The Poet, the Political Thinker, the Man*. Emeryville, CA: Shoemaker & Hoard, an imprint of Avalon Pub. Group.

Ross, Alex. (2003) "The Ring and the Rings: Wagner vs. Tolkien." *The New Yorker*. www.newyorker.com/magazine/2003/12/22/the-ring-and-the-rings. Accessed: 26 February 2017.

Saunders, Corrine J. (1993) *The Forest of Medieval Romance: Avernus, Broceliande, Arden*. Cambridge: D. S. Brewer.

Seaman, Gerald. (1999) "Chrétien de Troyes (circa 1140-circa 1190)." *Literature of the French and Occitan Middle Ages: Eleventh to Fifteenth Centuries*. Ed. Deborah M. Sinnreich-Levi and Ian S. Laurie. Vol. 208. Detroit: Gale, pp. 72-85.

Shippey, Tom. (n. d.) "Medievalism." *Studies in Medievalism* website. www.medievalism.net/conferences/Accessed:28 August 2017.

The Siege of Jerusalem. (2003) Ed. Ralph Hanna and David Lawton. Oxford: Early English Text Society.

Shoaf, R. A. (1984) *The Poem as Green Girdle: Commercium in Sir Gawain and the Green Knight*. Gainesville: University of Florida Press.

Sir Gawain and the Green Knight, Pearl, and Sir Orfeo. (1975) Trans. J. R. R. Tolkien. London: Allen and Unwin.

Sir Gawain and the Green Knight: A New Verse Translation. (2002) Trans. W. S. Merwin. New York: Alfred A. Knopf.

Sir Gawain and the Green Knight: A New Verse Translation. (2008) Trans. Simon Armitage. New York: W. W. Norton.

"The 21-Second Excitation." (2010) *The Big Bang Theory*, season 4, episode 8. Mark Cendrowski, dir. Warner Bros. Television.

"The Decameron." (2013) *Publisher's Weekly*. www.publishersweekly.com/978-0-393-06930-3.22 July 2013.Accessed:10 June 2017.

The Travels of Sir John Mandeville. (2005) Ed. and Trans. C. W. R. D. Moseley. London: Penguin.

Tolkien, J. R. R. (1983) "On Fairy-Stories." *The Monsters and the*

Critics and Other Essays, Ed. Christopher Tolkien. London: George Allen and Unwin, pp. 109-161.

Turchi, Peter. (2004) *Maps of the Imagination: The Writer as Cartographer*. San Antonio, TX: Trinity University Press.

Van Duzer, Chet. (2013) *Sea Monsters on Medieval and Renaissance Maps*. London: British Library.

Vinaver, Eugene. (1971) *The Rise of Romance*. Oxford: Clarendon Press.

Watt, Ian. (1957) *The Rise of the Novel*. London: Chatto and Windus.

Weisl, Angela Jane. (1995) *Conquering the Reign of Femeny: Gender and Genre in Chaucer's Romance*. Cambridge: D. S. Brewer.

Wheeler, Kip. (2017) "Epic." *Literary Terms and Definitions: E*. http://web.cn.edu/kwheeler/lit_terms_E.html. Accessed: 28 August 2017.

Willard, Charity Cannon. (1984) *Christine de Pizan: Her Life and Works*. New York: Persea Books.

Willibald. Life of St. *Boniface by Wilibald*. (1916) Trans. George Washington

Robinson. Cambridge, MA: Harvard University Press. Available on the *Internet Medieval Sourcebook*: https://sourcebooks. fordham. edu/basis/williba ld-boniface.asp. Accessed: 8 May 2017.

Wilson, Katherina, ed. and trans. (1985) *The Dramas of Hrostvit of Gandersheim*. Toronto: Peregrina.

Wilson, Katherina, ed. (1998) *Hrotsvit of Gandersheim: A Florilegium of her Works*. Cambridge: D. S. Brewer.

Wynn, Marianne. (1994) "Wolfram von Eschenbach (circa 1179—after 1220)." *German Writers and Works of the High Middle Ages*. Ed. James N. Hardin and Will Hasty. Vol. 138. Detroit: Gale, pp. 185-206.

附录　中世纪经典文学作品选读

坎特伯雷故事集·骑士故事(节选)

THE CANTERBURY TALES

The Knight's Tale(Excerpt)

And now (Theseus drawing nigh his) native land in laurelled car after battling with the Scithian folk, etc.

Once, as old histories tell us,
There was a duke who was called Theseus;
He was lord and governor of Athens,
And in his time such a conqueror
That there was no one greater under the sun.
Very many a powerful country had he won;
What with his wisdom and his chivalry,
He conquered all the land of the Amazons,
That once was called Scithia,
And wedded the queen Ypolita,
And brought her home with him into his country
With much glory and great ceremony,
And also her young sister Emelye.
And thus with victory and with festivity

I leave this noble duke riding to Athens,
And all his host in arms beside him.
And certainly, if it were not too long to hear,
I would have told you fully the manner
How the reign of Femenye was won
By Theseus and by his chivalry;
And of the great battle at that time
Between Athenians and Amazons;
And how Ypolita was besieged,
The fair, bold queen of Scithia;
And of the festivity that was at their wedding,
And of the storm at her home-coming;
But all that matter I must now forgo.
I have, God knows, a large field to till,
And the oxen in my plow are weak.
The remnant of the tale is long enough.
Also I will not hinder any one of this company;
Let every fellow tell his tale in turn,
And let's see now who shall win the supper;
And where I left off, I will again begin.
This duke, of whom I make mention,
When he was come almost unto the town,
In all his prosperity and in his most pride,
He was aware, as he cast his eye aside,
Where there kneeled in the high way

A company of ladies, two by two,
Each after another, clad in black clothes;
But such a cry and such a woeful (lament) they make
That in this world is no living creature
That (ever) heard lamentation such as this;
And of this cry they would not ever stop
Until they seized the reins of his bridle.
"What folk are you, who at my homecoming
So disturb my festival with crying?"
Said Theseus. "Have you such great envy
Of my honor, (you) who thus lament and cry?
Or who has injured or offended you?
And tell me if it may be remedied,
And why you are clothed thus in black."
The eldest lady of them all spoke,
After she had swooned with (so) deadly a countenance,
That it was pitiful to see and hear;
She said, "Lord, to whom Fortune has given
Victory, and (allowed) to live as a conqueror,
Your glory and your honor does not grieve us,
But we beseech (you for) mercy and succor.
Have mercy on our woe and our distress!
Some drop of pity, because of thy nobility,
Let thou fall upon us wretched women,
For, certainly, lord, there is not one of us all

Who has not been a duchesse or a queen.
Now we are miserable wretches, as it is easily seen,
Thanks be to Fortune and her false wheel,
Who assures no estate (will continue) to be well.
And certainly, lord, to await your presence,
Here in this temple of the goddess Clemency
We have been waiting all this fortnight.
Now help us, lord, since it is in thy power.
"I, wretch, who weep and wail thus,
Was once wife to king Cappaneus,
Who died at Thebes—cursed be that day! —
And all of us who are in this condition
And make all this lamentation,
We lost all our husbands at that town,
While the siege lay around it.
And yet now the old Creon—woe oh woe! —
Who is now lord of the city of Thebes,
Filled with anger and with iniquity,
He, for spite and for his tyranny,
To do dishonor to the dead bodies
Of all our lords who are slain,
Has dragged all the bodies in a heap,
And will not allow them, not at all,
Neither to be buried nor burned,
But makes hounds eat them as an insult."

And with that word, without more delay,
They fell face down and cried piteously,
"Have some mercy on us wretched women,
And let our sorrow sink in thy heart."
This gentle duke leaped down from his war horse
With compassionate heart, when he heard them speak.
It seemed to him that his heart would break,
When he saw them so pitiful and so dejected,
That once were of such high rank;
And in his arms he caught up them all,
And comforts them with very good will,
And swore his oath, as he was true knight,
(That) he would do his might so completely
To avenge them upon the tyrant Creon
That all the people of Greece should speak (about)
How Creon was treated by Theseus
As one who had very well deserved his death.
And right away, without more delay,
He displays his banner, and rode forth
Toward Thebes, and all his army beside (him).
He would not walk nor ride any nearer to Athens,
Nor take his ease fully half a day,
But that night he lay (camped) on his way,
And sent straightway Ypolita the queen,

And Emelye, her beautiful young sister,
Unto the town of Athens to dwell,
And forth he rides; there is no more to tell.
The red statue of Mars, with spear and shield,
So shines in his large white banner
That all the fields glitter all around;
And by his banner is carried his pennon
Of very rich gold, in which there was embroidered
The Minotaur, which he defeated in Crete.
Thus rides this duke, thus rides this conqueror,
And in his army the flower of chivalry,
Until he came to Thebes and dismounted
Graciously in a field, where he intended to fight.
But briefly to speak of this thing,
With Creon, who was king of Thebes,
He fought, and slew him boldly as a knight
In open battle, and put the army to flight;
And by assault he won the city afterwards,
And tore down both wall and beam and rafter;
And he gave back to the ladies
The bones of their husbands who were slain,
To do obsequies, as was then the custom.
But it would be all too long to describe
The great clamor and the lamentation
That the ladies made at the burning

Of the bodies, and the great honor
That Theseus, the noble conqueror,
Does to the ladies, when they went from him;
But briefly to tell is my intent.
When this worthy duke, this Theseus,
Has slain Creon and thus won Thebes,
Still in that field he took all night his rest,
And did with all the country as he pleased.
To search in the heap of dead bodies,
To strip them of armor and of clothing,
The scavengers took great pains and worked hard
After the battle and defeat.
And (it) so befell that in the heap they found,
Pierced through with many a grievous bloody wound,
Two young knights lying side by side,
Both with the same coat of arms, very richly wrought,
Of which two one was called Arcite,
And that other knight was called Palamon.
They were not fully alive, nor fully dead,
But by their coats of arms and by their equipment
The heralds best knew them in particular
As they that were of the royal blood
Of Thebes, and born of two sisters.
The scavengers have pulled them out of the heap,
And have carried them softy unto the tent

Of Theseus; and he very soon sent them
To Athens, to dwell in prison
Perpetually—he would not (accept) any ransom.
And when this worthy duke has thus done,
He took his army, and home he rides straightway
As a conqueror crowned with laurel;
And there he lives in joy and in honor
For the duration of his life; what more words are needed?
And in a tower, in anguish and in woe,
This Palamon and his fellow Arcite
For evermore (remain); no gold can ransom them.
This passes year by year and day by day,
Until it befell once, in a morning of May,
That Emelye, who was fairer to be seen
Than is the lily upon its green stalk,
And fresher than the May with new flowers —
For her hue vied with color of the rose,
I do not know which was the finer of them two —
Before it was day, as was her custom to do,
She was arisen and all ready prepared,
For May will have no laziness at night.
The season urges on every gentle heart,
And makes it out of its sleep to awake suddenly,
And says "Arise, and do thy observance."
This made Emelye remember

To do honor to May, and to rise.
She was gaily clothed, so to say:
Her yellow hair was braided in a tress
Behind her back, a yard long, I guess.
And in the garden, at the rising of the sun,
She walks up and down, and as she pleases
She gathers flowers, mixed white and red,
To make an intricate garland for her head;
And she sang (as) heavenly as an angel.
The great tower, that was so thick and strong,
Which was the main fortification of the castle
(Where the knights were in prison
Of which I told yow and shall tell),
Was just next to the garden wall
Where this Emelye took her pleasure.
The sun was bright and clear that morning,
And Palamon, this woeful prisoner,
As was his custom, by permission of his jailer,
Had risen and roamed in a chamber on high,
In which he saw all the noble city,
And also the garden, full of green branches,
Where this fresh Emelye the bright
Was in her walk, and roamed up and down.
This sorrowful prisoner, this Palamon,
Goes in the chamber roaming to and fro

And to himself lamenting his woe.
That he was born, full often he said, "alas!"
And so it happened, by chance or accident,
That through a window, thickly set with many a bar
Of iron, great and square as any beam,
He cast his eye upon Emelye,
And with that he turned pale and cried, "A!"
As though he were stabbed unto the heart.
And with that cry Arcite immediately leaped up
And said, "My cousin, what ails thee,
Who art so pale and deadly to look upon?
Why didst thou cry out? Who has done thee offence?
For the love of God, take all in patience
Our imprisonment, for it may not be otherwise.
Fortune has given us this adversity.
Some wicked aspect or disposition
Of Saturn, by some arrangement of the heavenly bodies,
Has given us this, although we had sworn it would not be;
So stood the heavens when we were born.
We must endure it; this is the short and plain."
This Palamon answered and said in reply,
"Cousin, truly, concerning this opinion
Thou hast a foolish conception.
This prison did not cause me to cry out,
But I was hurt right now through my eye

Into my heart, so that it will be the death of me.
The fairness of that lady whom I see
Yonder in the garden roaming to and fro
Is cause of all my crying and my woe.
I know not whether she is woman or goddess,
But truly it is Venus, as I suppose."
And with that he fell down on his knees,
And said, "Venus, if it be thy will
Thus to transfigure yourself in this garden
Before me, sorrowful, wretched creature,
Help that we may escape out of this prison.
And if it be so that my destiny is shaped
By eternal decree to die in prison,
Have some compassion on our (noble) lineage
Which is brought so low by tyranny."
And with that word Arcite did see
Where this lady roamed to and fro,
And with that sight her beauty hurt him so,
That, if Palamon was sorely wounded,
Arcite is hurt as much as he, or more.
And with a sigh he said piteously,
"The fresh beauty slays me suddenly
Of her who roams in the yonder place;
And unless I have her mercy and her grace,
So that I can at least see her,

I am as good as dead; there is no more to say."
This Palamon, when he heard those words,
Angrily he looked and answered,
"Sayest thou this in earnest or in play?"
"Nay," said Arcite, "in earnest, by my faith!
So help me God, I have no desire to play."
This Palamon did knit his two brows.
"It would not be," said he, "any great honor to thee
To be false, nor to be traitor
To me, who am thy cousin and thy brother
Sworn very sincerely, and each of us to the other,
That never, though we had to die by torture,
Until death shall part us two,
Neither of us in love (is) to hinder the other,
Nor in any other case, my dear brother,
But rather thou shouldest truly help me
In every case, as I shall help thee —
This was thy oath, and mine also, certainly;
I know right well, thou darest not deny it.

罗兰之歌(节选)

THE SONG OF ROLAND(*Excerpt*)

1

CARLON the King, our Emperor Charlemayn,
Full seven years long has been abroad in Spain,
He's won the highlands as far as to the main;
No castle more can stand before his face,
City nor wall is left for him to break,
Save Saragossa in its high mountain place;
Marsilion holds it, the king who hates God's name,
Mahound he serves, and to Apollyon prays,
He'll not escape the ruin that awaits.

2

Marsilion sat in Saragossa town,
He sought an orchard where shade was to be found,
On a bright dais of marble he lies down;
By twenty thousand his vassals stand around.
He calls before him all his dukes and his counts,
"Listen, my lords, what affliction is ours!

The Emperor Charles that wears fair France's crown
Invades our country our fortunes to confound.
I have no host but before him gives ground,
I find no force his forces for to flout;
Wise men of wit, give counsel to me now,
Save me from death and loss of my renown."
There's ne'er a paynim utters a single sound,
Till Blancandrin, Valfonda's lord, speaks out.

3

Blancandrin's wise amid the paynim horde;
He was for valour a mighty knight withal,
And fit of wit for to counsel his lord.
He tells the king; "Be you afeared for naught,
But send to Charles in his pride and his wrath
Your faithful service and your friendship henceforth.
Promise him lions and bears and hounds galore,
Sev'n hundred camels and a thousand mewed hawks,
Four hundred pack-mules with gold and silver store,
And fifty wagons, a wagon-train to form,
Whence he may give his soldiers rich rewards.
Say, in this land he has made enough war;
To Aix in France let him go home once more;
At Michaelmas you'll follow to his court,
There you'll submit unto the Christian law,

And be his man by faith and fealty sworn.
Hostages too, if for sureties he call,
You'll let him have, ten maybe or a score;
Twere good we send the sons our wives have borne:
I'll send mine own, though he should die therefor.
Better by far the heads of them should fall
Than we should lose honour, estate and all.
And be reduced to beggary and scorn."

4

Quoth Blancandrin, "I swear by my right hand
And beard that flutters about my girdle-span,
Straightway you'll see the Frenchman's host disband,
They'll hurry home to France, their native land,
When each within his favourite haunt is back,
Charles in his chapel at Aix will take his stand,
And there he'll hold high feast at Michaelmas.
The time will pass, the trysted hour elapse,
No news of us, no message will he have.
Fierce is the king, a cruel-hearted man;
Our sureties'heads he'll smite off with the axe.
Better their heads should fall into their laps
Than that fair Spain should fall from out our hands,
And we should suffer grave losses and mishap."
The Paynims say, "There is some truth in that."

5

The King Marsile had ended the debate;
He calls before him Clarin of Balagate,
Estramarin, and Eudropin his mate;
And Garlon Longbeard and Priamon he names,
And Machiner and his uncle Matthay,
Johun of Outremer, and Malabayn,
And Blancandrin; these ten make up the tale,
Ten matchless villains, to whom he's said his say:
"Barons, my lords, get you to Charlemayn,
Who sits at siege, Cordova town to take.
Bear each in hand an olive-branch displayed;
Peace and submission are signified that way.
If you contrive this treaty to arrange,
Of gold and silver I'll give you goodly weight,
And lands and fiefs as much as heart can crave."
The Paynims answer, "That will be ample pay."

6

Marsile the king his conference had ceased.
He tells his men, "My barons, go with speed;
Bear in your hands boughs of the olive tree.
On my behalf King Charlemayn beseech,
For his God's sake to show me clemency.

Say, this month's end in truth he shall not see
Ere I shall seek him with thousand vassals leal.
The law of Christ I'll then and there receive,
In faith and love I will his liegeman be.
I'll send him sureties if thus he shall decree."
Quoth Blancandrin, "Be sure he'll grant your plea."

7

Marsilion sent for ten mules white as snow,
(A gift that erst Suatilia's king bestowed),
Their saddles silver, their bridles all of gold.
Now are they mounted, the men who are to go;
All in their hands the olive-branches hold.
They came to Carlon that hath France in control;
They'll trap him somehow, for it is fated so.

8

The Emperor Charles is glad and full of cheer.
Cordova's taken, the outer walls are pierced,
His catapults have cast the towers down sheer;
Rich booty's gone to all his chevaliers,
Silver and gold and goodly battle-gear.
In all the city no paynim now appears
Who is not slain or turned to Christian fear.
The Emperor sits in a great orchard near,

Having about him Roland and Olivere,
Samson the duke, and Anseis the fierce,
Geoffrey d'Anjou the King's gonfalonier,
And Gerin too, and with him too Gerier;
And where these were was many another fere —
Full fifteen thousand of France the fair and dear.
Upon white carpets they sit, those noble peers,
For draughts and chess the chequer-boards are reared;
To entertain the elder lords revered;
Young bachelors disport with sword and spear.
Beneath a pine beside an eglantier
A faldstool stands all of the red gold clear;
Of fairest France there sits the king austere.
White are his locks, and silver is his beard,
His body noble, his countenance severe:
If any seek him, no need to say, "Lo, here!"
From off their steeds lit down the messengers,
Well did they greet him with shows of love sincere.

9

Before them all Blancandrin forward stood;
And hailed the King, "God give His grace to you,
The glorious God to whom worship is due.
Thus speaks the king, Marsilion, great in rule:
Much hath he studied the saving faith and true.

Now of his wealth he would send you in sooth
Lions and bears, leashed greyhounds not a few,
Sev'n hundred camels, a thousand falcons mewed,
And gold and silver borne on four hundred mules;
A wagon-train of fifty carts to boot,
And store enough of golden bezants good
Wherewith to pay your soldiers as you should.
Too long you've stayed in this land to our rue:
To Aix in France return you at our suit.
Thither my liege will surely follow you,
[And will become your man in faith and truth,
And at your hand hold all his realm in feu!"]
With lifted hands to God the Emperor sues;
Then bows his head and so begins to brood.

10

The Emperor bode long time with downcast eyes;
He was a man not hasty in reply,
But wont to speak only when well advised.
When he looked up, his glance was stern and high.
He told the envoys, "Fair is your speech and fine;
Yet King Marsile is foe to me and mine.
In all these words and offers you recite
Ifind no warrant wherein I may confide."
"Sureties for this", the Saracen replies,

"Ten or fifteen or twenty we'll provide.
One of my sons I'll send, on pain to die;
Others, yet nobler, you'll have, as I divine.
When in your palace high feast you solemnize
To great St Michael of Peril-by-the-Tide,
He'll follow you, on that you may rely,
And in those baths God made you by His might
He would turn Christian and there would be baptized."
Quoth Charles, "He yet may save his soul alive."

11

Fair was the ev'ning and clearly the sun shone;
The ten white mules Charles sends to stall anon;
In the great orchard he bids men spread aloft
For the ten envoys a tent where they may lodge,
With sergeants twelve to wait on all their wants.
They pass the night there till the bright day draws on.
Early from bed the Emperor now is got;
At mass and matins he makes his orison.
Beneath a pine straightway the King is gone,
And calls his barons to council thereupon;
By French advice whate'er he does is done.

12

The Emperor goes beneath a tall pine-tree,

And to his council he calls his barony:
There Duke Ogier, Archbishop Turpin meet
Richard the Old and his nephew Henri,
Count Acelin the brave of Gascony,
Miles, and his cousin the Lord Tibbald of Rheims,
Gerin likewise and Gerier are convened;
And County Roland, there with the rest came he,
And Oliver, noble and good at need;
All French of France, thousand and more, maybe;
And Ganelon that wrought the treachery.
So starts that council which came to such sore grief.

13

"Barons, my lords", began the Emperor Carlon,
"From King Marsile come envoys, seeking parley.
He makes me offers of treasure overpassing:
Of lions and bears and hounds to the leash mastered,
Sev´n hundred camels, and falcons mewed and hearty,
Four hundred mules with Arab gold all chargèd,
And fifty wagons well-laden in a cart-train.
But now to France he urges my departure,
And to my palace at Aix he'll follow after,
There change his faith for one of more advantage,
Become a Christian and of me hold his marches.
But his true purpose-for that I cannot answer."

The French all say, "We'd best be very guarded."

14

The Emperor Charles had finished all his speech.
The County Roland, who fiercely disagrees,
Swift to oppose springs up upon his feet,
He tells the King, "Nevermore trust Marsile!
Seven years long in land of Spain we´ve been.
I won for you both Noples and Commibles,
I took Valterna, the land of Pine I seized,
And Balagate, and Seville and Tudele.
Then wrought Marsile a very treacherous deed:
He sent his Paynims by number of fifteen,
All of them bearing boughs of the olive tree,
And with like words he sued to you for peace.
Then did you ask the French lords for their rede;
Foolish advice they gave to you indeed.
You sent the Paynim two counts of your meinie:
Basan was one, the other was Basile.
He smote their heads off in hills beneath Haltile.
This war you've started wage on, and make no cease;
To Saragossa lead your host in the field,
Spend all your life, if need be, in the siege,
Revenge the men this villain made to bleed!"

15

The Emperor Charles sat still with his head bended;
He stroked his beard and his moustaches gently;
Nor good nor ill he answers to his nephew.
The French are silent, Guenes alone excepted;
But he leaps up, strides into Carlon's presence,
And full of pride begins thus to address him.
He tells the King, "Trust not a brawling fellow,
Me nor another; seek only your own welfare.
If King Marsile informs you by this message
He'll set his hands in yours, and fealty pledge you,
And hold all Spain from you, at your good pleasure,
And to that faith we follow give acceptance,
The man who tells you this plea should be rejected
Cares nothing, Sire, to what death he condemns us.
Counsel of pride must not grow swollen-headed;
Let's hear wise men, turn deaf ears to the reckless."

16

Naimon at this stood forth before them all:
No better vassal was ever seen in hall.
He tells the King, "Well have you heard, my lord,
The arguments Count Ganelon sets forth.
There's weight in them, and you should give them thought.

The King Marsile is vanquished in the war,
You've taken from him his castles and his forts,
With catapults you've broken down his walls,
You've burned his cities and his armies outfought.
Now that he comes on your mercy to call
Foul sin it were to vex him any more.
Since he'll find sureties his good faith to support,
We should make haste to cut this great war short."
The French all say, "The Duke speaks as he ought."

17

"Barons, my lords, whom shall we send anon
To Saragossa, to King Marsilion?"
"I, by your leave," saith Naimon, "will begone,
Therefore on me bestow the glove and wand."
"You are my wisest", the King makes answer prompt,
"Now by the beard my cheek and chin upon,
You shall not go so far this twelvemonth long.
Hence! Sit you down, for we summon you not!"

18

"Barons, my lords, whom shall we send of you
To Saragossa, the Sarsen king unto,"
"Myself", quoth Roland, "may well this errand do."
"That shall you not," Count Oliver let loose;

"You're high of heart and stubborn of your mood,
You'd land yourself, I warrant, in some feud.
By the King's leave this errand I will do."
The King replies, "Be silent there, you two!
Nor you nor he shall on that road set foot.
By this my beard that's silver to the view,
He that names any of the Twelve Peers shall rue!"
The French say nothing: they stand abashed and mute.

神曲 · 地狱篇(节选)
The Divine Comedy
THE INFERNO(Excerpt)

THE INFERNO

Canto 1
THE DARK WOOD OF ERROR

*Midway in his allotted threescore years and ten, Dante comes to himself with a start and realizes that he has strayed from the True Way into the Dark Wood of Error(Worldliness). As soon as he has realized his loss, Dante lifts his eyes and sees the first light of the sunrise (the Sun is the Symbol of Divine Illumination) lighting the shoulders of a little hill (The Mount of Joy). It is the Easter Season, the time of resurrection, and the sun is in its equinoctial rebirth. This juxtaposition of joyous symbols fills Dante with hope and he sets out at once to climb directly up the Mount of Joy, but almost immediately his way is blocked by the Three Beasts of Worldliness: THE LEOPARD OF MAL*ICE AND FRAUD, THE LION OF VIOLENCE AND AMBITION, and THE SHE-WOLF OF INCONTINENCE. These beasts, and especially *the She-Wolf, drive him back despairing into the darkness of error. But just as all seems lost, a figure appears to him. It is the shade of VIRGIL, Dante's symbol of HUMAN REASON.*

Virgil explains that he has been sent to lead Dante from error. There can, however, be no direct ascent past the beasts: the man who would escape them must go a longer and harder way. First he must descend through Hell (The Recognition of Sin), then he must ascend through Purgatory (The Renunciation of Sin), and only then may he reach the *pinnacle of joy and come to the Light of God. Virgil offers to guide Dante, but only as far as Human Reason can go. Another guide (BEATRICE, symbol of DIVINE LOVE) must take over for the final ascent, for Human Reason is self-limited. Dante submits himself joyously to Virgil's guidance and they move off.*

Midway in our life's journey, I went astray
  from the straight road and woke to find myself
alone in a dark wood. How shall I say

what wood that was! I never saw so drear
  so rank, so arduous a wilderness!
  Its very memory gives a shape to fear

Death could scarce be more bitter than that place!
  But since it came to good, I will recount
  all that I found revealed there by God's grace.

How I came to it I cannot rightly say,
  so drugged and loose with sleep had I become
  when I first wandered there from the True Way.

But at the far end of that valley of evil
  whose maze had sapped my very heart with fear!
  I found myself before a little hill

and lifted up my eyes. Its shoulders glowed
  already with the sweet rays of that planet
  whose virtue leads men straight on every road,

and the shining strengthened me against the fright
  whose agony had wracked the lake of my heart
  through all the terrors of that piteous night.

Just as a swimmer, who with his last breath
  flounders ashore from perilous seas, might turn
  to memorize the wide water of his death—

so did I turn, my soul still fugitive
  from death's surviving image, to stare down
  that pass that none had ever left alive.

And there I lay to rest from my heart's race
  till calm and breath returned to me.
  Then rose and pushed up that dead slope at such a pace

each footfall rose above the last. And lo!

almost at the beginning of the rise
I faced a spotted Leopard, all tremor and flow

and gaudy pelt. And it would not pass, but stood
so blocking my every turn that time and again
I was on the verge of turning back to the wood.

This fell at the first widening of the dawn
as the sun was climbing Aries with those stars
that rode with him to light the new creation.

Thus the holy hour and the sweet season
of commemoration did much to arm my fear
of that bright murderous beast with their good omen.

Yet not so much but what I shook with dread
at sight of a great Lion that broke upon me
raging with hunger, its enormous head

held high as if to strike a mortal terror
into the very air. And down his track,
a She-Wolf drove upon me, a starved horror

ravening and wasted beyond all belief.
She seemed a rack for avarice, gaunt and craving.

Oh many the souls she has brought to endless grief!

She brought such heaviness upon my spirit
at sight of her savagery and desperation,
I died from every hope of that high summit.

And like a miser—eager in acquisition
but desperate in self-reproach when Fortune's wheel
turns to the hour of his loss—all tears and attrition

I wavered back; and still the beast pursued,
forcing herself against me bit by bit
till I slid back into the sunless wood.

And as I fell to my soul's ruin, a presence
gathered before me on the discolored air,
the figure of one who seemed hoarse from long silence.

At sight of him in that friendless waste I cried,
"Have pity on me, whatever thing you are,
whether shade or living man." And it replied,

"Not man, though man I once was, and my blood
was Lombard, both my parents Mantuan.
I was born, though late, *sub Julio*, and bred

in Rome under Augustus in the noon
of the false and lying gods. I was a poet
and sang of old Anchises' noble son

who came to Rome after the burning of Troy.
But you—why do you return to these distresses
instead of climbing that shining Mount of Joy

which is the seat and first cause of man's bliss?"
"And are you then that Virgil and that fountain
of purest speech?" My voice grew tremulous,

"Glory and light of poets! Now may that zeal
and love's apprenticeship that I poured out
on your heroic verses serve me well!

For you are my true master and first author;
the sole maker from whom I drew the breath
of that sweet style whose measures have brought me honor.

See there, immortal sage, the beast I flee.
For my soul's salvation, I beg you, guard me from her,
for she has struck a mortal tremor through me."

And he replied, seeing my soul in tears,
  "He must go by another way who would escape
  this wilderness, for that mad beast that fleers

before you there, suffers no man to pass.
  She tracks down all, kills all, and knows no glut,
  but, feeding, she grows hungrier than she was.

She mates with any beast, and will mate with more
  before the Greyhound comes to hunt her down.
  He will not feed on lands nor loot, but honor

and love and wisdom will make straight his way.
  He will rise between Feltro and Feltro, and in him
  shall be the resurrection and new day

of that sad Italy for which Nisus died,
  and Turnus, and Euryalus, and the maid Camilla.
  He shall hunt her through every nation of sick pride

till she is driven back forever to Hell
  whence Envy first released her on the world.
  Therefore, for your own good, I think it well

you follow me and I will be your guide
  and lead you forth through an eternal place.

There you shall see the ancient spirits tried

in endless pain, and hear their lamentation
as each bemoans the second death of souls.
Next you shall see upon a burning mountain

souls in fire and yet content in fire,
knowing that whensoever it may be
they yet will mount into the blessed choir.

To which, if it is still your wish to climb,
a worthier spirit shall be sent to guide you.
With her shall I leave you, for the King of Time,

who reigns on high, forbids me to come there
since, living, I rebelled against his law.
He rules the waters and the land and air

and there holds court, his city and his throne.
Oh blessed are they he chooses!" And I to him,
"Poet, by that God to you unknown,

lead me this way. Beyond this present ill
and worse to dread, lead me to Peter's gate
and be my guide through the sad halls of Hell."